그날 나는 자료 열한 부를 가지고
설계사 지인이 사는 연립주택으로 향했다.

2년 전, 《이상한 집》이라는 책을 썼다.

기묘한 평면도 한 장을 바탕으로 그 집이 지어진 이유, 그리고 거기서 일어난 무서운 일을 설계사 지인과 함께 조사한 다큐멘터리 소설이다.

고맙게도 《이상한 집》은 반향을 불러일으켜 많은 분이 읽어 주셨다. 그리고 '집'에 관련된 많은 정보를 내게 보내 주셨다.

"책 읽었습니다. 실은 우리 집도 구조가 이상해요."

"옛날에 할머니 댁에 놀러 갔을 때, 아무도 없는 방에서 이상한 소리가 났어요."

"예전에 묵었던 민박집에서 으스스한 기둥을 봤습니다."

‘이상한 집’이 전국에 상상 이상으로 많이 존재한다는 사실을 알게 되었다.

자, 그러한 ‘이상한 집’들 중 열한 채에 관해 조사한 자료를 이 책에 수록했다.

얼핏 보기에는 자료들이 서로 무관해 보일지도 모른다. 하지만 주의 깊게 읽으면 한 가지 접점이 떠오를 것이다.

꼭 추리하면서 읽어 보기 바란다.

목차

자료①

갈 곳 없는 복도

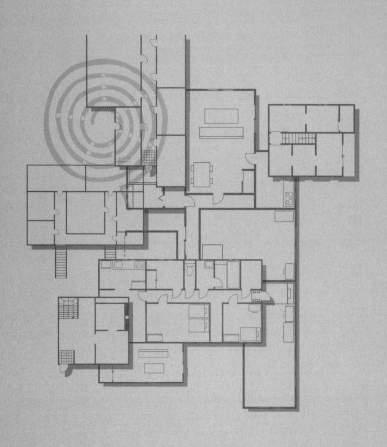

2022년 6월 10일과 17일
네기시 야요이 씨 취재 및 조사 기록

그날 나는 도야마현의 카페에서 한 여성과 만났다.

테이블 맞은편에 앉은 여성의 이름은 네기시 야요이. 도야
마현에 거주하는 삼십 대 파트 타이머다. 네기시 씨와 내가
이렇게 만나게 된 계기는 네기시 씨의 아들이었다.

네기시 씨의 아들 가즈키는 곧 일곱 살이 된다. 어느 날, 가
즈키가 초등학교 도서실에 있던 《이상한 집》 단행본을 빌려
왔다. 표지에 그려진 평면도를 보고 호기심이 생겼다고 한다.

하지만 아직 한자를 거의 모르는 가즈키에게 성인을 대상으
로 한 책은 어려웠는지, 엄마에게 읽어 달라고 졸랐다. 네기
시 씨는 '하루에 한 번. 자기 전에 딱 10분'이라는 조건을 걸
고 매일 밤 침대에서 읽어 주기로 약속했다.

책을 읽다 보니 네기시 씨는 어릴 적 기억이 되살아났다고
한다. 가슴속 깊은 곳에 가둬 둔 불쾌하고 으스스한 기억이.

네기시　　제가 어릴 적에 살았던 집에는 이상한 부분이 하나
　　　　　있었어요.
　　　　　하지만 오래전에 철거됐고 저도 하루하루 먹고사느
　　　　　라 떠올릴 여유가 없었죠……. 그렇다기보다 잊어

버리려고 했어요. 하지만 책을 읽어 나가다 보니 점점 그 집과 어머니가 머릿속에 떠올라서…….

'어머니'라는 말을 꺼냈을 때 네기시 씨의 표정이 분명 어두워졌다.

네기시   그 후로 집안일을 해도, 일하러 나가도 자꾸 생각이 나서……. 그래서 책을 쓰신 분께 이야기하면 뭔가 방법이 있지 않을까 싶어 출판사에 문의한 거예요. 그렇다고 진상을 해명해 달라거나, 그런 걸 기대하는 건 아니고요……. 아무튼 누군가에게 털어놓으면 저를 꽁꽁 옭아맨 과거의 속박에서 해방될 수 있지 않을까 싶었어요. 바쁘실 텐데 이런 일로 뵙자고 해서 죄송해요.

필자   아니요, 무슨 말씀을요. 그 책이 출판된 후로 많은 분이 '집 구조'에 관한 이야기를 들려주셨습니다. 이제는 '이상한 평면도를 수집'하는 것이 제 전업 비슷하게 됐어요.
이번 일도 그 일환이니 전혀 고생이라고 생각지 않습니다. 오히려 제 취미에 함께해 주신 결과 네기시 씨의 마음이 가벼워진다면 일석이조라서 기쁘죠.

네기시   그렇게 말씀해 주시니 마음이 놓이네요.

네기시 씨는 핸드백에서 노트를 꺼내 테이블에 펼쳤다. 노트에는 연필로 평면도를 그려 놓았다. 지우개로 지운 자국이

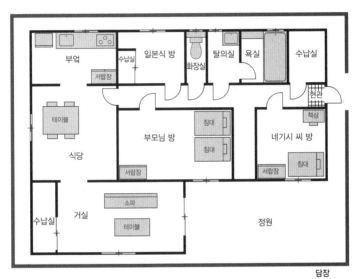

※네기시 씨가 그린 평면도를 바탕으로 필자가 새로 그린 평면도

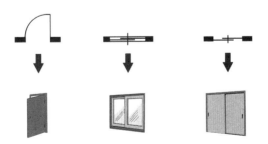

많았는데, 희미한 기억을 조금씩 되살리며 그리느라 그랬다고 한다.

네기시　어린 시절에 제가 살았던 집은 도야마현 다카오카 시의 주택가에 있는 1층짜리 단독주택이었어요. 불편함을 느낀 적은 없었지만, 아무리 생각해도 여기만 이상하다고…… 어렸을 적부터 의문을 느꼈죠.

네기시 씨는 도면 속 한곳을 가리켰다.

네기시　이 복도, 필요 없어 보이지 않으세요?

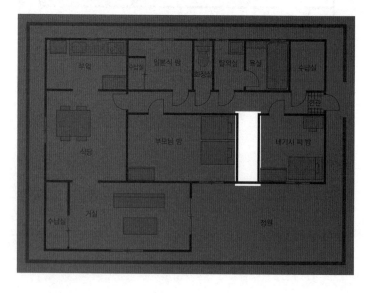

필자	필요 없다고요……?
네기시	갈 곳이 없잖아요. 이 복도로 들어가도 아무 데도 못 가요. 이 복도가 없다면 저랑 부모님 방을 더 넓힐 수 있었겠죠. 뭣 때문에 이런 쓸데없는 공간을 만들었는지 늘 궁금했어요.

들고 보니 확실히 묘한 공간이었다. 수납공간치고는 너무 좁고, 문이나 창문이 달린 것도 아니다. '갈 곳 없는 복도.' ……그 명칭이 딱 들어맞는다.

네기시	옛날에 아버지에게 한번 물어본 적이 있어요. 이 복도는 뭣 때문에 있는 거냐고요.
	그랬더니 아버지가 왠지 안절부절못하면서 억지로 이야기를 돌리더라고요. 저는 질문을 무시당한 게 억울해서 떼쓰듯이 이 복도는 뭐냐고 계속 물어봤고요.
	아버지는 딸한테 껌뻑 죽는 사람이라 평소 같으면 그쯤에서 알려 줬을 텐데, 그때는 끝까지 아무 말도 안 해 줬어요.
필자	이 복도에 대해 뭔가 말 못 할 사정이라도 있으셨던 걸까요?

네기시	그런 것 같아요. 이 집은 부모님이 건축 회사 사람과 상담해서 지은 거라 아버지가 아무것도 모를 리는 없어요. 그런데도 가르쳐 주지 않다니……. 비밀이라도 있었던 것 아닐까 의심스럽네요.
필자	참고로 어머님은 뭐라고 하시던가요?
네기시	어머니에게는 안 물어봤어요. 못 물어봤다……고 해야 맞겠네요. 그런 걸 마음 편히 물어볼 수 있는 관계가 아니었거든요.

어머니 이야기가 나오자마자 네기시 씨의 표정이 다시 흐려졌다.

경험상 '집'을 알기 위해서는 집 구조뿐만 아니라 거기에 사는 '사람'을 깊이 이해할 필요가 있다. 이 집의 수수께끼를 풀기 위한 핵심은 '어머니'라는 예감이 들었다.

필자	말씀해 주실 수 있는 범위에서 어머님이 어떤 분이셨는지 알려 주시면 안 될까요?
네기시	……알겠어요. 어머니는 이웃 사람이나 아버지에게는 평범하게 밝은 사람이었지만, 저한테는 늘 매몰차게 대했어요. 칭찬해 준 적은 거의 없었고 사소한 일로 호통을 쳤

죠. 그뿐만이라면 그냥 '엄격한 어머니'라고 치고 넘어갈 수 있을지도 모르지만, 무서운 것이라도 보는 듯한 눈으로 저를 보기도 해서…….

두려워한다……고 할까요? 피한다고 느껴질 때도 있었고요. 어쨌거나 어머니가 저를 대하는 태도는 심상치 않았죠.

필자 뭔가 어머님과 사이가 안 좋아지신 이유라도 있으셨습니까?

네기시 모르겠어요. 천지를 분간할 무렵부터 쭉 그랬는지라 당연하게 '엄마는 날 싫어하는 거구나.' 하고 받아들였죠.

하지만 지금 돌이켜 보면 그렇게까지 단순하지 않았던 것도 같아요. 어머니는 엄한 한편으로 저를 몹시 과보호했거든요.

제가 예정일보다 일찍 태어나서 어릴 적에 몸이 허약했던 탓인지 "기분은 어떠니?", "어디 아픈 데는 없고?" 하고 매일같이 물어봤죠. 그리고 큰길에는 나가면 안 된다고도 했어요.

필자 큰길이요?

네기시 아아. 이것도 설명해 드려야겠네요.

그 집 남쪽에 큰길이 있었어요. 북쪽, 동쪽, 서쪽에

가정집(북쪽)

골목

가정집
(서쪽)

부엌 수납장 일본식 방 화장실 욕실 수납실

식당 부모님 방 네기시 씨 방

수납실 거실 정원

가정집
(동쪽)

큰길(남쪽)

는 좁은 골목을 끼고서 가정집이 있었고요.

어머니는 "무슨 일이 있어도 큰길에는 나가면 안
돼. 밖을 다닐 때는 골목으로 다니렴." 하고 얘기하
셨죠. 확실히 큰길은 인도가 좁아서 위험하다면 위
험했지만, 촌 동네라 차가 그렇게 많이 지나다니지
는 않았는데 걱정이 너무 심한 것 아닌가 싶었어요.
뭐, 어머니 말을 안 들으면 혼나니까 시킨 대로 했
지만요.

매몰차게 대하는 한편, 필요 이상으로 과보호한다……. 이
런 태도가 무슨 의미인지 짚이는 점이 있었다. 네기시 씨의

어머니는 딸을 어떻게 사랑하면 좋을지 몰랐던 것 아닐까.

세상에는 '자녀를 사랑하는 법을 모르는 부모'가 존재한다. 그들은 진지하다. 너무 진지한 나머지 '부모로서 책임을 다해야 한다'는 과도한 자의식에 빠져 온 힘을 다해 아이를 지키려 한다.

하지만 그 긴장감이 아이에게 전달돼 서로 소통이 어려워진다. 마음먹은 대로 되지 않아 초조함과 짜증을 느낀 부모는 아이를 피하게 된다.

'부모'라는 역할에서 비롯된 압박감이 '과보호'와 '거절'이라는 전혀 다른 형태로 나타나 아이를 괴롭힌다. 그렇다면…….나는 한 가지 가능성을 떠올렸다.

필자　네기시 씨, 방금 해 주신 이야기를 듣고 생각해 봤는데요. 이 복도는 어머님이 만들자고 제안하신 것 아닐까요?

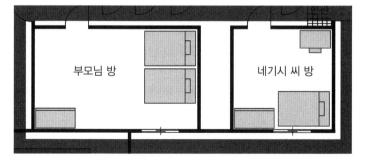

복도는 부모님 방과 네기시 씨 방 사이에 있다. 관점을 바꾸면 복도 때문에 두 방이 떨어졌다고도 할 수 있다. 바로 그것이 이 복도의 역할 아닐까.

보호하기 위해 자기 근처에 있었으면 하지만, 동시에 거리도 두고 싶다. 어머니의 그런 모순된 심리가 만들어 낸 '벽' 같은 것 아닐까.

나는 네기시 씨의 마음이 다치지 않도록 최대한 부드러운 표현을 사용해서 설명했다. 하지만 설명이 끝나자 네기시 씨는 천천히 고개를 저었다.

네기시 실은 저도 예전에 똑같은 생각을 했어요. 어머니는 저를 멀리하고 싶었던 것 아닐까 했죠. 하지만 그렇게 따지면 이상해요. 이 집이 완공된 건 1990년 9월……. 제가 태어나고 반년 후거든요.

1990년 3월 네기시 씨 출생

⬇ 반년

1990년 9월 집 완공

아무리 빨라도 설계부터 완공까지 반년 만에 끝날 리는 없잖아요? 즉, 이 집은 제가 태어나기 전에 설계됐을 거예요. 아무리 그래도 그때부터 저를 멀리

하고 싶었을 리는…… 없지 않을까 싶은데요.

하긴, 태어나기 전부터 자기 아이를 피하는 부모는 없다.

네기시 죄송해요. 좀 더 빨리 알려 드렸어야 했는데.

필자 아니요, 아니요. 하지만 네기시 씨가 '태어나고 반
년 후에 집이 완공됐다'는 정보는 중요한 힌트가 될
것 같네요.

네기시 그런가요?

필자 시기상 아이가 생긴 게 이 집을 짓기로 한 계기 아
니었을까요?
그렇다면 어떤 의미에서는 네기시 씨를 위해 만든
집이기도 할 겁니다. 그렇다면 이 복도가 네기시 씨
의 출생과 관련됐을 가능성도 있어요. 현재로서 그
이상은 모르겠습니다만…….

네기시 만약 그렇다면……. 부모님께 좀 더 제대로 물어볼
걸 그랬네요.

필자 ……저기, 실례를 무릅쓰고 여쭤보겠습니다만, 지
금 부모님은?

네기시 두 분 다 오래전에 돌아가셨어요.

네기시 씨는 부모님과 어떻게 사별했는지 이야기해 주었다.

네기시   제가 초등학교 3학년 때 겨울이었어요. 가족끼리
밥을 먹으러 갔는데 어머니가 갑자기 머리가 아프
다며 그 자리에 쓰러지셨죠.
급히 119를 불렀지만 연말이라 구급차가 다 출동하
고 없었는지, 한참 후에야 치료를 받을 수 있었어요.

검사 결과는 뇌경색이었다.

치료가 늦은 탓에 온몸에 후유증이 남은 어머니는 병석에
누웠다. 아버지는 일을 그만두고 어머니를 간병하는 짬짬이
단기 아르바이트를 하며 생활을 꾸려 나갔다. 네기시 씨도 집
안일을 최대한 도왔지만, 초등학생이 할 수 있는 일에는 한계
가 있었다. 잠도 제대로 자지 못하고 힘들게 일하느라 아버지
는 점점 수척해졌다.

그런 생활이 2년간 이어졌다. 네기시 씨가 열한 살이 되던
해, 어머니는 폐렴으로 세상을 떠났다. 얼마 지나지 않아 어
머니를 뒤따르듯 아버지도 병으로 돌아가셨다. 간병을 하면
서 보낸 2년의 세월이 너무 힘들었던 데다, 아내를 먼저 떠나
보낸 고통을 견딜 수 없었을 거라고 네기시 씨는 말했다.

네기시   홀로 남은 저를 먼 친척이 거두어 주었죠. 살던 집
         은 내놨지만 사겠다는 사람이 없어서 몇 년 후에 맨
         션을 건축할 때 철거됐다고 들었고요.

네기시 씨는 커피를 한 모금 마시고 컵을 컵 받침에 달그락
내려놓았다.

네기시   ……부모님이 돌아가신 후 유품을 정리하는데 의외
         의 물건이 두 개 나왔어요.
         하나는 돈이요. 어머니 서랍에 두툼한 봉투가 있길
         래 뭐가 들었나 꺼내 보니, 만 엔짜리가 예순여덟
         장이나 됐어요. 비상금이었던 걸까요.
필자   68만 엔이라……. 꽤 많이 모으셨네요.
네기시   어머니는 건강했던 시절에 도시락집에서 일했으니
         까 절대로 못 모을 액수는 아니지만, 돈 욕심은 없
         는 분인 줄 알았기에 좀 의외였죠. 그래도 돈뿐이었
         다면 그러려니 하겠는데…….
필자   또 하나는요?
네기시   ……인형이요. 일본식 방의 수납실에 신문지로 둘
         둘 만 목각 인형이 들어 있더라고요. 어머니와 아버
         지, 둘 중에 누구 물건인지는 모르겠지만…….

네기시   묘한 건 그 인형…… 팔과 다리가 하나씩 부러쳐 있었어요.

필자   네……?

네기시   기분 나빠서 버렸는데요. 그 인형이 뭐였는지, 누가 뭣 때문에 팔다리를 부러뜨렸는지…… 지금도 모르겠네요.

수수께끼의 복도, 어머니의 태도, 68만 엔, 팔다리가 부러진 인형. 전혀 연결되지 않은 정보의 조각들이 머릿속을 빙글빙글 맴돌았다.

그때 갑자기 달칵달칵, 하고 소리가 나서 정신이 번쩍 들었다. 쳐다보니 컵을 든 네기시 씨가 손을 바들바들 떨어서 컵과 컵 받침이 서로 부딪치는 소리였다.

필자   괜찮으세요?

네기시   네…… 죄송합니다. 어쩐지 갑자기 긴장돼서요.

필자   긴장?

네기시   실은…… 오늘 정말로 말씀드리고 싶었던 이야기는 이제부터 시작이거든요.

＊ ＊ ＊

네기시 씨는 여전히 살짝 떨리는 손끝을 바라보며 작은 목
소리로 말했다.

네기시　부모님이 돌아가신 후, 그 집에 숨겨진 비밀에 대한
　　　　궁금증은 점점 커져만 갔어요. 너무 궁금한 나머지
　　　　건축 관련 서적을 읽거나, 떠오른 생각을 노트에 정
　　　　리하며 오랜 세월 고민했죠.
　　　　그러던 어느 날, 한 가지 해답에 다다랐어요.

필자　　해답…… 수수께끼를 푸셨다는 말씀입니까?

네기시　……네. 하지만 아무 근거도 없고, 무엇보다…… 만
　　　　약 그 '해답'이 맞는다면 제게는 몹시 무섭고 슬픈
　　　　일이라……. 결국 모르는 척 잊어버리려고 했죠.
　　　　……하지만 안 되더라고요. 몇 년이 지나도, 어른
　　　　이 돼도, 결혼하고 아이를 낳아도, 툭하면 그 '해답'
　　　　이 떠올라서 두려워져요. 지금도 그렇고요. 그 이
　　　　야기를 하기로 마음만 먹었는데도 이렇게 긴장되다
　　　　니……. 이제 그만, 해방되고 싶어요.

네기시 씨는 처음에 '누군가에게 털어놓으면 저를 꽁꽁 옭

아맨 과거의 속박에서 해방될 수 있지 않을까'라고 했다. '과거의 속박'이란 그 '해답'을 가리키는 걸까.

그걸 내게 밝힘으로써 편해지고 싶었던 것이다.

> 필자   지금까지 아주 괴로우셨겠군요. 솔직히 네기시 씨가 찾아내신 '해답'이 맞는지 정확하게 판단할 자신은 없습니다.
> 하지만 말씀만 하셔도 마음이 편해지실 겁니다. 서두르지 마시고 천천히 들려주세요.
> 네기시   감사합니다.

네기시 씨는 가볍게 헛기침을 한 후 이야기를 시작했다.

> 네기시   '갈 곳 없는 복도'는 왜 만들었을까. 저는 처음에 그 이유만 생각했어요. 그런데 어느 날 갑자기, 애당초 잘못된 관점에서 바라본 것 아니냐는 생각이 떠오르더라고요.
> 그건 '갈 곳 없는 복도'가 아니라 '갈 곳 없어진 복도' 아니겠느냐는 거죠.

네기시 씨는 볼펜을 꺼내 평면도에 기호를 그려 넣었다.

필자	정원으로 통하는 문?

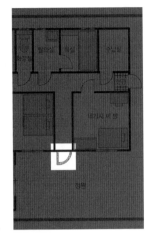

네기시　처음에는 저도 그렇게 생
　　　각했어요. 원래 여기에
　　　문을 달려던 것 아니겠느
　　　냐고요. 하지만 정원으로
　　　나가는 문은 거실에도 있
　　　고, 현관에서도 정원으로
　　　갈 수 있잖아요. 굳이 여
　　　기에 출입구를 만들 필요
　　　는 없어요.
더구나 복도까지 만들어 놓고서 문을 다는 것만 취
소하다니 이상하다 싶었죠. 그래서 이렇게 생각을
바꿔 봤어요.

네기시 씨는 다시 볼펜을 집었다.

필자　'방'인가요…….

네기시　계획상으로는 방을 하나 더 만들 예정이었다. 이 복
　　　도는 그 방으로 가기 위한 '통로'였다. 하지만 공사
　　　가 시작되기 직전에 갑자기 계획이 변경돼서 방은
　　　평면도에서 지워졌다. 그 결과 통로만 남은 것 아닐

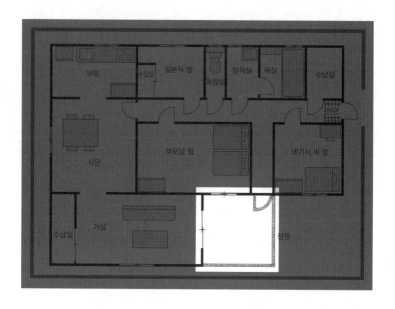

까 싶더라고요.

필자   하지만 당초 설계했던 구조에서 방을 하나 빼는 건, 꽤 큰일인데요.

네기시   네. 그러니까 분명 그렇게까지 해야 할 만큼 큰 사건이 일어난 거예요.

예를 들면…… 가족이 한 명 줄었다든가…….

필자   네……?

'누군가'가 이 방에서 지낼 예정이었다.

할아버지, 할머니, 삼촌, 이모, 친척……. 누군지는 모르지만 공사가 시작되기 직전에 그 사람은 없어졌다.

필자　　아무리 그렇기로서니 일부러 방을 없애다니…….

네기시　　보통은 안 그러겠죠. 맞아요. 보통은 그럴 리가 없어요. 따라서 '그 사람'은 부모님에게 평범한 사람이 아니라 특별한 존재였던 거예요.

그건 대체 누굴까 생각하다가 이상한 사실을 알아차렸어요.

이 방, 어쩐지 제 방과 비슷하죠? 크기가 거의 똑같고, 정원에 면해 있다는 점도 동일해요. 어쩐지……

쌍둥이처럼요.

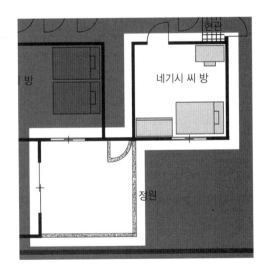

그 말에 한순간 가슴이 울렁거렸다.

네기시   아까 말씀드렸는데, 저는 예정일보다 일찍 태어났어요. 두 달이나 빨리요. 게다가 제왕절개였죠. 산모와 태아 모두에게 상당히 위험한 출산이었을 거예요.

저는 부모님은 그 당시 일을 그다지 자세하게 이야기해 주지 않았지만, 어쩌면······ 제게는 자매가 있었을지도 몰라요. 쌍둥이 자매가요.

임신 중에 어머니에게 긴급한 사태가 발생해서 수술해야 했는데, 한쪽······ 그러니까 저는 무사히 꺼냈지만 다른 한쪽은 구하지 못했던 거죠.

필자   이 방은 원래 함께 태어나야 했을 다른 아이를 위한 방일 거다······?

네기시   그게 제가 다다른 '해답'이에요. 부모님은 제게 자매가 있었다는 사실을 숨기기로 한 거죠. ······저도 부모로서 그 심정은 이해가 가요.

'원래 너한테는 쌍둥이 자매가 있었는데 태어나기 전에 죽었다' 하고 알려 주면 아이에게 트라우마가 생길 것 같아서 무섭잖아요.

필자   그럼 부모님은 네기시 씨가 그 사실을 알아차리거

　　　　나 의심을 품지 못하도록, 실마리가 될 만한 이 방
　　　　을 없애기로 했다는 말씀이십니까?

네기시　네. 어쩌면 부모님이 더 잊어버리고 싶으셨던 건지
　　　　도 모르고요. 방이 남아 있으면, 거길 볼 때마다 죽
　　　　은 아이가 생각나서 괴로울 테니까.

　　확실히 그만한 사정이 없고서야 '만들 예정이었던 방을 공
사 직전에 취소한다'라는 결단을 내리지는 않으리라.

네기시　그게 사실이라면 어머니의 태도도 어느 정도 수긍
　　　　이 가요. 과보호했던 건 다시는 아이를 잃고 싶지
　　　　않아서겠죠.
　　　　동시에 어머니는 저라는 존재가 두려웠는지도 모르
　　　　겠어요. 저는 '지키지 못했던 아이의 분신'이나 마찬
　　　　가지니까요. 제가 살아 있다는 것 자체가 어머니의
　　　　죄책감을 자극한 것 아닐까요? 그렇게 따지면 수납
　　　　실에 들어 있었던 인형이 무슨 의미인지도 알 것 같
　　　　아요. 한쪽 팔다리가 부러져 있었던 건 '아이를 반절
　　　　잃어버린 고통'을 표현하고 싶었던 건지도 모르죠.

　　네기시 씨는 핸드백에 손을 넣어 사진을 한 장 꺼냈다.

네기시 　유품을 정리할 때 아버지의 서랍에서 사진이 다발
　　　　로 나왔어요.
　　　　전부 건축 중인 이 집을 멀리서 찍은 사진이었는데
　　　　요. 집이 지어지는 과정을 담아 두고 싶었던 거겠
　　　　죠. 이건 그중 한 장이에요.

　사진에는 아직 골조만 올라간 집이 찍혀 있었다. 골조에는
'건축 중. 하우스 메이커 미사키'라고 적힌 현수막이 달려 있
었다. 이 집을 지은 건축 회사의 이름이리라.
　다만 무엇보다도 시선을 끌었던 건 사진 가장자리에 찍힌
작은 빨간색 물체였다.

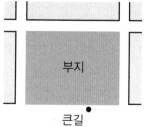

　그것은 도면상으로 볼 때 오른
편 아래쪽의 큰길 구석에 놓여 있
었다.
　집중해서 유심히 들여다보니,
유리컵에 꽂힌 꽃 한 송이였다.

네기시 　부모님이 태어나지 못한 아이를 공양하기 위해 놓
　　　　아둔 것 아닐까 싶어요.

　나는 위화감을 느꼈다.

죽은 아이에게 꽃을 바치는 행동이야 당연히 이해가 되지만, 한창 건축 중인 새집에 바칠까. 아무리 생각해도 장소가 이상하다. 이것은 자기 아이를 공양하기 위한 꽃이라기보다 오히려…….

* * *

네기시   어떤가요……. 객관적으로 보셨을 때 제 생각은?

필자   글쎄요……. 네기시 씨의 추리는 아주 논리적이고 설득력이 있었습니다. 다만 마음에 걸리는 점이 몇 가지 있었던 것도 사실입니다.

예를 들어 만약 이 위치에 방이 있었다면 부모님 방

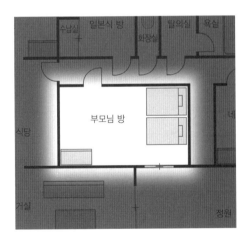

에 창문을 낼 수 없어요. 바깥에 면하는 벽이 없어 지니까요.

이 집은 부모님께서 건축 회사와 상담해서 지으신 거잖아요. 프로가 설계했는데 이런 구조가 나올 것 같지는 않습니다.

네기시 ……듣고 보니 확실히…….

필자 그리고 공사 직전에 이렇게까지 구조를 크게 바꿀 수 있을지도 의문이에요. 일단 지붕 형태를 바꿔야 할 테고, 건축자재 발주 등등의 측면에서도 돈과 시 간이 많이 들 것 같거든요. 애당초 건축 회사가 받 아들여 줄지도…….

네기시 ……그러게요.

필자 그러한 점을 종합해서 고려하면 네기시 씨의 추리 는 현실적이지 않습니다.

솔직히 그렇게까지 딱 잘라 부정할 수는 없다는 것이 본심 이었다. 하지만 어중간하게 긍정하는 모습을 보이면 네기시 씨는 앞으로도 괴로워할 것이다. 존재 여부조차 모르는 자매 의 망령을 두려워하며 살아야 한다.

그럴 바에야 딱 잘라 부정함으로써 과거의 속박에서 해방시 켜 주는 편이 낫다. 네기시 씨도 그러기를 바랄 것이다…….

내 생각은 그랬다.

하지만 예상과 달리 네기시 씨는 어째선지 서글픈 표정을 지었다.

네기시   감사합니다. 제 생각이 현실적이지 않다는 걸 알고
        마음이 편해지긴 했지만, 조금 서운하기도 하네요.
        지금 비로소 깨달았는데, 이 '해답'은 분명 제 염원
        일 거예요.

필자   ……그건 무슨 말씀이십니까?

네기시   전 지금도 어머니가 미워요.
        돌아가신 지 한참 됐지만 지금 와서 돌이켜 봐도 좋
        은 어머니였다는 생각이 전혀 안 들죠. 그게 너무
        괴롭고요.
        그래서 "어쩔 수 없이 그런 태도를 취했던 거야.",
        "어머니에게는 내게 쌀쌀맞게 대해야 했던 사정이
        있었어." 하고 조금이나마 어머니를 두둔하고 싶었
        던 거겠죠.

                        * * *

카페를 나서자 저녁 햇살이 강하게 내리비쳤다. 네기시 씨

와 헤어져 역으로 걸어갔다.

'어머니를 미워하며 살고 싶지 않다.' ……그런 염원에서 태어난 추리. 확실히 그럴지도 모른다.

그렇더라도 이제 잊어버려야 한다. 이미 세상에 없는 어머니 때문에 괴로워하며 살 필요는 없다. 네기시 씨의 '해답'을 부정한 건 틀린 선택이 아니라고 믿는다.

다만 마음에 걸리는 점이 하나 있었다.

사진에 찍힌 빨간 꽃. 그건 뭐였을까. 누가 뭣 때문에 놓아둔 걸까.

네기시 씨는 '부모님이 태어나지 못한 아이에게 바친 꽃'이라고 여겼지만 그럴 리 없다.

장소가 이상하다. 꽃은 도로에 놓여 있었다.

도로에 놓인 꽃……. 상식적으로 생각하면…….

그때 머릿속에서 불꽃이 튀었다. 느닷없이 한 가지 가설이 세워졌다.

설마……. 하지만 그렇게 생각하면 '갈 곳 없는 복도'도 설명이 된다.

나는 스마트폰 지도 앱으로 도서관이 어디 있는지 찾았다.

카페에서부터 걸어서 30분. 시립 도서관에 도착했다. 도서관에는 이 지역 신문의 과월호가 보관돼 있었다. 나는 네기시 씨가 살았던 집이 완공된 1990년에 발행된 신문을 샅샅이 훑어보았다.

이윽고 한 기사를 발견했다.

> 1990년 1월 30일 조간
>
> 29일 오후 4시경, 도야마현 다카오카시에서 사망 사고가 발생했다. 피해자는 다카오카시에 거주하는 초등학생 가스가 유스케 군(8). 유스케 군은 큰길을 걷다가 건축 현장에서 후진해서 나오던 트럭과 충돌한 것으로 보인다. 트럭은 건축자재를 운반하던 중이었다. 트럭 운전자는 '시야가 가려져서 아이가 있는 줄은 몰랐다'라고 진술했다. 트럭 운전자는 하우스 메이커 미사키에 근무하는 직원으로……

기사에는 사고가 발생한 도로의 사진이 실려 있었다. 아까 네기시 씨가 보여 준 사진 속 길과 같은 장소였다.

예상이 적중했다. '갈 곳 없는 복도'는 이 사고 때문에 태어난 것이다. 나는 서둘러 도서관을 나서서 네기시 씨에게 전화를 걸었다.

네기시   네, 여보세요.

필자   네기시 씨, 부탁이 있는데요. 하우스 메이커 미사키

네기시	에 연락을 좀 해 주실 수 없을까요? 네기시 씨가 살았던 집을 지은 건축 회사 말입니다. 직원에게 직접 이야기를 들어 보려고요.

네기시 직접……? 하지만 집을 지은 지 30년도 넘었고, 그 후로는 전혀 일을 맡긴 적이 없는데요.

그런 옛날 고객을 제대로 응대해 줄 것 같지는 않고, 애당초 당시 일을 아는 사람이 아직 남아 있을지도…….

필자 저도 그렇게 생각했습니다. 하지만 도서관에서 옛날 신문을 찾아보고 중대한 사실을 알아냈어요.

네기시 씨는 하우스 메이커 미사키에 아주 중요한 인물일 겁니다.

네기시 그게 무슨 말씀이세요……?

필자 실은 말이죠…….

그 후 네기시 씨가 문의했더니 예상대로 회사에서는 네기시 씨를 기억하고 있었다. 그리고 '당시의 일을 아는 사람과 이야기하고 싶다'라고 부탁하자 직원 한 명을 소개해 주었다고 한다. 인사부 부장 '이케다 씨'다.

다음 주 금요일, 우리는 하우스 메이커 미사키 본사에서 이케다 씨를 만나기로 했다.

　금요일 오후, 네기시 씨와 나는 하우스 메이커 미사키 본사의 응접실에 있었다.

　맞은편에 앉은 이케다 씨는 겸손하고 사람 좋아 보이는 초로의 남자였다. 그는 네기시 씨의 얼굴을 바라보며 감개 어린 목소리로 말했다.

이케다　그렇군요……. 그때의 그 아이가 이렇게 어엿한 어른이 되셨군요.

필자　이케다 씨, 네기시 씨를 아십니까?

이케다　네. 어머님 배 속에 계셨을 적부터요.

　　　당시 저는 사무실에서 고객 응대 일을 했는데, 네기시 씨의 부모님께서 집을 지으실 때 이것저것 도와드렸습니다. 아버님께서 어머님의 배를 쓰다듬으며 "공주님이에요." 하고 기쁜 표정으로 말씀하셨던 게 기억나네요.

　　　그런데…… 기껏 저희 회사를 선택해 주셨건만 그런 사고를 일으키다니, 저희로서는 잊어버릴 수 없는 수치입니다.

필자　오늘은 그 사고에 대해 듣고 싶어서 이렇게 찾아왔

습니다. 당시 무슨 일이 있었는지 자세하게 설명해
주시겠어요?

이케다　알겠습니다. 그건…… 지반 조사가 끝나고 골조 공
사에 들어갈 무렵이었습니다.

저희 직원이 부지 앞 도로에서 남자아이를 치고 말
았죠.

필자　아이는 그 사고로 세상을 떠났고요.

이케다　네. 결코 일어나서는 안 될 일이었어요.

네기시 씨는 내게 보여 주었던 사진을 꺼냈다.

네기시　이케다 씨가 꽃을 바치신 건가요?

이케다　저뿐만이 아닙니다. 집이 완공되기까지 저희 직원
들이 매일 교대로 사고 현장에 꽃을 바쳤어요. 물론
그랬다고 용서받을 수 있는 건 아니죠. 남자아이의
유족에게는 성심성의껏 보상을 계속할 작정입니다.
그리고 그에 뒤지지 않을 만큼 네기시 씨와 부모님
께 죄송한 마음이고요.

저희 때문에 '집 앞에서 사고가 발생해 사람이 사망'
하는 일이 생겼으니까요.

필자　그래서 구조를 변경해 현관 위치를 바꾼 거로군요.

부엌 수납실 일본식 방 화장실 탈의실 욕실 수납실

식당 부모님 방 네기시 씨 방

동쪽

수납실 거실 현관 정원

남쪽

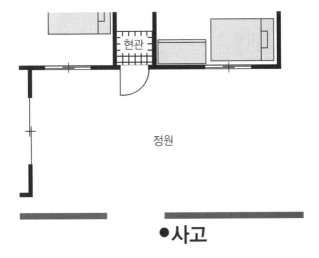

현관

정원

●사고

이케다 그걸 아시는군요?

이케다 씨의 설명에 따르면 당초 설계상 현관은 남쪽에 있었다고 한다.

그리고 현관의 정면에 해당하는 곳에서 사고가 발생했다. 귀신을 믿지 않는 사람이라도 '현관 앞이 사고 현장'이라면 기분이 좋지는 않을 것이다. 네기시 씨 아버지는 격분해서 회사 측에 항의했다고 한다.

어머니는 그런 아버지를 달랬다. 그리고 한 가지 요구 사항을 내걸었다.

'현관 위치를 변경해 달라.' ……그것이 어머니가 회사를 용서하는 조건이었다.

어머니가 요구한 곳은 원래 막다른 복도였으므로, 현관을 만들기는 어렵지 않았다. 회사는 무료로 공사를 해 주기로 했다.

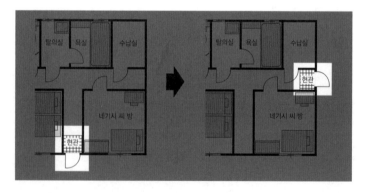

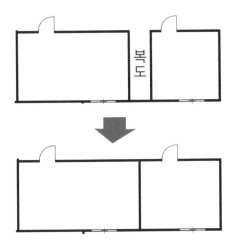

이리하여 '현관홀'이 돼야 했을 부분은 제 역할을 잃고 '갈 곳 없는 복도'가 됐다.

복도를 아예 없애고 방을 넓히자는 안도 나왔지만, 내진 강도 기준상 벽을 하나 없애기는 어렵겠다는 결론에 다다랐다고 한다.

이케다 씨는 "어머님의 멋진 제안에 감탄했습니다." 하고 몇 번이나 칭찬했다. 확실히 그렇게 하면 집 안에서 사고 현장이 보이지 않으니 심리적으로 약간 편해진다. 하지만 어머니에게는 다른 목적이 있었던 것 아닐까 싶었다.

곧 태어날 아이가 자란 후, 현관에서 큰길로 뛰쳐나갔다가 똑같은 사고를 당하는 비극을 피하고 싶었던 것이리라.

어머니는 "무슨 일이 있어도 큰길에는 나가면 안 돼. 밖을 다닐 때는 골목으로 다니렴." 하고 얘기하셨죠.

그건 실제로 큰길에서 사망 사고가 발생했기 때문에 걱정돼서 한 말이었다.

사고가 발생한 건 슬픈 일이다. 하지만 '어머니가 딸을 진심으로 걱정했다'라는 사실을 알았으니 네기시 씨에게는 긍정적인 결말 아닐까.

어떻게 대해야 할지 몰라서 호통을 치고 거부하기도 했지만, 실은 딸을 사랑했으리라. ……그런 줄로만 알았다. 하지만 그 후에 우리는 이상한 사실을 알게 된다.

* * *

이야기가 일단락된 후, 문득 생각났다는 듯 이케다 씨가 말했다.

이케다 그러고 보니 네기시 씨께 하나 여쭙고 싶은 게 있었는데요.

네기시 뭔가요……?

이케다 어머님이 왜 그런 개축을 희망하셨는지 아십니까?

네기시　개축이라니……. 무슨 말씀이시죠……?

이케다　아아, 역시 네기시 씨도 모르시는군요.

　　　　실은 집이 완공되고 5년쯤 지났을 무렵에 어머님이 혼자 회사로 찾아오셨습니다. 그때 어머님이 제게 의아한 말씀을 하셨어요.

　　　　'남동쪽 모서리 방만 해체하는 공사는 할 수 없느냐'고요.

네기시　해체……?

이케다　저희는 집의 일부를 철거하는 '감축 공사'도 시행합니다만, 방 하나만 해체하는 사례는 별로 없습니다. 이유를 여쭤봐도 알려 주시지 않더군요.

　　　　하지만 어머님의 표정을 보건대 예사롭지 않은 사정이 있는 듯해서, 일단 견적만 뽑아 드렸습니다. 비용이 그렇게 저렴하지는 않아서 어머님도 포기하신 것 같았는데, 어떻게 된 일이었을까요…….

어머니의 서랍에 들어 있었다는 '68만 엔'이 떠올랐다.
혹시 공사 비용을 충당하기 위해 몰래 모은 돈 아닐까.

필자　그런데 '남동쪽 모서리 방'은 어느 방인가요?

이케다　음……. 현관 옆이니까…….

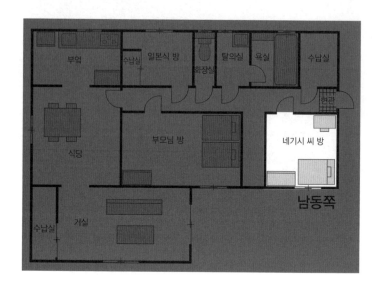

네기시   제 방이에요.

필자   네?

남동쪽 모서리 방……. 확실히 그렇다. 하지만…….

네기시   역시…… 어머니는 저를 싫어했던 걸까요…….

필자   아니요, 그럴 리 없습니다! 어머님은 네기시 씨가
        큰길에서 사고를 당할까 봐 걱정돼서…….

네기시   그럼 왜……!

왜 딸의 방을 해체하려고 마음먹었을까.

나는 뭐라고 할 말을 찾지 못했다.

자료① '갈 곳 없는 복도' 끝

어둠을 키우는 집

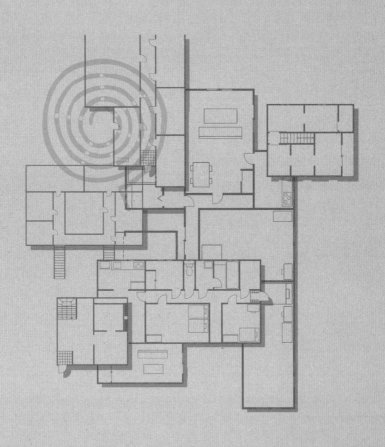

2020년 11월 6일
이무라 다쓰유키 씨 취재 기록

‘특수 청소부’라는 말이 있다.

고독사나 사고사가 일어난 방을 청소하는 직업이다.

보통은 사람이 사망하면 가족이나 지인이 장례식을 치르고, 고인은 며칠 안에 화장된다. 하지만 일가친지가 없는 사람이 자택에서 사망하면 몇 주일, 길게는 몇 달이나 발견되지 않고 방치되므로 시신은 부패하고 바닥에는 얼룩이 번진다.

그렇듯 방에 들러붙은 ‘죽음의 흔적’을 지우는 것이 그들의 업무다.

이번 취재 대상인 이무라 다쓰유키 씨는 10년 가까이 특수 청소부로서 일해 온 남성이다.

원래는 건축 현장에서 목수로 일했지만 사십 대 중반이 지났을 무렵에 이 일로 전직했다고 한다.

이무라   뭐, 체력에 한계가 온 거지. 삼십 대까지는 아무리 일이 힘들어도 술 한잔하고 퍼질러 자면 다음 날에는 거뜬해졌는데, 사십 대에 들어서니까 남더라고. 전날의 피로가.
그 약간의 피로가 점점 쌓여서 어느 틈엔가 넘쳐흐

른 거겠지. 어느 날 아침에 일어났는데 몸이 움직이질 않는 거야. 그대로 입원했다가 안 되겠다는 걸 알았지. 힘도 예전만 못해서 도저히 공사 현장으로 돌아갈 상태가 아니었어.

그렇다고 이제 와서 사무직은 못 하잖아. 그래서 선배의 연줄로 지금 다니는 회사를 소개받은 거야.

이무라 씨는 삶은 풋콩을 입에 넣고 맥주를 마셨다.

이무라 특수 청소란 무엇이냐. 요컨대 사람을 집에서 해방시켜 주는 일이야. 대부분은 반대로 생각하지. 시체 때문에 집이 더러워졌으니까 깨끗하게 청소하는 일이라고.

마치 사람보다 집이 중요하다는 식이야. 그럴 리가 있나. 사람이 있어야 집도 있는 건데 말이지. 언제 어느 때든 사람이 더 중요해. 목수 시절 스승님의 가르침인데, 직장을 옮긴 후에도 지침으로 삼아 일하고 있어.

고인이 천국으로 가든 지옥으로 가든 몸의 일부가 집에 들러붙어 있으면 미련이 남겠지? 그래서 우리가 깨끗하게 치우고 닦아 내서 고인을 집에서 해방시켜 주는 거야. 그런 일이지. 아주 재미있어.

······미안한데 맥주 한 병 더 시켜도 될까?

나는 지인의 소개로 이무라 씨와 연락을 취했다. 내가 원하던 어떤 정보에 대해 이무라 씨가 잘 알고 있다는 것이 판명됐기 때문이다. 그래서 이무라 씨가 거주하는 시즈오카현의 한 술집에서 취재를 하기로 했다.

특수 청소에 관한 이무라 씨의 이야기는 흥미로웠지만, 이대로 가다가는 내가 듣고 싶었던 내용에서 엇갈릴 것 같았기에 맥주를 한 병 더 주문한 후 본론을 꺼내기로 했다.

필자 그런데 이무라 씨가 **쓰하라 일가**의 자택을 청소하셨다고 들었는데요. 그 일을 좀 여쭤봐도 괜찮을까요?

이무라 아참, 그랬지. 이야기가 다른 쪽으로 빠져서 미안하네.

* * *

2020년 시즈오카시 아오이구 북부에서 당시 열여섯 살이었던 소년이 가족을 살해하는 사건이 발생했다.

피해자는 출근했던 아버지를 제외한 가족 모두……. **쓰하라 소년의 어머니, 할머니, 남동생,** 총 세 명이었다. 옆집에서 어머니의 비명이 들렸다는 이웃 주민의 신고를 받고 경찰이 출동했지만, 가족 세 명은 이미 사망했고 쓰하라 소년은 저항 없이 체포됐다.

흉기는 부엌칼이었다. 부엌에 썰다 만 채소가 있었던 것으로 보건대, 소년이 요리 중이던 어머니에게서 부엌칼을 빼앗아 범행에 사용한 것으로 추정됐다.

세 사람의 시신은 다음과 같은 상태였다.

어머니……부엌에 쓰러진 상태로 발견. 가슴을 한 번 찔렸고, 옷에는 몸싸움을 벌인 흔적이 남아 있었음.

할머니……자기 방 이부자리에서 눈을 감고 누운 상태로 발견. 몸에 덮고 있던 이불 위로 여러 번 찔렸음. 평소 다리가 불편해서 걸어 다니기 힘들었기 때문인지, 일절 저항한 흔적 없이 사망한 것으로 추정됨.

남동생……부엌 입구에 쓰러진 상태로 발견. 복부에 칼이 꽂혀 있었음.

쓰하라 소년도 상반신을 여러 군데 다쳤으므로 병원에서 치료받은 후에 경찰서로 호송됐다.

그는 경찰에게 "짜증이 치밀었다.", "미래에 희망이 보이지 않았다.", "어머니와 할머니 사이가 안 좋아서 집에 있어도 편하지가 않았다." 등등의 진술을 했다고 한다. 'Z세대가 끌어안은 절망감', '가족 간 의사소통 부족' 등 온갖 사회문제와 관련지은 논평이 나오는 가운데, 일부에서 희한한 소문이 퍼졌다.

'쓰하라네의 집 구조에 문제가 있다'라는 소문이었다.

크게 화제가 되지 않고 바로 묻힌 소문이었지만, 당시 나는 《이상한 집》을 집필하면서 집 구조란 요소에 강한 흥미를 품고 있던 터라 아무래도 그 소문이 마음에 걸렸다.

개인적으로 조사해 보았지만, 아무리 애써도 쓸 만한 정보를 건지기는커녕 쓰하라네의 평면도조차 입수하지 못했다.

반쯤 포기했을 때 어떤 사실이 떠올랐다.

살인 사건이 발생한 집은 경찰이 현장검증을 마친 후 특수 청소부가 청소한다. 즉, 쓰하라네를 청소한 인물은 집 구조가 어떤지 아는 셈이다.

그래서 지인을 통해 연락된 이무라 씨를 취재하기로 했다.

이무라 　그때는 나를 포함해서 열 명이 동원됐지. 특수 청소
　　　　는 한 현장에 많아도 여덟 명쯤 동원되지만, 그때만
　　　　큼은 특별했어. 사건이 사건이었으니까.

필자 　작업은 힘드셨습니까?

이무라 　응. 특히 할머니 방에서 부엌까지 피바다가 펼쳐져
　　　　서 바닥 널을 통째로 들어내야 했거든. 뭐, 몸이야
　　　　늘 힘들지만⋯⋯. 그때는 마음도 힘들었어. 피해자
　　　　가운데 어린아이가 있었던 거 알아?

필자 　네. 쓰하라 소년의 남동생 말씀이시군요.

이무라 　부엌 입구에 작은 피 웅덩이가 생겼더군. 그 아이가
　　　　흘린 피야.
　　　　그걸 봤을 때는 괴로웠지. 나도 헤어진 아내와의 사
　　　　이에 아이가 있으니까.

필자 　그러셨군요⋯⋯.

이무라 　⋯⋯미안해, 분위기가 어두워졌네. ⋯⋯그러고 보
　　　　니 댁은 쓰하라네의 평면도가 필요하다고 했지. 가
　　　　져왔어. 삶은 풋콩의 보답 정도는 될 거야.

이무라 씨는 호주머니에서 접힌 종이를 꺼냈다.

평면도를 인쇄한 종이였다.

1층

일본식 방

수납실

부엌

욕실

탈의실

계단

화장실

수납실

거실

현관

2층

서양식 방

서양식 방

수납실

계단

서양식 방

서양식 방

서양식 방

베란다

이무라   이게 쓰하라 일가가 살았던 집이야.

필자   어? 어떻게 구하셨어요?

이무라   이딴 거야 인터넷에 얼마든지 굴러다니지. 적당한
         걸 찾아서 출력했어.

이상하다.

온갖 사이트에 들어가서 조사했지만 쓰하라네의 평면도는
구하지 못했다. 그러나 실제로 집에 들어가 본 이무라 씨가
하는 말이니 진짜이리라. 내 검색 실력이 부족했던 걸까.

이무라   그나저나 집이 너무 별로야.

         이런 집에 오래 살면 정신이 이상해질 법도 해. 그
         만큼 살기에 적합하지 않은 집이지.

필자   살기에 적합하지 않다니……. 무슨 말씀이신지……?

이무라   이 그림을 보고도 모르겠어?

필자   죄송합니다. 제 눈에는 평범한 단독주택으로 보이
         는데요…….

이무라   그럼 이 집 사람이 된 셈 치고 한번 생각해 봐.

         예를 들어 댁이 1층 거실에서 밥을 먹는다고 치자.
         그러면 늘 밥맛 떨어질 것 같은 냄새가 풍겨. 무슨
         원리인지 알겠어? 부엌과 욕실 같은 '수도 시설'이

북쪽에 집중돼 있어. 북쪽은 볕이 잘 안 들지.

그래서 겨울철에는 늘 물기가 마르지 않고, 여름철에는 푹푹 쪄.

덧붙여 화장실 냄새가 그런 습기에 섞여 복도를 타고 거실로 흘러들지. 거실 출입구에 문이 없으니까 냄새를 막을 수도 없어.

필자 왜 거실에 문이 없을까요?

이무라 돈이 아까웠겠지. 조금이라도 공사비를 줄여 보자는 생각이었을 거야.

필자 그렇군요.

이무라 거실에 문이 없어서 발생하는 폐해는 또 있어.

식사 시간에 신문 대금을 받거나 종교를 권유하러

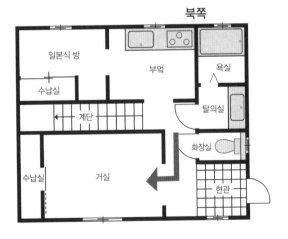

온 사람이 있다고 치자. 그러면 어떨까? 먹다 만 밥이며 가족의 얼굴이 훤히 다 보여. 사생활이고 뭐고 없는 거지.

하다못해 부엌 쪽에 출입구가 있으면 그나마 낫겠지만, 계단 때문에 공간이 너무 빠듯해서 못 만들었을 거야.

좁은 땅에 억지로 집을 지으려고 하면 이런 결함이 생기지. 바꿔 말하면 일본의 주택은 결함이 생기기 쉽다는 뜻이야.

뭐, 그래도 우수한 설계사라면 어떻게든 결함을 보완하겠지만, 이 도면을 그린 녀석은 자질 미달이야.

예를 들면 이 공간에 '부엌', '탈의실', '화장실'의 출입구가 집중돼 있어. 가족끼리 충돌이 생겨서 싸움으로 발전하기도 했을 거야.

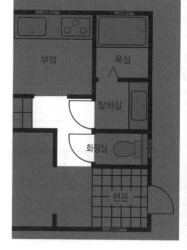

필자   듣고 보니 확실히 생활하기 힘든 집이네요…….

이무라   그렇지? 게다가 2층은 더 심각해.

2층

이 정도 크기의 집이라면 방은 서너 개가 적당해. 그런데 방을 다섯 개나 욱여넣었지. 그래서 복도를 만들 공간이 없어졌을 거야.

복도가 없으니까 안쪽으로 가려면 다른 방을 통과

해야 해. 앞쪽 방은 '통로'도 겸하는 거야. 그리고 여기에도 문이 없잖아. 이른바 '사적인 공간'이 없는 셈이지.

필자 그건……. 마음이 편하질 않겠는데요.

이무라 베란다가 남향이 아닌 것도 마음에 안 들어. 빨래는 남풍으로 바싹 말리는 게 최고인데 말이야.

나는 흥미가 서서히 약해지는 걸 느꼈다. 확실히 이무라 씨 이야기에는 설득력이 있었다. 원래 건축 현장에서 목수로 일하며 많은 집을 지었던 이무라 씨는 평면도만 보고도 그 집이 좋은지 나쁜지 판단할 수 있는 것이리라. 그리고 이무라 씨 말대로 이 집은 살기에 적합하지 않은지도 모른다.

다만 '살기에 적합하지 않은 집에 살았으니 살인범이 됐다'는 건 너무나 억지스러운 논리 아니려나. 내 속마음을 알아차렸는지 이무라 씨는 가볍게 헛기침을 한 다음 목소리 톤을 바꿨다.

이무라 뭐, 확실히 하루이틀 이 집에 사는 정도라면 아무 문제도 일어나지 않겠지. 하지만 5년, 10년 계속 살다 보면 일상의 작은 스트레스가 쌓이고 쌓여서 정서가 불안정해질 거야. 너무 과장된 소리라고 생각할지도 모르지만, 집에는 그만한 힘이 있어.

필자　그런 걸까요…….

이무라　그런데 말이야.

이무라 씨가 갑자기 목소리를 낮췄다.

이무라　지금까지 했던 이야기는 어디까지나 전제에 불과
해. 중요한 건 쓰하라 일가가 이 집에서 생활한 결
과 무슨 일이 일어났느냐야. 혹시 아이는 있나?

필자　아니요, 없습니다.

이무라　그럼 상상으로 대답해 봐. 두세 살짜리 아이가 집에
서 놀 때, 가장 중요한 건 뭘까?

필자　음…… 근처에 위험한 물건이 없을 것, 아닐까요?

이무라　그것도 틀린 말은 아니지만 더 중요한 게 있지. 정
답은 '부모가 시야에 들어올 것'이야.
아이는 어느 정도 성장하면 자립심이 싹터서 혼자
놀고 싶어 하지. 그래도 완전히 혼자 있기는 아직
불안한 나이야. 그래서 두세 살짜리 아이는 거실에
서 놀곤 해.
일본의 주택은 대부분 부엌과 거실이 인접해 있으
니까 말이야. 근처에 부모가 있다는 안심감과 혼자

마음대로 놀 수 있는 자유. 이 두 가지가 양립해야 아이로서는 마음이 제일 편하거든.

그런데 이 집을 봐. 거실에서 부엌이 안 보여. 그렇다고 부엌이 시야에 들어오면서 아이가 놀 만한 방이 따로 있는 것도 아니야.

쓰하라 소년은 어렸을 적에 불안감을 느끼며 지내지 않았을까?

필자   어? 잠깐만요.

부엌 옆에 일본식 방이 있는데요. 이 방, 아이가 놀기에 최적의 공간 아닌가요?

이무라   아니, 여기는 할머니 방이야.

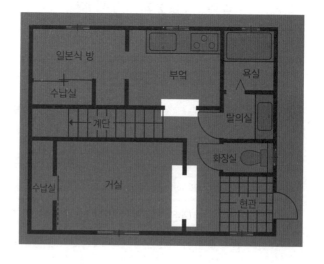

'할머니 방.' ……그 말을 듣자 오싹했다.

어머니……부엌에 쓰러진 상태로 발견. 가슴을 한 번 찔렸고, 옷에는 몸싸움을 벌인 흔적이 남아 있었음.

할머니……자기 방 이부자리에서 눈을 감고 누운 상태로 발견. 몸에 덮고 있던 이불 위로 여러 번 찔렸음.

남동생……부엌 입구에 쓰러진 상태로 발견. 복부에 칼이 꽂혀 있었음.

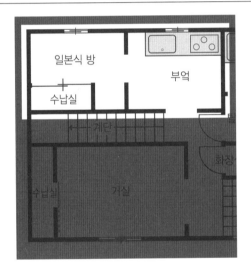

할머니는 자기 방에서 살해당했다. 그리고 어머니와 남동생이 사망한 곳은 부엌.

옆으로 나란히 있는 두 방에서 사건이 발생했다. 원하지 않는데도 그 광경이 머릿속에 떠올랐다.

이무라 쓰하라 일가의 할머니는 아버지의 어머니였어.
며느리 입장에서는 부엌일을 하는 내내 시어머니가 옆에 있다는 뜻이야. 친정어머니라도 거북할 텐데 시어머니라면 더하겠지. 게다가 할머니는 다리가 불편해서 거의 누워서 지냈어. 화장실에 데려가느라 가끔 부엌일이 중단됐을 거야. 며느리는 내심 짜증이 나지 않았을까?
아이는 부모의 감정을 민감하게 알아차려. 어머니가 늘 예민하게 구는 이 공간에서 어떻게 즐겁게 놀겠어? 하지만 거실에 있으면 혼자라서 불안하지.
쓰하라 소년이 어린 시절에 마음 편히 지낼 수 있던 곳은 이 집에 없었을 거야.

확실히 쓰하라 소년은 경찰에서 "어머니와 할머니 사이가 안 좋아서 집에 있어도 편하지가 않았다."라고 진술했다.

이무라 그리고 아이가 성장하면 자기 방이 생기지.
거기에도 문제가 있었어. 봐, 쓰하라 소년이 쓰던

방은 여기야.

이무라 씨가 가리킨 곳은 2층 수납실이었다.

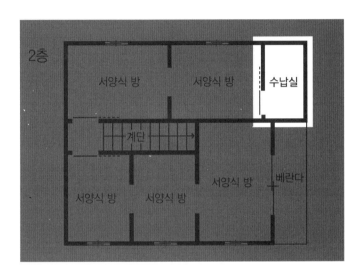

이무라   청소하러 들어갔을 때 잠깐 봤을 뿐이지만 여기에
           책상과 스탠드, 이불이 있더라고. 축구를 좋아했는
           지 J리그 포스터도 붙여 놨더군.
필자   그런데 왜 수납실을 방으로?
이무라   소거법이지. 아까도 말했듯이 2층에는 사생활이 보
           호되는 공간이 없어. 사춘기에 들어선 아이에게는
           지옥이야.

이무라   문이 있어서 그나마 마음 편하게 지낼 수 있는 곳은
        이 수납실뿐이지. 쓰하라 소년은 좋아서 여기를 자
        기 방으로 삼은 게 아니야. 여기밖에 고를 수 없었
        던 거지.

        창문도 없는 좁고 어두운 방. 이런 곳에서 오래 지
        내면 누구든 기분이 침울해질걸?

유년기에 느꼈던 불안과 고독. 좁고 어두운 곳에서 지낸 사
춘기. 집 전체가 안겨 주는 불편함.

그런 요소가 쌓이고 쌓여 쓰하라 소년은 서서히 비뚤어지고
말았다……. 그런 걸까.

이무라   뭐, 당연하지만 이런 집에 살았다고 해서 누구나 범
        죄자가 되는 건 아니겠지. 쓰하라 소년은 원래 그런
        경향이 있었을 거야.

        그걸 이 집이 증폭시켰다……. 마음속에 싹튼 어둠
        을 키운 거지.

필자   만약 쓰하라 소년이 다른 집에서 자랐다면 비극은
        일어나지 않았을까요?

이무라   내 생각은 그래. ……그런데 어쩌면 다른 곳에서도
        비슷한 일이 일어났을지 몰라.

마음에 어둠을 품은 사람이 쓰하라 소년뿐만은 아니고, 이런 집도 한 채가 아니니까.

필자 ……'한 채'가 아니라는 건……?

이무라 말 그대로의 의미야. 이런 집이 전국에 백 채 넘게 있거든.

필자 네?

이무라 이봐…… '히쿠라 하우스'라고 들어 본 적 없어?

주부 지방을 중심으로 활동하는 건축 회사야. 목수들 사이에서는 '악덕 기업'으로 유명하지. 놈들은 이런 식으로 장사를 해.

일단 평면도를 제작해. 가령 30평용 평면도였다고 치자. 그럼 주부 지방 곳곳에서 30평 크기의 땅을 닥치는 대로 매입하는 거야. 그리고 도장을 찍은 것처럼 똑같은 집을 짓지.

똑같은 평면도를 돌려쓰고, 자재도 대량으로 발주하니까 비용은 싸게 먹혀. 그렇게 대량 생산한 집을 고객에게 싼값에 팔아. 이른바 '분양주택'이야.

뭐, 분양주택을 판매하지 않는 건축 회사는 없으니까 그 자체는 나쁘다고 할 수 없어. 문제는 건축의 밑그림인 평면도가 좋지 못하면, 좋지 못한 집이 대량으로 만들어진다는 거야.

① 평면도를 제작한다

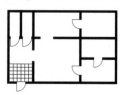

② 토지를 매입한다

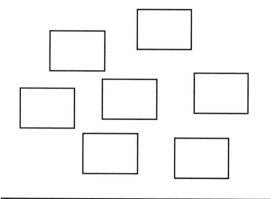

③ 집을 짓는다

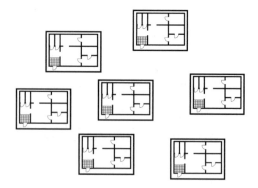

이 집처럼 말이지.

필자 그럼 쓰하라 소년의 집은 히쿠라 하우스가 대량 생산한 분양주택이라는 말씀이십니까?

이무라 그래. 난 주부 지방에 오래 살아서 전단지를 수도 없이 많이 봤지. 평면도가 실린 전단지에는 이렇게 적혀 있어.

'신축 2층 단독주택 6LDK* 1,500만 엔.' ……이 글만 보면 어마어마하지.

단독주택의 시세는 보통 3천만 엔. 그에 비하면 반값이야. 게다가 거실 말고도 방이 여섯 개나 돼. 건축에 문외한인 사람들은 싼값에 잘 샀다고 생각하겠지. 하지만 실태는 이래.

숫자를 내세워 홍보하기 위해 꾸역꾸역 욱여넣은

---

* 숫자는 방의 개수를 의미하고, LDK는 각각 거실, 식당, 부엌을 가리킨다.

좁은 방. 비용 절감을 위해 희생된 문. 거주성은 일절 고려하지 않은 집이야.

요란한 광고와 무리한 영업으로 팔아 치워 놓고, 애프터서비스는 없지. 그런 회사라고.

쓰하라 일가는 감쪽같이 속아 넘어간 거야.

이무라 씨는 처음에 쓰하라네의 평면도를 두고 "이딴 거야 인터넷에 얼마든지 굴러다니지."라고 했다. 그 말이 무슨 뜻인지 알아차렸다.

분명 인터넷 주택 정보 사이트에서 내려받은 것이리라. 즉, 이런 집은 지금도 수많은 곳에서 판매되고 있다는 뜻이다.

만약 언젠가 그 집에 쓰하라 소년 같은 사람이 살게 된다면……. 살짝 한기가 돌았다.

* * *

이무라 씨는 새로 시킨 맥주를 다 마신 후, 바닐라 아이스크림을 주문했다.

이무라　나만 이것저것 많이 먹어서 미안한걸.

필자   아니요, 귀중한 이야기를 들려주셨는걸요.

……그나저나 그렇게 악질적으로 장사하는데도 용케 망하질 않았군요. 히쿠라 하우스.

이무라   놈들은 미디어 전략이 특출하거든. 광고에 돈을 엄청나게 쏟아부어. 회사 이미지만 좋으면 어지간한 고객은 속는다는 뜻이지.

필자   그렇군요…….

이무라   다만 옛날부터 그랬던 건 아니야. 히쿠라 하우스는 한 사건을 계기로 미디어를 중시하기 시작했지.

필자   사건요?

이무라   내가 수습 시절일 때니까……. 1980년대 후반인가. 히쿠라 하우스의 사장에게 묘한 의혹이 제기됐지. 젊은 시절에 '어린 소녀를 학대했다'라는 소문이야. 허위 정보였던 모양이지만 텔레비전과 잡지가 흥미 위주로 다루는 바람에 일반 시민들 사이에서도 화제가 됐지. 요즘으로 치면 인터넷 게시판이 불타오른 것처럼 말이야.

평판은 무서운 법이라 히쿠라 하우스의 주가는 급락했어. 그거야 안됐다고밖에 할 말이 없지.

그리고 그 틈을 노리듯 당시 주부 지방의 경쟁사였던 '하우스 메이커 미사키'라는 건축 회사가 세력을 확장했어. 그로부터 10년 넘게 히쿠라 하우스는 그 격차를 뒤집지 못했고. 그 쓰디쓴 경험을 통해 '미디어 앞에서 진실은 무력하다'라는 사실을 배운 거겠지.

* * *

집으로 돌아온 다음 인터넷에서 '히쿠라 하우스'를 검색해 보았다.

자동 완성 기능으로 '히쿠라 하우스 심각', '히쿠라 하우스 사기', '히쿠라 하우스 종교' 등의 문자열이 죽 떴다. 대충 살펴보니, 이무라 씨 말대로 그들은 열악한 주택을 수많이 판매하고 있는지 소비자의 평판은 최악이었다.

이어서 히쿠라 하우스의 홈페이지에 들어가 보았다.

'멋진 집을 합리적인 가격으로'라는 글씨와 함께 유명 인플루언서들이 세련된 거실에서 홈 파티를 즐기는 사진이 실려 있었다.

밑에는 동영상도 띄워져 있었다. 재생하자 거물 뮤지션의 노래를 배경으로 인기 배우가 "히쿠라 하우스는 당신의 꿈을 실현합니다." 하고 아름다운 목소리로 속삭였다.

'미디어 앞에서 진실은 무력하다'라는 이무라 씨의 말이 떠올랐다.

일찍이 미디어 때문에 따끔한 맛을 본 히쿠라 하우스는 억울해하는 데에 그치지 않고, 오히려 미디어의 힘을 이용해 자신들에 대한 악평을 눈가림하는 방법을 익힌 것이리라.

홈페이지 구석에 '경영진의 인사'라는 버튼이 있었다. 클릭하자 사진이 두 장 떴다. 한 장은 회장. 안경을 낀 매부리코 노인이다. 이름은 '히쿠라 마사히코'라고 적혀 있었다. 다른 사진은 짧은 머리의 중년 남자다. 직함은 사장이고 이름은 '히쿠라 아키나가'.

얼굴이 회장을 닮았다. 특히 매부리코가 판박이였다. 분명 부자지간이리라.

컴퓨터를 끈 후 나는 이무라 씨에게 받은 평면도를 다시 들여다보았다.

2020년, 이 집에서 비극이 일어났다. 피해자는 **쓰하라 소년의 어머니, 할머니, 남동생.**

어머니의 비명을 들은 이웃 주민의 신고로 경찰이 출동했지만, 세 명은 이미 사망한 뒤였다. 흉기는 부엌칼 한 자루. 쓰하라 소년이 요리 중이던 어머니에게서 빼앗아 범행에 사용했다.

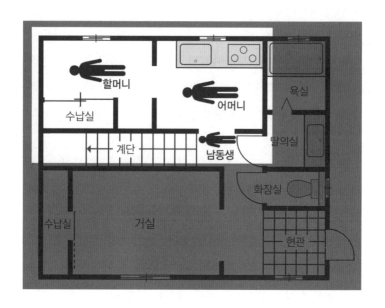

어머니……부엌에 쓰러진 상태로 발견. 가슴을 한 번 찔렸고, 옷에는 몸싸움을 벌인 흔적이 남아 있었다.

할머니……자기 방 이부자리에서 눈을 감고 누운 상태로 발견. 몸에 덮고 있던 이불 위로 여러 번 찔렸다.

남동생……부엌 입구에 쓰러진 상태로 발견. 복부에 부엌칼이 꽂혀 있었다.

쓰하라 소년 본인도 상반신을 여러 군데 다쳐서 병원에서 치료받은 후 경찰서로 호송됐다.

그때 한 가지 의문이 떠올랐다. 세 사람은 어떤 순서로 살해당했을까.

'남동생의 복부에 부엌칼이 꽂혀 있었다'라고 하니까 그는 마지막에 살해당했다고 추측된다. 그럼 다른 두 명은 어땠을까. 평면도를 보면서 상상해 보았다.

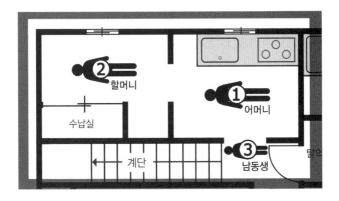

쓰하라 소년, 요리 중인 어머니에게서 부엌칼을 빼앗음.
몸싸움을 벌이다 어머니를 살해.
↓
그대로 옆방에 가서 자고 있던 할머니를 살해.
↓
소리를 듣고 달려온 남동생을 살해.

이 순서가 자연스러울 듯했다. 하지만 잘 생각해 보니 이상한 점이 있었다. 왜 할머니는 깨어나지 않았을까.

쓰하라 소년의 어머니는 이웃 주민에게까지 들릴 만큼 크게 비명을 질렀다.

할머니는 옆방에 있었으니 깨어나지 않을 리 없다. 그렇다면……

'**할머니**……자기 방 이부자리에서 눈을 감고 누운 상태로 발견.' ……이 정보와 모순된다.

그럼 할머니가 먼저 살해당한 걸까.

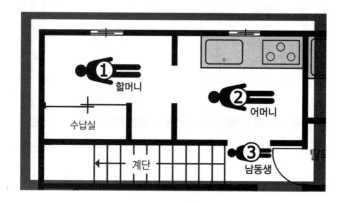

쓰하라 소년, 요리 중인 어머니에게서 부엌칼을 빼앗음.
옆방에 가서 할머니를 살해.
↓
어머니가 말리러 들어옴. 소년을 할머니에게서 떼어 내려고
몸싸움을 벌이며 부엌으로 끌고 나갔을 때 가슴을 찔려 사망.
↓
소리를 듣고 달려온 남동생을 살해.

이렇다면 할머니가 발견됐을 때 눈을 감고 누워 있던 건 설명이 된다. 하지만 동시에 다른 의문이 생긴다.

쓰하라 소년은 왜 다친 걸까.

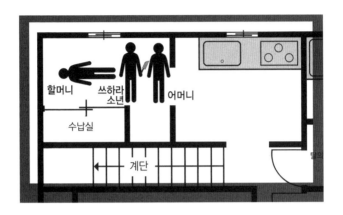

일본식 방에서 할머니를 살해한 후 어머니와도 몸싸움을 벌였다면 부엌칼은 쓰하라 소년이 들고 있었을 것이다. 더구나 그는 열여섯 살 남자다. 어머니보다 압도적으로 우위에 있었을 것이라 볼 수 있다.

그런데도 어머니는 가슴밖에 상처가 없고, 쓰하라 소년은 상반신 여러 군데에 상처를 입었다.

'몸싸움을 벌였을 때 부엌칼은 어머니가 들고 있었다'라고 봐야 자연스럽다.

그렇다면…… 무서운 가능성이 부각된다. 지금까지 보였던 광경이 무너져 내렸다.

할머니를 찌른 사람은 쓰하라 소년이 아니라 어머니 아니었을까.

고부 갈등. 힘든 간병. 살기 불편한 집.

그러한 스트레스가 쌓이고 쌓인 끝에 한계에 도달했다. 어머니는 마침 들고 있던 부엌칼로 옆방에서 잠든 시어머니를 찌른다.

그 광경을 우연히 목격한 쓰하라 소년은 어머니를 저지하려고 방으로 달려간다.

소년은 어머니를 할머니에게서 떼어 내려고 몸싸움을 벌이며 부엌으로 끌고 간다.

그 과정에서 소년은 어머니가 쥐고 있던 식칼에 상반신을 여러 번 찔린다.

'할머니 방에서 부엌까지 피바다가 펼쳐져 있었다.' ……그 피는 쓰하라 소년의 피 아니었을까.

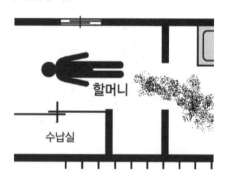

격한 몸싸움을 벌인 끝에 쓰하라 소년은 실수로 어머니의 가슴을 찌르고 만다.

비명 소리를 듣고 남동생이 달려온다.

'어머니를 찌르는 장면을 목격당했다.' ……혼란에 빠진 쓰하라 소년은 부엌칼을 동생의 배에…….

어디까지나 상상에 불과하다. 하지만.

이 집이 키워 낸 '어둠'은 하나가 아니었을지도 모른다.

자료② '어둠을 키우는 집' 끝

숲속의 물레방앗간

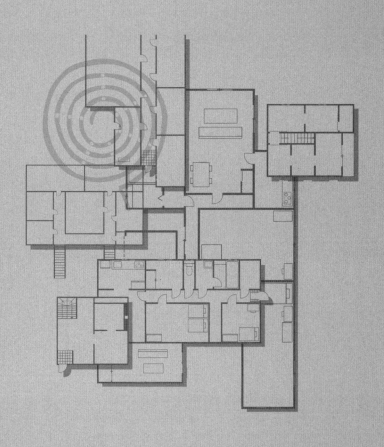

《명모 두류 일기》라는 오래된 책이 있다.

쇼와* 시대 초기, 지방으로 여행 간 사람들의 추억담을 모은 기행문집이다. 1940년에 출판되고 얼마 지나지 않아 절판됐다는데, 운 좋게도 어떤 사정이 있어서 입수할 수 있었다.

이번에는 그 책에 수록된 〈한이 지방의 추억〉이라는 챕터를 소개하고자 한다. 이 챕터를 쓴 사람은 당시 스물한 살이었던 미즈나시 우키라는 여성이다. '미즈나시'는 일찍이 제철업에서 한자리를 맡았던 재벌 가문으로, 우키는 미즈나시 일가의 외동딸이었다.

〈한이 지방의 추억〉은 우키가 숙부의 집으로 피서 갔을 때 겪었던 일을 적은 글이다. 그중 아주 으스스한 대목이 하나 있다.

우키가 근처 숲으로 산책하러 갔다가 수수께끼의 물레방앗간을 발견한다는 내용이다. 그 부분을 여기 옮겨 싣기로 했다.

또한 원래 문장에는 옛말이 많이 사용되었으므로 현대적인 표현으로 변경했으며, 글 속의 그림은 우키의 글을 토대로 새롭게 그렸다는 점을 양해해 주시기 바란다.

* 1926년부터 1989년까지 일본에서 사용한 연호

《명모 두류 일기》 제14장 <한이 지방의 추억>에서 발췌
저자: 미즈나시 우키

쇼와 13년(1938년) 8월 23일

사흘쯤 내리던 비가 그쳐서 저는 숙모님께 잠깐 산책을 다녀오겠다
고 말하고 숲으로 들어갔습니다. 질척질척해진 땅에서 넘어지지 않도
록 조심해서 걸어가다 보니, 어느 틈엔가 눈앞에 나무로 만들어진 오
두막이 나타났습니다.

그 오두막의 벽에는 커다란 바퀴가 달려 있었습니다. 어린 시절, 도
호쿠 지방에 사는 친척 집에 초대받았을 때 비슷한 오두막을 본 적이
있어서 물레방앗간(주석 참조)이라는 걸 알아차렸습니다.

주석: 물레방앗간이란

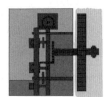

외벽에 물레방아를 설치한 건조물을 가리킨다.
강물 등을 이용해 물레방아를 회전시키고, 그 힘으로 톱니
바퀴를 움직여 오두막 안에서 곡식을 찧거나 베를 짠다.
1960년대까지는 일본 각 지방에 많았다.

※일반적인 물레방앗간의 예시　　　※물레방앗간 내부

반가운 마음에 잠시 바라보다가 갑자기 뭔가 이상하다는 걸 알아차렸습니다. 물레방아 주변에 물이 없었던 겁니다. 물레방아는 물의 힘으로 작동시키는 도구니까 강이나 저수지같이 물이 많은 곳 부근에 있어야 합니다.

그런데 어디를 둘러봐도 물이라고는 없어서, 과연 이것이 물레방아인지조차 의심스러워졌습니다. 어쩌면 이 커다란 물레방아는 장식 아닐까. 그런 생각에 오두막에 다가가 보자, 물레방아 왼쪽에 작은 격자창이 있었습니다.

격자창을 들여다보자 안에는 방이 있었습니다. 옆으로 길쭉하고 좁은 그 방에는 현기증이 날 것처럼 수많은 톱니바퀴가 예술 작품처럼 복잡하게 짜맞춰져 있었습니다.

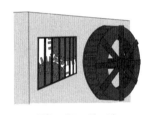

※글을 토대로 그린 그림

이만큼 치밀하지는 않지만, 비슷한 모습을 도호쿠 지방의 물레방앗간에서도 보았습니다. 그렇다면 이 커다란 물레방아는 물론 장식이 아니겠지요.

격자창에서 물러나 주변을 둘러보자 오두막 왼편에 사당 같은 것이 있어서 그쪽으로 걸음을 옮겼습니다.

하얗고 깨끗한 나무로 만든 몸체에 귀여운 삼각 지붕을 얹은 사당은 그렇게 오래돼 보이지 않았 습니다. 사당 안에는 석상이 놓여 있 었습니다. 동그란 과일을 한 손에 든 여신상이었습니다.

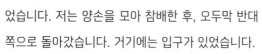

여신상은 오두막 쪽을 향해 서 있 었습니다. 저는 양손을 모아 참배한 후, 오두막 반대 쪽으로 돌아갔습니다. 거기에는 입구가 있었습니다.

널빤지로 만든 간소한 미닫이문은 열려 있었습니다. 예의 없는 짓 인 줄 알면서도 호기심을 억누를 수 없어서 얼른 들여다보았습니다. 안쪽은 다다미 석 장* 크기의 마루방이었습니다.

아까 격자창으로 보았던 복잡한 구조의 톱니바퀴는 없었습니다. 톱 니바퀴가 있는 방과는 벽으로 구분해 놓은 것이겠지요.

출입구 외에는 창문, 가구, 램프, 장식 등등 아무것도 없는 방이라 마치 네모난 상자 같은 인상이었습니다. 다만 오른쪽 벽에 커다란 구 멍이 있는 것이 유일한 특징이었습니다.

구멍이라고 해도 뻥 뚫려서 밖이 보이 는 건 아니었습니다. 그러니 '움푹 팬 공간'이라고 표현해야 할까요.

벽 한가운데를 네모나게 파낸

---

* 다다미 한 장은 약 0.5평(약 1.65제곱미터) 크기다.

듯한 그 '공간'은 제가 몸을 작게 웅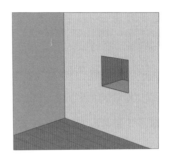
크리면 쏙 들어갈 정도의 크기였습
니다. 이것이 무엇에 사용된 것일지
잠시 생각해 보았습니다. 예를 들어
여기에 꽃을 꽂은 꽃병을 놓아둔다
고 해도, 아무것도 없는 이 방에 꽃
만 덩그러니 놓여 있는 광경은 조금 이상하게 느껴졌습니다.

그런데 한동안 방을 바라보고 있으려니, 점차 묘한 기분이 들었습
니다. 밖에서 본 오두막과 오두막 내부의 모습이 어쩐지 짝짝이 같은
느낌이었습니다. 아아. 저는 드디어 알아차렸습니다. 이 방은 밖에서
본 오두막의 크기에 비해 너무나 작았던 것입니다.

아마도 제가 있는 방 왼편에는 다른 방이 있는 것이겠지요. 하지만
거기로 들어가는 문은 어디에도 보이지 않았습니다. 그럼 오두막 바

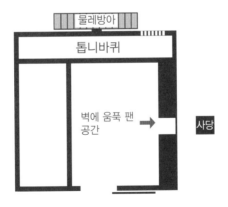

끝쪽에 출입구가 있는 걸까요. 저는 오두막 외벽을 살펴보기로 했습니다.

그런데 벽을 따라 왼쪽으로 돌아가도 출입구는 눈에 띄지 않았고, 저는 물레방아가 있는 곳으로 다시 돌아왔습니다. 오두막을 한 바퀴 돌면서 알아낸 것이라고는 참으로 희한한 물레방앗간도 다 있다는 사실뿐이었습니다.

물도 없는 곳에 달린 물레방아며, 벽에 움푹 팬 공간이며, 들어갈 곳 없는 방이며, 마치 꿈이라도 꾸는 것 같았습니다.

계속 여기 있으면 정신이 이상해질 것 같아서, 호기심을 억누르고 이만 숙부님 댁으로 돌아가기로 했습니다.

그런데 걸음을 옮기려 해도 어째선지 발이 떨어지지 않았습니다. 발을 내려다봤더니 어젯밤에 내린 비로 진창이 된 땅에 신발이 푹 빠져서 달라붙은 모양이었습니다.

저는 일단 왼발을 진창에서 빼내려고 오른발에 힘을 꽉 주었습니다. '쑥' 하는 소리와 함께 신발이 진창에서 빠진 건 다행이지만, 기세를 못 이기고 자세가 무너져서 넘어질 뻔했습니다.

저는 재빨리 눈앞에 있던 물레방아를 양손으로 짚어서 간신히 옷을 버리지 않았습니다.

하지만 안심했던 것도 잠시, 귀청을 찢을 듯한 소리가 울려 퍼지고 몸이 서서히 옆으로 기울었습니다. 제 몸무게 때문에 물레방아가 돌아가기 시작한 것이겠지요.

격자창 너머의 톱니바퀴들이 마치 거대한 벌레처럼 제각기 빙글빙글 움직였습니다. 저는 허둥지둥 물레방아에서 양손을 떼고 오두막 벽에 몸을 기댔습니다.

심장이 세차게 뛰었습니다. 저는 잠시 심호흡을 하며 벽에 몸을 기댄 자세로 쉬었습니다. 얼마나 지났을까요. 마음이 진정되자 의문이 떠올랐습니다.

아까 물레방아가 돌아가고 톱니바퀴가 회전했는데, 그 결과 무엇이 움직였을까, 라는 의문입니다.

도호쿠 지방의 친척 집에서 본 물레방앗간은 톱니바퀴가 회전하면 탈곡기가 움직였습니다. 또 다른 종류로는 방직기를 움직이는 물레방앗간도 있다고 들었습니다.

반면 이 물레방앗간은 그저 톱니바퀴가 회전할 뿐, 톱니바퀴의 힘을 받아 움직이는 물체가 아무것도 없었습니다. 실용적이지 않은 물레방앗간. 그런 것에 과연 의미가 있을까요.

그러고 보니 아까 물레방아가 돌아갔을 때, 귀청을 찢을 듯한 소리가 울려 퍼졌습니다. 그것은 물레방아에서 난 소리도, 톱니바퀴에서

난 소리도 아니었습니다. 좀 더 먼 곳에서 들린 소리 같았습니다. 그렇게 생각했을 때, 머릿속에 문득 그림이 떠올랐습니다. 아아. 어쩌면 그렇게 된 것 아닐까.

저는 넘어지지 않도록 천천히 벽을 따라 걸었습니다. 아까 보았던 사당 앞을 지나 다시 오두막 반대편으로 향했습니다.

그 광경을 보고 제 생각이 틀리지 않았다는 것을 알게 되었습니다.

출입구 왼쪽에 아까는 없었던 아주 작은 틈이 생겼습니다. 출입구가 넓어진 것은 아닙니다. 벽이 움직인 것입니다.

분명 물레방아를 돌리면 그 방향으로 내벽이 움직이는 장치겠지요.

제가 아까 의도치 않게 물레방아를 돌림으로써, 출입구가 없는 공간인 줄 알았던 왼쪽 방이 넓어져 출입구가 나타난 겁니다. 대체 무엇을 위한 장치인 것일까요.

'움직이는 벽.' ……그 말에 예전에 읽었던 책이 떠올랐습니다. 《백발귀》라는 제목의 번안 소설입니다. 친구에게 아내를 빼앗겨 질투에 미쳐 버린 남자의 이야기였습니다. 남자는 복수를 위해 친구를 속여서 특별히 준비한 좁은 방에 가둡니다. 그 방에 '위아래로 움직이는 천장'을 설치해 두었습니다.

밖에서 조작하면 천장이 천천히 내려옵니다. 방이 서서히 압축되자 달아날 곳이 없는 친구는 겁에 질려 비명을 지르고, 잠시 후 천장에 짓눌려 그의 몸은……. 아아, 생각만 해도 소름 끼치는 무시무시한 이야기였습니다.

자, 이 물레방앗간은 《백발귀》의 처형실과 비슷한 구조입니다.

어느 한쪽 방에 사람을 가두고 물레방아를 돌리면……. 아니요, 그런 일이 실제로 일어날 리 없습니

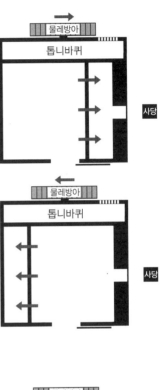

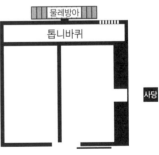

다. 분명 뭔가 다른 쓸모가 있는 것이겠지요.

저는 무서운 생각을 머리에서 떨쳐 내고 오두막 출입구로 걸어갔습니다. 아까는 들어갈 수 없었던 왼쪽 방이 대체 어떻게 생겼을까 궁금해서 틈새로 들여다보았습니다. 그 순간 강렬한 악취가 코를 찔렀습니다.

음식 썩은 냄새에 쇳내가 섞인 듯해 구역질이 올라왔습니다. 어둠에 눈이 익숙해지자 바닥에 누워 있는 뭔가가 보였습니다.

백로였습니다.

백로 암컷이 죽어서 널브러져 있었습니다. 분명 누군가 장난으로 가뒀겠지요. 그래서 밖으로 나가지 못해 굶어 죽은 것입니다. 죽은 지 오랜 시간이 지난 것 같았습니다. 털은 빠졌고, 한쪽 날개 끄트머리가 사라졌고, 몸은 썩었고, 검붉은 액체가 바닥에 스며 있었습니다.

저는 무서운 나머지 그 자리에서 달아났습니다.

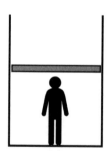

그날 밤, 숙부님하고 숙모님과 저녁을 먹은 후 물레방앗간에 대해

여쭤보기로 했습니다. 두 분이 소유한 건물은 아니겠지만, 집에서 가까운 곳이니 뭔가 아실 것 같았기 때문입니다.

하지만 제가 물어보려 한 순간, 안방에서 아기가 울음을 터뜨려서 숙부님과 숙모님은 급히 자리에서 일어나셨습니다. 아무래도 수술 경과가 좋지 않은지, 아기의 왼쪽 어깻죽지 부분이 곪은 듯했습니다.

그로부터 며칠은 두 분 다 입원 준비로 바빠서 제가 도쿄로 돌아갈 때까지 결국 물레방앗간에 대해서는 여쭤보지 못했습니다.

(중략)

이듬해 저는 결혼해 계집아이를 낳았습니다. 하루하루 바쁘게 지내다 보니 한이에서 지냈던 기억은 많이 흐릿해졌지만, 비가 그친 그날 있었던 일만큼은 지금도 선명하게 떠오릅니다.

그리고 그때마다 생각합니다.

백로는 누가 가둔 것일까.

왜 그렇게 끔찍한 짓을 한 것일까.

애당초 그 물레방앗간은 무엇이었을까.

첫 번째와 두 번째 의문의 답은 아직 찾지 못했습니다. 하지만 세 번째 의문, 그 물레방앗간의 정체에 관해서는 제 나름대로 답을 찾아냈습니다.

그날 '움직이는 벽'을 보고 저는 《백발귀》를 연상했습니다. 황당무계하게 느껴졌지만, 꼭 틀렸다고는 할 수 없을지도 모르겠습니다.

아니, 물론 그 오두막이 처형실이었다고 생각지는 않습니다. 하지만 그에 가까운 시설 아니었을까 싶습니다.

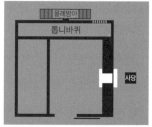

오두막 오른쪽 방의 벽에 있던 '네모나게 팬 공간'이 떠오릅니다. 그건 무엇을 위해 만든 것일까요.

예를 들어, 오른쪽 방에 사람을 가두고 물레방아를 돌렸다고 치겠습니다. 그러면 벽이 방 안쪽으로 조여들기 시작하면서 갇힌 사람은 짓뭉개질 것 같은 두려움에 벌벌 떨겠지요. 그때 그 사람은 어떻게 할까요.

다가오는 벽에서 달아나기 위해 몸을 웅크려 '네모나게 팬 공간'으로 들어가지 않을까요.

꿇어앉은 자세로 무릎 사이에 얼굴을 묻는 자세. 마치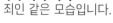

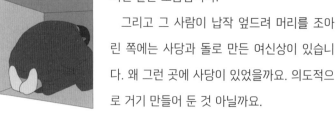

그리고 그 사람이 납작 엎드려 머리를 조아린 쪽에는 사당과 돌로 만든 여신상이 있습니다. 왜 그런 곳에 사당이 있었을까요. 의도적으로 거기 만들어 둔 것 아닐까요.

제 생각은 이렇습니다.

그 물레방앗간은 죄인을 참회시키기 위한 장소 아니었을까요.

죄를 저지르고도 뻔뻔하게 사죄하지 않는 자를 가둬 놓고, 강제로 신께 사죄시킬 목적으로 만든 시설 아니었을까요.

신앙심이 깊은 사람들이 숲속에 몰래 만든 교회의 참회실 같은 곳 아니었을까요.

아무래도 그런 기분이 듭니다.

그러나 이제 다 지나간 이야기입니다. 생각을 짜내 본들 전부 공상에 불과하지요.

자료③ '숲속의 물레방앗간' 끝

자료④
쥐덫의 집

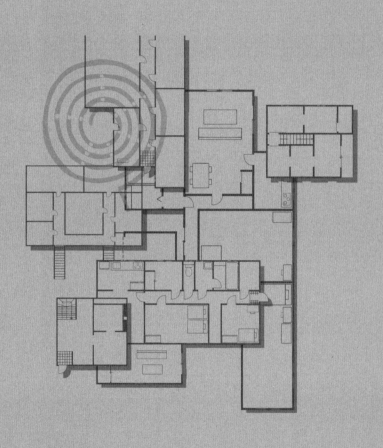

2022년 3월 13일
하야사카 시오리 씨 취재 기록

"마음속 한구석으로는 이 이야기를 할 날이 오기를 쭉 기다리고 있었는지도 모르겠네요."

하야사카 시오리 씨는 커다란 창문으로 도심을 내려다보며 말했다.

올해 서른세 살인 하야사카 씨는 회사를 경영한다. 롯폰기의 고층 사무실에서 직원 열 명과 함께 웹 애플리케이션을 제작해 십억 엔의 연 매출을 내고 있다. 밝은 갈색의 긴 머리, 단정한 분위기를 자아내는 메이크업, 그리고 자연스럽게 맞춰입은 명품 정장. 그야말로 '수완 있는 경영자' 같은 인상이다.

이날은 일요일이라 사무실에 직원이 없어서 나는 하야사카 씨와 단둘이 마주 앉았다. 내가 하야사카 씨를 인터뷰하게 된 것은 어떤 집과 거기서 일어난 사망 사고가 계기였다.

하야사카 　저는 군마현 북부에 있는 사립 여중에 다녔어요. 소위 떵떵거리는 집안의 아이들이 주로 다니는 곳이었죠.
　　　　　반 아이들이 다들 향토 기업 사장, 국회의원, 땅을 많이 소유한 지역 유지 같은 부자들의 딸이라 저는 늘 기죽어 지냈어요.

당시 하야사카 씨의 아버지는 어느 자동차 제조 회사의 부
장이었다.

충분히 훌륭한 직업이지만, 하야사카 씨는 '격이 떨어진다'
는 이유로 학교에서 은근히 차별을 받았다고 한다.

하야사카   아무도 대놓고 말하지는 않았지만, 학생들 간의 신
　　　　　분 격차랄까 그런 게 역시 있었죠. 부자들 사이에도
　　　　　서열이 있어서 서열별로 무리를 만들었어요.
　　　　　저는 제일 밑바닥이었고요. '회사원의 딸'이라는 이
　　　　　유만으로 낮잡아 보는 거예요. 예를 들면 명품 신발
　　　　　을 신지 않는다고 은근히 놀린다든가, 수학여행 조
　　　　　편성 때 짝꿍에게 같이 다니자고 하니까 "하야사카
　　　　　랑 같이 다니면 좋은 가게에는 못 가잖아." 하고 거
　　　　　절한다든가.
필자　　　어휴, 인정사정없네요.
하야사카   맞아요. 부모님은 저를 좋은 학교에 보내려고 무척
　　　　　애쓰셨겠지만, 저로서는 황새들 사이의 뱁새가 된
　　　　　기분이라 전혀 달갑지 않았어요.
　　　　　부자들이 다니는 학교에서 쾌적하게 생활하려면 학

비보다 몇 배는 많은 돈이 들어요. 고급스러운 물건으로 몸을 감싸서 자신의 지위를 증명하지 않으면, 비참한 꼴을 당하니까요.

하야사카 씨는 옆에 놓아둔 명품 백에서 담배를 꺼냈다.
"피워도 될까요?"
내게 양해를 구하고 나서 순금으로 보이는 금색 라이터로 불을 붙였다.

하야사카 하지만 그중에서 유일하게 저와 친하게 지내 준 아이가 있었어요.
이름은 미쓰코고 중학교 1학년 때 같은 반이었죠. 미쓰코는 반에서 최상위 서열이었는데, '히쿠라 하우스'라고 주부 지방에서 손꼽히는 건축 회사 사장의 딸이었어요. 중간 길이의 검은 머리를 양 갈래로 묶었고, 뽀얀 피부에 눈매가 시원시원하니 귀여운 아이였죠.
어느 날 쉬는 시간에 갑자기 말을 걸더라고요. 무슨 이야기를 했는지는 잊어버렸지만 둘이서 신나게 떠들었던 게 기억나요. 그 후로 점점 친해져서 수다를 떨거나 교환 일기를 쓰기도 했고요.

하야사카　어느 날 제가 소녀 만화《꾀부리는 페퍼 걸》을 좋아
한다고 했더니, 어쩐 우연인지 미쓰코도 그 만화를
즐겨 본다는 거예요.

미쓰코와 취미가 같다는 게 정말 기뻐서 그 후로 만
화 이야기만 늘어놨죠. 하기야 지금 돌이켜 보면 제
가 일방적으로 떠들었던 것도 같네요. 미쓰코는 늘
방글방글 웃으면서 이야기를 듣기만 했어요.

두 달쯤 지나서 여름방학이 가까워졌을 무렵, 미쓰
코가 저한테 제안하더라고요.

"여름방학 때 너희 집이랑 우리 집에서 하룻밤씩 놀
지 않을래?" 그러면서요. 저는 기쁜 한편으로 난처
했죠. 저희 집은 작은 주택이었거든요. 게다가 제
방은 다다미 여섯 장 크기의 일본식 방이라 부잣집
딸인 미쓰코가 도저히 편하게 잘 수 있을 것 같지
않았고요.

많이 망설인 끝에 저는 제안을 받아들이기로 했어
요. 승부수는 《꾀부리는 페퍼 걸》이었죠. 제 방에
단행본을 전권 모아 놨고, 관련 상품도 많았거든요.
호화로운 방은 아니지만 이것만 있으면 미쓰코가
기뻐해 줄 것 같았어요. 밤새 신나게 이야기할 작정

이었죠. '같은 취미를 공유하는 사이라면 신분 격차도 극복할 수 있다'는 기분으로……. 물러 빠진 생각이었지만요.

하야사카 씨는 담배 연기를 내뿜더니 잠시 창밖을 멍하니 바라봤다.

하야사카 순서는 가위바위보로 정했어요. 미쓰코가 이겨서 일단 미쓰코네 집에서 하룻밤을 보내기로 했죠. 여름방학이 시작되고 첫 번째 토요일, 필요한 물건을 담은 가방을 들고 집을 나섰을 때의 기분은 지금도 생생히 기억나요. 친구 집에서 자고 오는 건 처음이라 정말 가슴이 두근거렸죠.

그런데 대문 앞에 도착하자마자 그런 기분은 싹 날아갔어요. 집이 클 거라고 예상이야 했지만, 실제로 본 미쓰코네 집은 제 빈약한 상상력을 완전히 뛰어넘었거든요. 백 명은 살 수 있지 않을까 싶을 만큼 거대했고, 정원은 영화에 나오는 영국 정원 같았죠. 이런 걸 '호화 저택'이라고 하는구나. 그런 감상과 함께 저와 미쓰코의 격차가 얼마나 큰지 절망적

일 만큼 똑똑히 깨달았답니다.

초인종을 누르자 와이셔츠 차림에 넥타이를 맨 멋진 남자가 나왔어요. 긴장되는 마음으로 용건을 알렸더니 남자는 상냥한 목소리로 "기다리고 있었습니다. 아가씨는 2층 방에 계세요. 모셔다드리겠습니다." 하고 깍듯하게 저를 안내해 주더군요.

'이 사람은 분명 고용돼서 일하는 사람이겠지.' 하고 어렴풋이 생각했어요. 집에 사람을 두고 부리다니 원래 같으면 놀라야 마땅하겠지만, 그때 저는 오히려 수긍했답니다.

이런 집에 일하는 사람이 없는 게 이상하다…… . 절로 그런 느낌이 들 만큼 어마어마한 호화 저택이었거든요.

하야사카 씨가 메모장에 평면도를 대강 그려 주었다.

하야사카 현관으로 들어서자 좌우에 똑같이 생긴 계단이 하나씩 있었어요. 1층에는 내빈실과 고용인실, 주방 등이 있고, 가족은 기본적으로 2층에서 생활한다고 저를 안내하는 남자가 알려 주더군요.

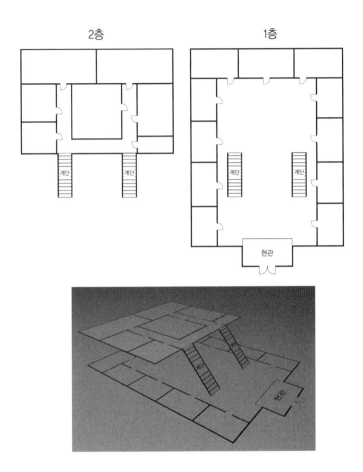

필자　　　'가족'이라면 미쓰코 씨와 부모님 말씀이신가요?

하야사카　아니요. 부모님은 일하느라 먼 곳에 있는 다른 집에
　　　　　서 지낸다고 했어요. 당시 이 집에는 미쓰코와 할머
　　　　　니가 살았죠.

하야사카 이 집은 두 사람을 위해 지은 집이라고 들었어요.

필자 오직 두 명을 위해 호화 저택을? 굉장한데요.

하야사카 미쓰코의 아버지가 설계했대요. 아까도 말씀드렸지만, 미쓰코의 아버지는 건축 회사 사장이에요. 아빠가 사장이면 집을 지어 주는구나…… 하고 순수하게 감동했던 게 기억나네요.

지금 생각해 보면 지방의 가족 기업이라서 그런 사치를 부릴 수 있었던 건지도 모르지만요. 계단을 올라갔더니 복도에서 미쓰코가 기다리고 있었어요. 어머니가 까먹지 말고 미쓰코의 가족에게 인사하라고 시킨 게 기억나서, 일단 할머니를 뵈러 가기로 했어요. 한가운데에 있는 방이요.

문을 열자 달짝지근한 향기가 확 풍겼어요. 아마 향을 피워 둔 거겠죠. 멋진 세간과 그림으로 꾸민 방에 들어갔더니 할머니는 의자에 앉아 책을 읽고 계셨어요. '할머니'라는 말이 전혀 어울리지 않게 생기가 넘치고 아름다운 분이었죠.

다리가 완전히 가려질 만큼 긴 치마 차림에 위에는 꽃무늬 카디건을 걸쳤고, 양손에는 하얀 장갑을 끼고 계셨어요. 마치 그림 같은 모습에서 눈을 떼지 못하니까 할머니가 빙긋 웃으며 "어서 오렴." 하고

110

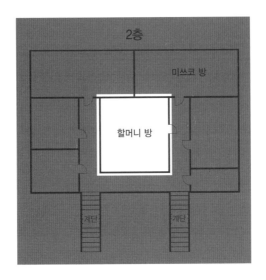

말씀해 주시더군요.

인사를 마치고 같이 미쓰코의 방으로 갔어요. 할머
니 방 정도는 아니었지만, 서
민은 평생 손에 넣을 수 없을
법한 방이었답니다. 제일 눈
에 띈 건 안쪽에 있는 큼지막
한 옷장이었어요. 옷장이야
저희 집에도 있었지만, 그런
것과 비교하면 실례일 만큼
커다랗고 고급스럽더라고요.

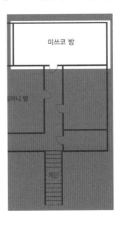

하야사카 저희는 방에서 과자를 먹으며 수다를 떨었어요. 그러다 두 시간쯤 지났을까요.

미쓰코가 화장실에 다녀오겠다며 방에서 나갔어요. 혼자 남은 저는 별천지 같은 방을 두리번두리번 둘러보았어요. 진귀한 장난감이나 해외 화장품 등 신기한 것들이 참 많았지만, 역시 옷장에 제일 관심이 가더군요.

다가가서 찬찬히 살펴봤는데 저희 집 옷장과는 완전히 딴판이었어요. 문짝에 새겨진 무늬며, 매끄러운 광택이며……. 정말 멋져서 한숨이 나왔답니다. 문에 뚫린 열쇠 구멍을 보고 '잠글 수 있구나!' 하면서 잘 생각해 보면 그렇게까지 신기하지 않은 일에도 감동했던 게 기억나요.

잠시 구경하고 있으려니 안에는 뭐가 들었는지 점점 궁금해지더라고요. 예의 없는 짓인 줄 알면서도 옷장 손잡이를 잡았어요. 비겁하죠. 보여 달라고 미쓰코에게 직접 부탁하면 될 텐데 말이에요.

손잡이를 살짝 당기자 옷장이 소리도 없이 열렸어요. 안에는 책이 잔뜩 들어 있었고요. 옷장이 아니라 책장이었던 거예요.

문학서, 도감, 외국어 사전 등으로 가득해서 '이렇게 어려운 책을 읽다니 역시 부잣집 아이는 머리가 좋구나.' 하고 감탄했어요.

하지만 책등을 살펴보다가 묘한 사실을 깨달았어요. 저희에게 공감대를 형성시켜 준《꾀부리는 페퍼걸》이 없는 거예요. 그뿐만 아니라 만화책이라고는 한 권도 없었죠. 의아한 기분으로 책장을 들여다보고 있는데 복도에서 발소리가 들렸어요.

미쓰코가 돌아오는구나 싶어 얼른 책장 문을 닫고 원래 있던 곳으로 돌아갔죠.

그러고 나서 식당에서 저녁을 먹었어요. 할머니가 안 오셔서 걱정했더니 "할머니는 늘 자기 방에서 드셔." 하고 미쓰코가 알려 주더군요.

밥을 다 먹고 홈 시어터로 영화를 한 시간쯤 본 후에 씻었어요. 잠옷으로 갈아입고 둘이서 한 침대에 눕자, 얼마 안 있으면 즐거운 하루가 끝난다는 게 얼마나 아쉽던지. 실은 밤새 미쓰코와 이야기를 나누고 싶었지만, 불을 끄자 갑자기 눈꺼풀이 무거워져서 어느 틈엔가 잠들어 버렸답니다.

하야사카 잠들고 얼마나 지났을까요. 눈을 떴더니 방은 아직 캄캄했고, 미쓰코는 옆에서 새근새근 자고 있더군요. 저는 보물을 감상하듯 오늘 있었던 일을 하나씩 곱씹어 봤어요. 정말이지 전부 다 꿈같은 시간이었어요.

다만…… 딱 한 가지가 생선 가시처럼 마음에 걸렸죠. 책장요.

그렇게 좋아한다던 《꾀부리는 페퍼 걸》이 한 권도 없다니 역시 이상했어요. 실은 있었는데 내가 못 본 것 아닐까……. 그런 기분이 들어서 한 번 더 살펴보려고 했죠.

가방에 넣어 온 손전등을 꺼내고, 소리가 나지 않도록 조심스레 책장으로 가서 손잡이를 천천히 당겼어요. ……그런데 안 열리는 거예요.

힘을 줘서 한 번 더 당겼어요. 하지만 꿈쩍도 하지 않더군요. 그때 문에 뚫린 열쇠 구멍에 시선이 멈췄죠. 그 순간 등골이 오싹했답니다.

혹시 아까 멋대로 책장을 열어 본 걸 미쓰코가 눈치챈 것 아닐까. 그래서 또 훔쳐보지 못하도록 문을 잠근 것 아닐까……. 그때 뒤쪽에서 시선이 느껴져서 침대를 휙 돌아봤어요.

미쓰코는 아까와 다름없이 푹 잠들어 있었죠.

어쩐지 저 자신이 아주 치졸한 인간으로 느껴지더
라고요. 책장에 《꾀부리는 페퍼 걸》이 없다고 한들
그게 뭐 그리 큰 문제겠어요? 만화만 다른 곳에 보
관해 놨는지도 모르고, 어딘가 서재가 있을 수도 있
는걸요.

그런데 밤중에 몰래 침대를 빠져나와 엿보려 하다
니……. 미쓰코에게 몹시 미안했답니다.

* * *

하야사카 다음 날 아침, 미쓰코가 저를 깨웠어요.

시계를 보자 5시밖에 안 됐더라고요. 하지만 미쓰
코가 어젯밤에 못 놀았으니 빨리 놀자며 트럼프 카
드를 준비하길래, 저도 졸린 눈을 비비며 일어나기
로 했죠.

한동안 트럼프를 하며 놀다가 갑자기 화장실에 가
고 싶어서 방에서 나왔어요. 그런데 복도에 할머니
가 계셨어요.

하야사카 할머니는 오른손으로 벽을 짚으며 당장이라도 쓰러질 것같이 위태위태한 걸음걸이로 계단을 향해 걸어가셨어요. 분명 다리가 불편하셨던 거겠죠.

더군다나 긴치마가 바닥에 쓸리는 거예요. 혹시나 밟고 넘어지시면 어쩌나 걱정돼서 할머니를 도와드리려고 얼른 달려갔죠.

그러자 "괜찮아. 바로 저기 화장실에 가려는 거니까." 하고 거절하시더군요. 하지만 "네, 그렇군요." 하고 물러설 수도 없어서 "저도 화장실에 가는 길이니까 같이 가요." 하고 부축하려 했는데, "신경 쓸

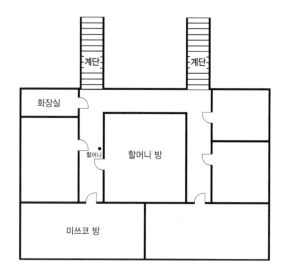

것 없어. 먼저 가렴. 화장실을
코앞에 두고 실수라도 하면 큰
일이잖니." 하고 말씀하셨어요.
사실 꽤 급했던 터라 저 혼자 먼
저 가기로 했죠. 그랬던 게 지
금도 후회가 되네요.

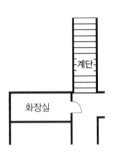

볼일을 보고 손을 씻고 있을 때였어요.
문밖에서 갑자기 '쿠당' 하고 큰 소리가 나더니 뭔
가 묵직한 물건이 계단에서 굴러떨어져서 점점 멀
어지는 듯한 소리가 들리지 뭐예요? 저는 황급히 문
을 열었어요. 복도에 계셔야 할 할머니가 안 보이더
군요.

저는 할머니를 찾으러 가야 한다는 생각에 얼른 복
도를 되돌아가서 할머니 방으로 향했어요. 왜 그렇
게 행동했는지는 지금도 의문이에요. ……어쩌면
바로 근처에 있을 현실에서 눈을 돌리고 싶었던 건
지도 모르겠네요.
물론 방에 할머니는 안 계셨어요. 잠시 우두커니 서
있는데 1층이 점차 소란스러워지더군요. 고용인들

의 비명과 당황한 목소리가 들렸고, 거기에 섞여 누군가 전화하는 목소리도 들렸어요.

얼마 후 구급차가 도착하자 미쓰코는 할머니와 함께 병원에 갔죠.
저는 끝까지 할머니를 보지 못했고요. 어떻게 됐는지 확인하기가 겁나서 구석에 처박혀 아래만 보고 있었거든요. 정말 약아빠졌죠.
그런데도 미쓰코는 병원에 갈 때 저를 보고 상냥하게 말을 건네 줬어요. 이런 일이 벌어져서 미안하다면서요.

지금 제일 마음 아픈 건 미쓰코일 텐데 나를 걱정해 주다니 참 착한 아이구나 싶었죠. 동시에 저 자신이 한심하게 느껴졌어요.
저는 미쓰코를 걱정하기는커녕 저 자신을 다독이느라 바빴거든요. 내내 속으로 몇 번이나 되풀이해 중얼거리기만 했죠.

"내 탓이 아니야."라고.

하야사카 그로부터 이틀 후, 미쓰코의 할머니가 병원에서 돌아가셨다는 소식을 들었어요. 머리에 큰 충격을 받은 게 치명적이었대요.

나중에 잠깐 와 달라는 경찰의 연락을 받고 경찰서에 갔죠. 뭔가 의심하는 게 아니라 사고 당일 무슨 일이 있었는지 물어보더라고요.

저는 제가 본 대로 설명했어요. 경찰도 할머니를 왜 부축해 주지 않았느냐고 저를 탓하지는 않더군요.

하지만……. 제가 제일 바랐던 '네 탓이 아니야.'라는 말은 해 주지 않았어요.

하야사카 씨는 담배를 재떨이에 꾹꾹 비벼서 껐다.

하야사카 그 후로 미쓰코와는 소원해졌어요. 당연하죠.

둘이서 무슨 이야기를 한들 꺼림칙한 기억이 떠오를 테니까요. 결국 미쓰코가 저희 집에 자러 오기로 했던 약속도 흐지부지됐고요.

이게 제가 겪은 일이에요.

이야기가 끝나자 하야사카 씨는 내 눈을 빤히 쳐다보았다.

하야사카 할머니가 돌아가신 이유 말인데요, 어떻게 생각하세요?

필자 ……들려주신 이야기에 따르면 계단에서 떨어지는 사고로…… 돌아가신 것 같은데요.

하야사카 정말로 사고였을까요?

필자 네……?

갑작스러운 질문에 아무 대답도 하지 못해 침묵이 흘렀다.

하야사카 물론 누가 뒤에서 떠밀었다고 의심하는 건 아니에요. 소리가 들리자마자 복도로 나갔지만 아무도 없었으니까요.
할머니는 틀림없이 혼자 계단에서 떨어지셨죠. 그건 사실이에요.
하지만…….

하야사카 씨가 손가락으로 평면도를 짚었다.

하야사카 여기, 너무 위험해 보이지 않아요?

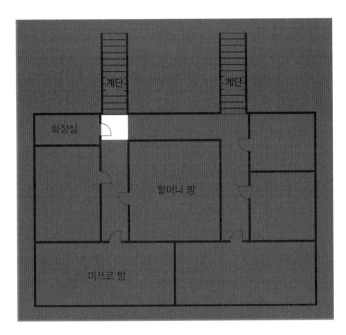

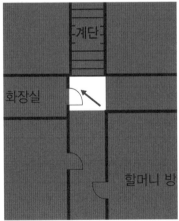

하야사카 할머니는 손으로 오른쪽 벽을 짚으며 화장실로 걸
어가셨어요. 그런데 보시다시피 화장실에 가다 보
면 손을 짚을 만한 곳이 전혀 없는 공간이 나와요.

필자 벽 끄트머리부터 화장실 문까지군요.

하야사카 할머니는 벽에서 손을 떼고 화장실 문손잡이를 잡
으려고 하셨을 거예요. 복도는 폭이 2미터 정도였
으니, 거리가 꽤 되잖아요. 그러다 균형을 잃고 굴
러떨어지신 거겠죠.

필자 말씀을 들으니 확실히 그렇게 생각하는 게 자연스
럽겠네요. ……하지만 그렇게 따지면 할머님이 돌
아가신 건 '사고' 아닌가요?

하야사카 과연 그럴까요? 이 집은 할머니와 미쓰코를 위해
지은 집이라고요. 그렇다면 두 사람이 살기 편하도
록 설계하는 게 당연하겠죠?
그런데 고령자가 사는 집에 이렇게 위험한 공간이
남아 있다니 이상해요. 애당초 할머니는 다리가 불
편하니까 복도에 난간을 설치하든가, 방에 화장실
을 만든다는 식으로 배려할 법도 하잖아요.
이 집에는 그런 '배려'가 전혀 없어요.

필자 음……. 듣고 보니 그러네요.

하야사카 이 집은 미쓰코의 아버지가 지었어요. '히쿠라 하우

스'의 사장이죠. 건축 회사 사장이라는 사람이 이런 실수를 할 리 없다고요.

분명…… 실수가 아니겠죠.

필자　……그렇다면…….

하야사카　이 집은 할머니가 사고를 당하도록 지은 것 아니었을까요?

필자　…….

'그런 집이 존재할 리 없다.' '지나친 생각이다.' ……예전 같았으면 그렇게 생각했으리라. 하지만 나는 이미 알고 있다.

3년 전에 조사했던 도쿄 도내의 단독주택…… '이상한 집'. 그건 바로 사람을 죽이기 위해 지은 집이었다.

하야사카　'히쿠라 하우스'는 전형적인 가족 경영 기업이에요. 할머니도 권력이 상당했겠죠. 사장 입장에서는 눈엣가시예요.

필자　방해물을 제거하기 위해 할머니를 죽이려 했다…….
그겁니까.

가족이 각자 권력을 쥔 폐쇄적인 기업. 가족이기에 서로 원망을 품기도 할 것이다.

직접 죽이기까지는 않더라도 이처럼 선을 넘은 '장난질'은
할 수도 있지 않을까……. 그런 기분이 들었다.

하야사카 창애라고 아세요? 쥐가 미끼를 건드리면 용수철이
풀리면서 쥐를 덮쳐 잡는 도구인데요.

필자 아아, 쥐덫 말씀이시군요.

하야사카 그거랑 비슷하다고 생각했어요. 덫을 설치해 놓고
목표물이 걸려들기를 조용히 기다리는 거죠. 직접
죽이지는 않으니까 자기 손은 더러워지지 않아요.

필자 위험성 없는 살인…….

하야사카 그리고 우연히 제가 자러 간 날, 덫이 작동한 거죠.

필자 그렇군요.

하야사카 ……지금까지는 그런 줄 알았어요.

필자 ……네?

하야사카 씨는 테이블에 놓아둔 라이터를 들고 일어서서 창
밖에 펼쳐진 도시를 내려다보았다.

하야사카 ……하지만 정말로 그랬을까……. 요즘 그런 생각
이 들더라고요.
그게, 너무 부자연스럽지 않아요? 우연히 놀러 간

날에, 우연히 복도에서 마주친 할머니가, 우연히 계단에서 떨어져서 돌아가신다……. 우연이 겹쳐도 너무 겹친다고요. 이상해요.

필자 ……하지만 우연이 아니라면……?

하야사카 의도적으로 덫을 작동시킨 사람이 있는 거죠.

필자 ……그게 누구인데요?

하야사카 한 명밖에 없어요. 미쓰코요.

차갑고 무표정한 말투였다.

왠지 등골이 오싹해졌다.

하야사카 당신은 어느 쪽이라고 생각하세요?

필자 ……뭐가…… 말씀입니까?

하야사카 미쓰코가 정말로 《꾀부리는 페퍼 걸》의 독자였는지 아니었는지 말이에요.

만화 이야기를 할 때면 늘 제가 일방적으로 떠들었고, 미쓰코는 제 말을 듣기만 했어요. 말이 많은 저를 위해 듣는 역할을 맡아 주는 건 줄 알았는데……. 어쩌면 만화를 본 적이 없는 게 아닐까요. 그 사고가 일어나고 나서 몇 달 후에 들었거든요. 미쓰코가 반에서 다른 아이와 이야기하다가 이렇게 말하는 걸요.

"만화를 왜 봐? 그런 건 돈 없는 애들이나 보는 거잖아."

갑자기 달카닥, 하는 소리와 함께 뭔가가 바닥에 떨어졌다. 라이터였다.

하야사카 전…… 분명 어떤 일에 이용당한 거예요. 미쓰코 같은 애가 자러 오라고 저를 자기 집에 부르다니, 아무래도 이상하잖아요. 공주님이 거지를 성에 초대하는 거나 마찬가지라고요. 제가 걔를 몇 번이나 저희 집에 초대해도 셈이 안 맞을 걸요?
미쓰코에게는…… 뭔가 목적이 있었던 거예요.

낮에 책장은 잠겨 있지 않았어요. 그런데 밤에는 잠겨 있었죠. 미쓰코는 언제 책장을 잠갔을까요?
그날 저녁부터 밤까지 우리는 쭉 함께 행동했어요. 화장실도 둘이서 같이 갔던 기억이 나네요. 따라서 미쓰코가 책장을 잠글 수 있었던 건, 제가 잠들고 나서 밤중에 깨어나기 전까지였을 거예요.
걔는 제가 잠든 걸 확인한 후 침대를 빠져나가 책장

을 잠근 거예요.

필자　왜 그런 짓을…….

하야사카　책장 안에 뭔가 숨긴 것 아닐까요? 예를 들면……
지팡이라든가.

필자　아……!

'지팡이.' ……왜 지금까지 떠올리지 못했을까. 다리가 불편
하다면 평소 지팡이를 짚고 다닌다고 봐야 자연스럽다.

미쓰코는 밤중에 할머니 방에 숨어들어 훔친 지팡이를 책장
에 숨겼다. 다음 날 아침, 소변이 마려워서 잠에서 깬 할머니
는 화장실에 가기 위해 지팡이를 찾았다. 하지만 어째선지 어
디에도 없었다.

과연 할머니는 어떻게 했을까. 화장실은 가까우니까 '지팡
이 없이도 갈 수 있다'라고 안이하게 생각하고 방을 나서지 않
았을까.

평소 지팡이를 짚고 다녔으므로 그 공간이 얼마나 위험한지
할머니는 몰랐다.

'이 정도 거리라면 분명 괜찮아.' ……그렇게 과신했던 할머
니는…….

필자　쥐덫의 용수철을 누르고 있던 막대를 미쓰코가 치

워 버렸다는 건가요…….

하야사카 제 생각은 그래요.

필자 하지만 미쓰코 씨는 당시 중학교 1학년이었잖습니까. 아직 어리고 회사의 이권과도 무관한 미쓰코 씨가 어째서……?

하야사카 이유야 상상해 볼 수밖에 없겠지만, 아버지가 부추긴 것 아닐까 싶어요.
예를 들어 "할머니의 지팡이를 숨기렴. 그럼 갖고 싶은 걸 뭐든지 사 줄게."라는 식으로요.

어린 나이였기에 유혹을 이겨 내지 못하고, 큰 죄책감도 없이 시킨 대로 한 걸까.

하야사카 그렇다면 저를 부른 이유도 짐작이 가죠. 알리바이 공작이에요.
'사고가 일어났을 때 미쓰코와 방에서 카드놀이를 했다'라고 제게 증언시키고 싶었던 것 아니려나. 그래서 이른 아침에 억지로 깨운 거겠죠.
제가 복도에서 우연히 할머니와 마주친 건 미쓰코에게 기쁜 오산이었을 거예요. 할머니가 돌아가시는 장면을 제가 실제로 목격하면 알리바이는 더욱 탄탄해질 테니까요.

……왜 나였을까. 역시 못사는 집 아이라서 그랬나. 반에서 서열이 낮으니까 써먹고 버려도 상관없다고 생각한 걸까. 정말로 비참하네요.

하야사카 씨는 바닥에 떨어진 라이터를 하이힐로 가볍게 걷어찼다. 순금이 번쩍 빛났다.

하야사카 이 라이터, 대놓고 졸부 취향이라 좀 그렇죠?
이 경치도 사흘 만에 질렸어요. 비싼 옷도, 수입 향수도, 명품 가방도 전부 시시해요. 돈으로 살 수 있는 건 왜 이리 시시한 걸까. ……하지만 저는 계속 가져야 해요. 명품을 두르지 않으면 안 돼요.
미쓰코에게 앙갚음하고 싶으니까.
걔한테 따끔하게 한마디 해 주고 싶으니까.

"부모 돈으로 공주님 행세나 했던 너랑 달리, 난 내 힘으로 성공했어."라고.

자료④ '쥐덫의 집' 끝

거기 있었던 사고 물건

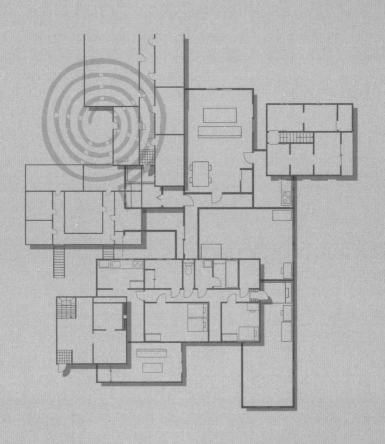

2022년 8월
히라우치 겐지 씨 취재 및 조사 기록

《이상한 집》이 출간되고 이듬해 여름, 한 남성이 상담을 요청했다.

나가노현 시모조촌에 사는 삼십 대 회사원 히라우치 겐지 씨다. 그는 몇 달 전에 구축 단독주택을 구입해 거기서 살고 있었다.

그 집은 히라우치 씨가 다니는 회사에서 버스로 한 시간쯤 걸리는 산간 지역에 있었다.

통근에 시간은 좀 걸리지만, 도보권에 슈퍼와 잡화점 등의 가게가 잘 갖추어져 있어서 생활 자체는 불편하지 않다고 한다. 또한 집 주변에 자연이 풍부해서 산책과 사진 촬영이 취미인 히라우치 씨에게는 이상적인 환경이었다. 그리고 무엇보다 도시 지역에 비해 땅값이 훨씬 저렴하다는 것이 가장 큰 매력이었다.

'건축 연수 26년'이라는 부동산 중개소의 소개를 듣고 집을 보러 갈 때까지는 낡아 빠진 집이 틀림없을 것이라 각오했지만, 실제로 보자 의외로 깔끔하니 사용한 느낌이 없어서 당장 구입을 결정했다고 한다.

그러나 입주하고 얼마 지나지 않았을 무렵, 히라우치 씨는 한 가지 사실을 알아차린다.

* * *

어느 날 밤, 히라우치 씨는 침대에 드러누워 스마트폰으로 사고 물건 지도를 들여다보고 있었다.

'사고 물건 지도'란 일찍이 살인 사건이나 사망 사고가 발생했던 장소를 이용자끼리 공유하는 사이트다. '오시마테루'가 유명하지만, 그 외에도 비슷한 사이트가 몇 개 더 있다.

히라우치 씨가 그때 보고 있었던 건 '전국 사연 있는 곳 찾기'라는 스마트폰 전용 앱이었다. 그날 점심시간에 동료와 잡담을 하다 이 앱을 알았고, 퇴근 후에 이야깃거리를 찾을 생각으로 들여다봤다고 한다.

앱에 들어가면 일본 지도가 표시된다. '사연 있는' 곳에 달린 ☆마크를 누르면 자세한 내용을 볼 수 있다.

히라우치 씨는 일단 대학생 때 살았던 도쿄의 긴시초를 살펴보기로 했다. 지도를 확대해 4년간 생활했던 긴시초역 북쪽의 연립주택을 찾았다. 연립주택이 눈에 띄자 세 집 옆에 있는 집을 보았다.

그 집에는 ☆마크가 달려 있었다. ☆마크를 누르자 화면 아래에 글씨가 떴다.

장소: 도쿄도 스미다구 긴시초 ○번지 ○○
일시: 2009년 5월 26일
형태: 2층짜리 단독주택
상세: 이 집에서 일가족이 동반 자살했다.
　　　밤중에 창문으로 희미한 사람 형체가 보였다는 소문도 있다.

히라우치 씨는 감탄했다.

분명 이 집에서 예전에 일가족이 동반 자살했다. 경찰과 보도진, 그리고 구경꾼 들로 근처가 북적거렸던 것이 기억났다. 그 후 '빈집의 창문으로 사람 형체가 보인다'라는 소문도 (진위는 불분명하지만) 근처 주민들 사이에 퍼졌다.

틀림없이 그 부근에 사는 사람이 올린 정보이리라.

그 후, 히라우치 씨는 자신이 아는 몇몇 '사연 있는 곳'을 찾아보았다.

고등학교 여름방학 때 친구와 담력 시험을 하러 갔던 도호쿠 지방의 폐업한 병원.

좋아하는 인터넷 방송인이 소개했던 시코쿠 지방의 자살 명소.

충돌 사고가 발생해 젊은이 다섯 명이 사망한 본가 부근의 터널.

찾아본 거의 모든 곳에 ☆마크가 달려 있었다. 덧붙여 흥미 삼아 교토시의 혼노지 절터를 찾아보자 꼼꼼하게도 '1582년 6월 21일, 아케치 미쓰히데의 모반으로 오다 노부나가 사망'이라는 글이 떴다.

아주 믿을 만한 앱이라고 히라우치 씨는 생각했다.

한동안 몰두해서 지도를 들여다보는 사이에 어느덧 자정이 지났다. 다음 날 출근을 위해 잠자리에 들어야 했지만, 그 전에 딱 한 군데만 더 찾아보기로 했다.

히라우치 씨는 나가노현 시모조촌의 산간 지역으로 지도를 이동시켰다.

'우리 집 근처에 사연 있는 곳은 없을까.' ……호기심이 발동했다기보다 아무것도 없다는 사실을 확인해 안심하고 싶은 심정이었다고 한다.

화면에 자택 부근의 지도가 표시됐다.

거기에는 ☆마크가 하나 있었다.

☆마크가 있는 위치를 정확하게 확인하기 위해 지도를 확대했다. 확대할수록 꽤 근처라는 걸 알 수 있었다. 잠시 후 주택 하나하나가 보일 만큼 확대했을 때 찜찜한 기분이 밀려왔다.

입지, 집 앞 도로, 인근 주택의 배치, 전부 눈에 익었다.

히라우치 씨는 저도 모르게 숨을 삼켰다.

☆마크는 자기 집에 달려 있었다.

* * *

"지금 그 화면을 보여 드릴게요."

히라우치 씨는 그렇게 말하고 스마트폰을 만지작거렸다.

원래 메일로 히라우치 씨에게 상담 요청을 받았을 때만 해도 내가 시모조촌으로 갈 생각이었다.

그런데 갑자기 히라우치 씨가 도쿄로 출장 올 일이 생겼으므로, 짬이 날 때 지요다구에 있는 아스카신샤(이 책의 출판사)에서 만나 이야기를 나누기로 했다.

히라우치 씨는 응접실 테이블 맞은편에 앉은 나와 담당 편집자 스기야마 씨에게 스마트폰 화면을 보여 주었다.

지도만 봐도 아주 적적한 곳이라는 인상이었다. 약 70퍼센트 이상이 삼림이고 가정집은 헤아릴 수 있을 정도밖에 없었다. 그런 곳에 화려한 ☆마크가 달려 있으니 약간 어울리지 않게 느껴졌다.

히라우치 씨가 ☆마크를 누르자 화면 아래에 글씨가 떴다.

장소: 나가노현 시모조촌 오아자 ○○ △△번지
일시: 1938년 8월 23일
형태: 집
상세: 여자 시신

1938년……. 80년도 더 전이다.

히라우치 씨의 집은 건축 연수가 26년이므로, 그 집이 지어지기 훨씬 예전 일인 셈이다. 일찍이 거기 있었던 '집'에서 '여자 시신'이 발견됐다는 뜻일까.

히라우치 물론 허위 정보일 가능성도 생각했죠. 이런 앱에는 누구나 간단히 정보를 올릴 수 있으니까, 장난삼아 가짜로 쓰는 사람도 많을 거예요.
하지만 거짓말치고는 묘하게 실감이 난다고 할까. ……아무래도 장난 같지는 않더라고요.

필자 확실히 장난이라면 좀 더 과장되게 부풀렸을 것 같네요.
'사람이 잔뜩 죽었다'라든가 '머리 없는 귀신이 나온다'라는 식으로요.

히라우치 네. 그렇게 '겁을 주겠다'는 꿍꿍이가 안 느껴져요.
담담히 사실만 전달하는 글이라 묘하게 진실미가 느껴지더라고요.

필자	참고로 이 집에 사시면서 괴이한 현상을 경험하신 적은요?
히라우치	아니요, 전혀요. 원래 저는 그런 쪽으로는 둔감해서 지금까지 귀신을 본 적이 한 번도 없거든요. 그래도 역시 으스스하기는 하죠. 옛날에 여기서 사람이 죽었다고 생각하면 밤에 불을 끈 뒤에 이것저것 상상하게 되잖아요.
필자	음…….

그때 잠자코 이야기를 듣고 있던 편집자 스기야마 씨가 입을 열었다.

스기야마	적어도 무슨 일이 있었는지는 알아낼 수 있지 않으려나.

스기야마 씨는 히라우치 씨의 스마트폰 화면을 가리켰다.

장소: 나가노현 시모조촌 오아자○○ △△번지
일시: 1938년 8월 23일
형태: 집
상세: 여자 시신

스기야마 　일단 '누가 이 정보를 올렸는지' 따져 봐야겠지. 이
런 유의 앱에 정보를 올리는 사람은 크게 나눠서 두
종류야.
첫 번째는 실체로 그 부근에 살면서 사건을 가까이
에서 경험한 사람. 긴시초의 일가족 동반 자살 사건
을 일례로 들 수 있겠지.
두 번째는 책이나 인터넷 정보를 통해 간접적으로
사건을 접한 사람. 혼노지에서 노부나가가 사망했
다는 건 여기에 해당해.
이번 일은 후자가 아닐까 싶어. 이 사건을 실시간으
로 경험한 사람이 있다면 이미 백 살에 가까운 나이
겠지. 그런 사람이 일부러 스마트폰 앱을 사용해 정
보를 입력하다니, 아예 말이 안 되는 건 아니지만
그랬을 가능성은 결코 크지 않아.

필자 　그럼 어딘가에 이 사건에 관련된 정보가 실려 있겠
군요.

나는 내 스마트폰으로 '나가노현 시모조촌 여성 시신 1938년
8월 23일'이라고 검색해 보았다.
하지만 그럴싸한 정보는 눈에 띄지 않았다.

필자 아무것도 안 나오는군요.

스기야마 역시 인터넷으로는 한계가 있나.

필자 그건 무슨 말씀이시죠?

스기야마 실은 예전에 다녔던 출판사에서 향토사 관련 잡지를 담당했었는데, 시골을 알고 싶으면 인터넷에 의존하지 말라는 말을 선배에게 자주 들었어.

　　　　선배 말에 따르면 향토사처럼 지역색이 강한 정보를 관리하는 단체는 고령화가 심해서 인터넷으로 정보를 옮기는 작업…… 이른바 전산화에 전혀 진척이 없다나 봐. 즉, 지방 관련 정보는 대부분 인터넷으로 검색이 안 되는 거지.

　　　　나도 당시 피부로 실감했어. 인터넷을 아무리 뒤져도 나오지 않던 정보가 실제로 그 지역에 가 보니 널렸더라고. 놀랄 만큼 간단히 정보를 입수한 적이 한두 번이 아니었어.

필자 요컨대 '발로 뛰어라', 그런 말씀이시군요.

＊ ＊ ＊

다음 날 나는 히라우치 씨와 함께 나가노현으로 향했다.

신칸센을 타고 가다가 JR이다선으로 갈아타서 약 4시간쯤 걸려 시모조촌 부근 역에 도착했다. 우리는 일단 역 근처에 있는 도서관에 들렀다.

도서관은 역에서 걸어서 20분 거리였다. 관내 안내도를 보니 2층에 옛날 신문을 읽을 수 있는 공간이 있는 듯했다.

필자 일단 신문을 조사해 볼까요?
　　　시신을 발견했다는 기사가 어딘가 실려 있을지도 모르니까요.
히라우치 하지만 그렇게나 오래된 신문을 보관해 뒀을까요?
필자 실물은 아니겠지만 복사본은 남아 있을 가능성이 있습니다.

다행히 이 지역은 지방신문 복사본이 백 년 치 보관돼 있었다. 우리는 1938년 8월을 중심으로, 그 전후에 발행된 신문을 분담해서 조사하기로 했다.

두 시간쯤 신문을 샅샅이 읽었지만 '여성의 시신이 발견됐다'라는 기사는 찾지 못했다. 대신에 히라우치 씨가 흥미로운 기사를 발견했다.

> 1938년 10월 18일 아즈마 가문 당주 아즈마 기요치카 씨 별세
>
> 아즈마 가문의 당주인 아즈마 기요치카 씨가 저택의 자기 방에서 사망한 사실이 밝혀졌다. 사인은 액사(주: 목을 매달아 사망)로 추정된다. 기요치카 씨에게는 자녀가 없으므로, 가문을 누가 물려받을지 귀추가 주목된다.

필자   1938년 10월 18일이라면…… 여성의 시신이 발견되고 약 두 달 후네요. 그런데 아즈마 기요치카는 누구일까요…….

히라우치   실은 요전에 카메라를 가지고 집 근처를 산책하러 나갔다가 '아즈마 저택 터'라는 비석을 봤습니다.

필자   근처에 저택이 있었던 거로군요. ……관계가 있을지는 모르겠지만, 혹시 모르니 아즈마 가문에 대해 조사해 볼까요?

우리는 관련 있을 법한 책을 찾기로 했다.

잠시 후 히라우치 씨가 '지역의 역사'라고 적힌 특설 코너를 발견했다. 거기 설치된 작은 서가에 향토 자료가 수십 권 꽂혀 있었다. 책등을 하나씩 살피는데 《난신 명가의 역사》라는 제목의 책이 눈에 들어왔다.

필자   난신?

히라우치 미나미신슈……. 나가노 남부라는 뜻입니다.

필자   그럼 시모조촌도 포함되겠군요. '명가'라. 어쩌면 아
즈마 가문에 대해서도 적혀 있을지 모르겠는데. 잠
깐 읽어 보죠.

아즈마 가문에 관한 내용은 몇 페이지밖에 안 됐지만, 다음
과 같은 사실을 알 수 있었다.

히라우치 씨가 사는 지역 일대는 일찍이 삼림에 덮여 있었
다. 삼림 동쪽에는 촌락이, 그리고 서쪽에는 아즈마 가문의
저택이 있었다.

아즈마 가문은 일찍이 이 지역을 장원으로 소유한 권문세가
였는데, 장원 제도가 폐지된 후에도 명가로서 강력한 영향력
을 발휘했다고 한다.

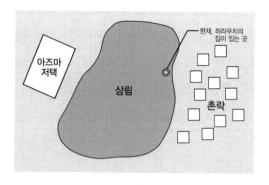

하지만 1938년에 당주 기요치카가 자살하자 일가는 혼란에 빠졌다. 혼란을 극복하지 못한 채 태평양전쟁과 전쟁 후의 어지러운 정세에 타격을 받아 아즈마 가문은 급속도로 힘을 잃었다. 결국 1980년대 초반에 저택이 철거되고 삼림은 서서히 개간돼 가정집이 늘어났다. 그중 하나가 히라우치 씨의 자택이리라.

히라우치　그럼 1938년에 여성의 시신이 발견됐을 당시는 제가 사는 곳이 삼림이었다는 건가요?

필자　　　그럴 겁니다. 삼림 속에 집을 지었다고 보기는 힘드니까 분명 그 정보는 잘못된 정보 같네요.

> 장소: 나가노현 시모조촌 오아자○○ △△번지
> 일시: 1938년 8월 23일
> 형태: 집
> 상세: 여자 시신

여성이 발견된 곳은 '집'이 아니라 삼림의…… 아마도 땅속이었겠죠.

히라우치　파묻힌 시신이 나왔다는 말씀이세요?

필자　　　그렇게 생각하면 아즈마 기요치카의 자살과도 연결점이 생깁니다.

> - 아즈마 기요치카, 여성을 살해 → 저택 부근 삼림에 묻음
> - 시신이 발견됨
> - 수사 개시
> - 궁지에 몰린 기요치카 자살

필자　아즈마 기요치카는 한 여성을 살해하고 저택 근처 삼림에 묻었다. 1938년 8월 23일, 누군가가 시신을 발견해 경찰이 수사에 나섰다.

　　　수사가 진행되자 체포될까 봐 겁난 기요치카는 자살했다.

히라우치　연결되네요.

필자　다만 만약 그렇다면 새로운 의문이 생깁니다.

히라우치　뭔데요?

필자　'전국 사연 있는 곳 찾기'에 정보를 올린 사람은 어떻게 그 사실을 알았을까요?

　　　이 지역 사정에 제일 밝을 지방신문에조차 시신이 발견됐다는 기사는 실리지 않았습니다. 지방신문에 실리지 않은 사건을 더 큰 보도기관에서 다룰 리는 없고요.

　　　즉, 이 사건은 일절 보도되지 않았을 겁니다. 그렇다면 앱에 정보를 올린 사람은 어디서 그 정보를 얻

었느냐……. 그게 의문인 거죠.

히라우치　그렇군요…….

이러저러하는 사이에 도서관 마감 시간이 다가왔다. 《난신명가의 역사》를 포함해 참고가 될 만한 자료를 다섯 권 골라 히라우치 씨의 도서관 카드로 대출했다.

향토 자료를 한 번에 다섯 권이나 빌리는 이용자는 보기 드문지 카운터의 직원이 희한해했다. 직원은 "향토사를 연구하시는 거라면." 하고 어떤 정보를 알려 주었다. 도서관에서 걸어서 20분쯤 거리에 역사 자료관이 있다고 한다. 밤까지 운영한다기에 우리는 당장 가 보기로 했다.

그곳은 가정집의 방 하나를 전시 공간으로 개조한 약 8평 크기의 자료관이었다. 문자로 된 자료는 거의 없었고, 지역의 자연과 옛날 주민의 생활사를 찍은 사진을 벽에 십수 장 붙여 놓은 것이 전부였다.

기대했던 정보는 얻지 못할 듯해서 얼른 돌아가려는데 안쪽에서 초로의 남성이 나왔다. 남성의 가슴에는 '관장'이라고 인쇄한 명찰이 붙어 있었다.

관장　어이쿠, 마중이 늦었군요. 죄송합니다. 오랜만에 손님이 오셨길래 급하게 차를 준비하느라요.

관장은 그렇게 말하며 찻잔과 삼등분한 도라야키*가 담긴 쟁반을 내려놓았다. 당분간은 못 돌아갈 듯했다.

관장 　두 분은 어디서 오셨습니까?

히라우치 　저는 나가노에 산 지 10년쯤 됐습니다.

필자 　저는 간토 지방에서 왔습니다.

관장 　그러셨군요. 이야, 요즘 젊은 분들은 지역의 역사에 별로 흥미가 없어서요. 이렇게 찾아와 주신 것만으로도 정말 기쁩니다.
　　　저라도 괜찮다면 도와드리겠습니다. 뭔가 궁금한 점은 없으십니까?

히라우치 　사실 저희는 아즈마 기요치카라는 인물에 대해 조사하고 있는데요. 혹시 아시는 게 있을까요?

관장 　기요치카 씨라면 아즈마 가문의 당주였던 분이로군요. 저는 잘 모르지만, 요 부근에 저랑 막역하게 지내는 규조 씨라는 사람이 있습니다.
　　　그 사람 할머님이 옛날에 아즈마 가문에서 일하셨는지라 이야기를 자주 들었다는군요.

필자 　엇? 그렇게 굉장한 분이 근처에?

관장 　늘 한가한 사람이라 부르면 올 겁니다.

* 둥글납작하게 구운 밀가루 반죽 사이에 팥소를 넣은 일본의 화과자

관장은 바로 전화를 걸었다. 두세 마디 말을 주고받았을 뿐인데, 규조 씨가 와 주기로 했다고 한다. 지역사회의 무시무시한 정보망에 나와 히라우치 씨는 압도당했다.

"시골을 알고 싶으면 인터넷에 의존하지 마라." ……그 말이 과장이 아니라는 것을 깨달았다.

10분쯤 후에 규조 씨가 왔다. 관장과 비슷한 연배인 그는 흰머리가 성성했다.

필자　바쁘실 텐데 여기까지 오시게 해서 죄송합니다.

규조　아니야, 아니야, 괜찮아. 정년퇴직한 몸이라 딱히 아무 할 일도 없는걸. 그런데 뭐였더라. 아즈마 씨 이야기랬나?

필자　네. 저희는 아즈마 가문의 기요치카 씨에 대해 조사하고 있는데요. 아까 도서관에서 자료를 찾아보다 기요치카 씨가 1938년에 자살했다는 사실을 알았습니다. 그 원인이랄까, 기요치카 씨에게 무슨 일이 있었는지 궁금해서요.

규조　아아, 그건 말이지, 여자 문제. 요컨대 불륜.

필자　불륜?

규조　돌아가신 할머니께 이야기를 자주 들었는데, 기요

치카 씨 부인은 욕심이 어마어마한 사람이었대. 기요치카 씨에게 시집온 것도 아즈마 가문의 돈과 권력이 목적이었겠지. 아즈마 가문의 돈을 펑펑 쓰질 않나, 친정에서 데려온 시중꾼과 함께 저택을 가로채려 하질 않나. 그래 놓고 기요치카 씨에게는 눈길 한번 안 줘. 아내에게는 외면당하고, 부모에게는 "이 얼간이 같은 녀석아. 괘씸한 네 여편네를 어떻게 좀 해 봐." 하고 타박을 당해서 기요치카 씨는 마음고생이 심했다는 이야기야.

그때 그의 마음을 보듬어 준 사람이 '오키누 씨'라는 하녀였어. 젊고 귀여운 여자였다고 할머니가 그러시더군. 자연스럽게 기요치카 씨는 오키누 씨에게 빠졌지. 오키누 씨도 기요치카 씨의 마음을 알고 기뻐했다고 하고.

그러던 어느 날, 부인에게 들킨 거야. 본처 자리를 빼앗길까 봐 겁이 난 부인은 권력을 총동원해서 오키누 씨를 죽이려 했지. 오키누 씨는 아슬아슬하게 저택에서 달아났지만, 홀로 남은 기요치카 씨는 슬픔에 빠진 나머지 목을 매고 말았다······. 뭐, 그런 사정이야.

우리 할머니는 기요치카 씨가 딱하다고 늘 그러셨

지. 물론 오키누 씨도.

필자 저택에서 달아난 오키누 씨는 어디로 갔을까요?

규조 그건 몰라. 본가로 돌아갔든지, 아니면 객사했겠지.

히라우치 저택 근처에 삼림이 있었다는데, 거기서 여자 시신
      이 발견됐다는 이야기는 못 들어 보셨어요?

규조 음, 그건 모르겠어. 그렇다면 오키누 씨는 무사히
      어딘가로 도망쳤는지도 모르겠군.

- 아즈마 기요치카, 오키누와 불륜
- 기요치카의 아내가 그 사실을 알고 격노. 오키누를 죽이려 함
- 오키누, 저택에서 달아남

우리는 관장과 규조 씨에게 감사 인사를 하고 자료관을 나
섰다.

시간이 늦었으므로 그날은 히라우치 씨가 자기 집에서 재워
주기로 했다. 역 앞 슈퍼에서 반찬거리를 사서 오후 6시에 출
발하는 버스를 탔다.

버스가 달릴수록 건물 숫자가 줄어들었고, 대신에 울창한
초목이 늘어났다. 한 시간쯤 후 집 근처 버스 정류장에 도착
했다. 이미 하늘은 어스름해졌고 벌레 우는 소리가 단조롭게
들려왔다.

비포장길을 걸어 히라우치 씨 집으로 향했다. 건물이라고는 몇 분에 한 채 정도밖에 나타나지 않았다. 죄다 사람이 사는 낌새가 없는 것으로 보건대, 별장 같은 시설이리라.

잠시 더 걸어가자 히라우치 씨 집이 보였다. '자연 속에 덩그러니 서 있다'는 인상이었다. 지은 지 26년 된 집이라 세월에 따른 노후화가 느껴지기는 했지만, 예전 주인이 소중하게 사용했는지 그렇게까지 허름하지는 않았다. 아주 깔끔한 단독주택이었다.

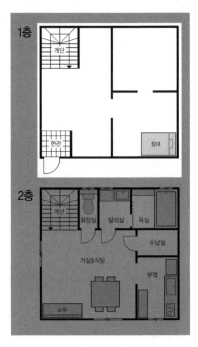

하지만 집 안에 들어가자마자 기묘한 점을 알아차렸다.

1층에 창문이 하나도 없었다. 그래서인지 불을 켜도 침침하니 음산한 기분이 들었다.

히라우치 집을 보러 왔을 때 부동산업자한테 물어봤더니 1층은 창고래요. '그래서 창문이 없다'던데요.

필자　　이상한 구조군요.

히라우치　시골 사람은 농작업을 하니까 도구들을 보관하려면 이렇게 넓은 창고가 필요한 거겠죠. 저는 농사를 안 지으니까, 1층에 침대를 두고 침실로 쓰고 있습니다.

그 후, 히라우치 씨가 집을 안내해 주었다. 도중에 어떤 방에서 묘한 위화감을 느꼈다.

1층 북동쪽 모서리 방. 거기에 들어선 순간 이상하게 압박되는 기분이었다.

필자　　히라우치 씨. 이 방, 좀 이상하지 않습니까? 좁다고 할까…….

히라우치　아시겠어요? 저도 처음에 딱 들어왔을 때 '갑갑한' 느낌을 받았거든요.

입주하고 얼마 지나서 시험 삼아 줄자로 재어 보니까, 아니나 다를까 옆방보다 좀 좁더라고요. 가로와 세로의 길이가 80센티미터쯤 짧아요. 뭐랄까, 바깥에 면한 벽이 두꺼운 것 같다고 할까요.

히라우치 씨의 이야기를 참고로 다시 그린 도면은 다음과 같다. 히라우치 씨는 "배관이 지나가는 공간일까요?"라고 말했지만 배관 통로가 이런 곳에 있다니 이상하다.

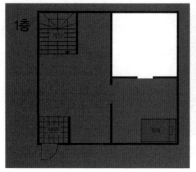 

* * *

집을 구경한 후 2층에서 저녁을 먹었다. 히라우치 씨가 만들어 준 메밀국수와 슈퍼에서 구입한 지역 특산물 채소로 만든 튀김을 함께 먹자, 두 가지 풍부한 맛이 뒤섞여 입이 호강하는 기분이었다.

식사를 마치고 차를 마시는데 내 스마트폰이 울렸다. 확인해 보니 편집자 스기야마 씨였다.

필자 여보세요.

스기야마 아아, 늦은 시간에 미안해. 지금 통화 괜찮아?

필자 네. 무슨 일이세요?

스기야마 히라우치 씨 집 말인데, 오늘 나가노현 향토사를 연구하는 친한 작가님께 연락해서 물어봤어. 그랬더니 오래된 책을 소개해 주더라고. 그 책에 앱에 올라온 정보와 관련 있을 법한 내용이 있더군.

필자 무슨 책인데요?

스기야마 《명모 두류 일기》라는 쇼와 초기의 기행문집. 거기에 〈한이 지방의 추억〉이라는 챕터가 있는데, 저자가 1938년 8월 23일에 겪은 으스스한 일을 적어 놨더라고.

그 부분을 사진으로 찍어서 보내 줄 테니까 한번 읽어 봐.

스기야마 씨가 보내 준 사진에는 누리끼리한 낡은 책이 담겨 있었다.

《명모 두류 일기》 제14장 〈한이 지방의 추억〉. 저자, 미즈나시 우키.

저자가 산책을 하러 나갔다가 숲속에서 기묘한 물레방앗간을 발견한다는 내용이었다.

스기야마 한이 지방……. 요즘 말로 하면 난신 지방이야. 물론 히라우치 씨의 집이 있는 시모조촌도 포함돼. 내가 제일 흥미로웠던 부분은 저자 미즈나시 우키가 오두막에서 죽은 백로를 발견하는 장면이야.

백로였습니다. 백로 암컷이 죽어서 널브러져 있었습니다. 분명 누군가 장난으로 가뒀겠지요. 그래서 밖으로 나가지 못해 굶어 죽은 것입니다. 죽은 지 오랜 시간이 지난 것 같았습니다. 털은 빠졌고, 한쪽 날개 끄트머리가 사라졌고, 몸은 썩었고, 검붉은 액체가 바닥에 스며 있었습니다.

스기야마　딱 읽자마자 엄청 신기했지. 우키는 어떻게 그게 백로 암컷인 줄 알아봤을까.

죽은 백로는 털이 빠졌고 몸도 썩었어. 지독한 상태였다고. 보통 어두침침한 곳에서 그런 걸 보면 죽은 새라는 건 알아차리더라도 종류까지는 판별하지 못할 거야.

그런데도 우키는 '백로', 게다가 '암컷'이라고 단언했어. 백번 양보해서 '백로'인 것까지는 알아보더라도, 암컷이라는 건 어떻게 알았을까?

내 생각에 이건 일종의 은유법이 아닐까 싶어. 즉, 사실 우키는 물레방앗간에서 다른 뭔가를 봤지만, 차마 글로 쓸 수가 없어서 일부러 '백로'에 '비유'한 것 아니려나.

어디까지나 상상이지만 우키는 거기서 여성의 시신을 본 것 아닐까?

필자 여성의 시신…….

스기야마 그렇게 생각하면 앱에 올라온 정보와도 들어맞아.

> 장소: 나가노현 시모조촌 오아자○○ △△번지
> 일시: 1938년 8월 23일
> 형태: 집
> 상세: 여자 시신

1938년 당시, 히라우치 씨의 집이 있던 곳은 삼림이었다. 삼림 안에 집을 지었을 리 없다고 생각했지만, 우키의 체험담에 따르면 물레방앗간은 '숲속'에 있었다. '집=물레방앗간'이라고 보면 이 정보의 '일시', '형태', '상세'는 전부 들어맞는 셈이다.

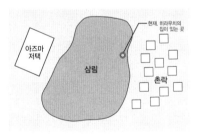

스기야마 다만 아쉽게도 우키의 체험담에는 상세한 지명이 나오지 않아. 물레방앗간이 현재 히라우치 씨 집이 있는 곳에 있었는지는 모를 일이지.

필자	아니요. 그것도 맞을 것 같네요.
	오늘 도서관에서 찾아봤는데, 옛날에 이 일대는 삼림에 덮여 있었어요. 히라우치 씨 댁은 삼림의 출구 부근에 해당하고요.
	그리고 그 근처에 촌락이 있었던 모양인데, 우키 씨가 그 촌락에서 걸어서 숲에 들어갔다면 위치상으로도 앞뒤가 맞습니다.
스기야마	그렇군. 그럼 역시……. 그런데 지금 시모조촌에 있는 거야?
필자	네. 시간이 늦어서 히라우치 씨 댁에서 하룻밤 신세지기로 했어요.
스기야마	이상한 소리를 하는 것 같지만…… 조심해.
필자	네? ……귀신이 나온다는 소문이 있는 것도 아닌데 웬 걱정이세요. 애당초 이 집 자체가 사고 물건이 아닌걸요.

그 말을 꺼낸 순간 왠지 가슴이 술렁거렸다.
마음속 어딘가에서 정체 모를 불안감이 고개를 쳐들었다.

전화를 끊은 후 히라우치 씨에게 〈한이 지방의 추억〉을 보여 주었다.

히라우치 그럼 이렇게 된 걸까요?

오키누 씨, 아즈마 저택을 빠져나와 근처 삼림으로 도망친다.
↓
삼림을 헤매다 물레방앗간을 발견한다.
↓
비바람을 피하기 위해 물레방앗간에 들어가지만,
먹을 것이 없어서 굶어 죽는다.
↓
오키누 씨의 시신을 발견한 우키가 체험담을 글로 쓴다.
↓
그 책을 읽은 사람이 우키가 감춘 진실을 알아차리고
'전국 사연 있는 곳 찾기'에 정보를 올린다.

필자 일단 스토리는 무리 없이 연결되네요.

히라우치 하지만 그렇다면 누가 오키누 씨를 물레방앗간에
가둔 걸까요.

필자 가뒀다니요?

히라우치 그렇잖아요?

히라우치 씨는 그 자리에 있던 전단지 뒷면에 물레방앗간의
평면도를 그렸다.

히라우치 물레방앗간의 내벽은 물레방아를 회전시켜야 이동

할 수 있죠.

즉, 안에서는 벽을 움직일 수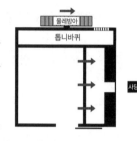
없는 거예요. 우키가 물레방앗
간을 발견했을 때, 오키누 씨의
시신은 '왼쪽 방'에 갇혀 있었
잖아요.

요컨대 오키누 씨가 사망한 후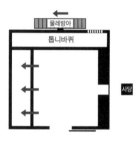
밖에서 물레방아를 돌린 사람
이 있다는 뜻이겠죠.

필자 확실히 그러네요. 대체 누가 그
런 짓을…….

아니, 그보다는 정말로 죽은 후였을까.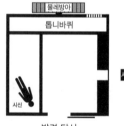

발견 당시

히라우치 그런데 이 물레방앗간은 애당
초 뭐였을까요?

필자 촌락 근처에 있었으니, 거기 사
는 사람들이 만든 거겠죠. 우키
가 말한 대로 '죄인을 참회시키기 위한 장소'였는지
는 모르겠지만요.

둘이서 잠시 물레방앗간의 평면도를 들여다보았다. 그러자 어째선지 점점 묘한 기분이 들었다. ……기시감이 든다고 해야 할까.

필자 히라우치 씨. ……이 물레방앗간…… 그 방과 비슷하지 않나요?

히라우치 ……실은…… 저도 그 방이 생각났어요.

우리는 누가 먼저랄 것도 없이 일어나서 1층으로 뛰어 내려갔다.

북동쪽 모서리 방. 옆방보다 가로와 세로 길이가 80센티미터나 짧아서 갑갑하게 느껴지는 방.

히라우치 설마 그런…….

필자 일단 시험해 볼까요?

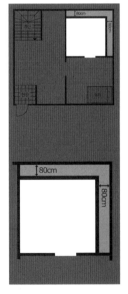

나는 동쪽의 '두꺼운 벽' 가장자리를 두드렸다. '탁, 탁' 하고 안이 꽉 들어찬 소리가 났다. 나는 천천히 중앙으로 이동하면서 계속 벽을 두드렸다. 어느 지점에서 명백히 소리가 바뀌었다.

'퉁, 퉁.' ……벽 한복판쯤을 두드리자 소리가 울렸다. 즉, 이 벽은 중앙 부분만 비어 있다는 뜻이다.

> 출입구 외에는 창문, 가구, 램프, 장식 등등 아무것도 없는 방이라 마치 네모난 상자 같은 인상이었습니다. 다만 오른쪽 벽에 커다란 구멍이 있는 것이 유일한 특징이었습니다.
>
> 구멍이라고 해도 뻥 뚫려서 밖이 보이는 건 아니었습니다. 그러니 '움푹 팬 공간'이라고 표현해야 할까요.
>
> 벽 한가운데를 네모나게 파낸 듯한 그 '공간'은 제가 몸을 작게 웅크리면 쏙 들어갈 정도의 크기였습니다.

우리의 상상은 너무나 현실과 동떨어졌다. 상식적으로 생각하면 말도 안 되는 망상의 부류였다. 하지만 모든 단서가 그 결론으로 이어졌다.

이 집은 물레방앗간을 증축해서 만든 것 아닐까.

히라우치   아니…… 누가 뭣 때문에 그런 짓을…….

게다가 이상해요. 부동산업자는 분명 건축 연수가 '26년'이라고 했어요. 우키가 물레방앗간을 발견한 건 80여 년 전이고요. 설마 부동산업자가 거짓말을

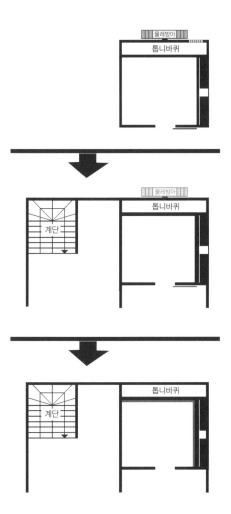

했을 리가······.

필자　저기, 히라우치 씨. 부동산업자가 건축 연수 외에 다른 말은 하지 않았습니까?

히라우치　건축 연수 외에?

필자　예전에 알고 지내는 설계사에게 들었는데요. 부동산업자가 매물을 소개할 때는 그 집의 건축 연수를 고객에게 알려 줄 의무가 있어요. 다만 건축 연수를 계산하는 방법은 한 가지가 아니라더군요.

예를 들어 10년 전에 지은 건물을 5년 전에 증축하면, 기본적으로 건축 연수는 '10년'으로 표기해야 합니다.

하지만 증축하면서 기존 건물에 대규모 보강 공사를 하면, 건축 연수를 '증축한 년도'부터 헤아려도 되는 사례가 있대요.

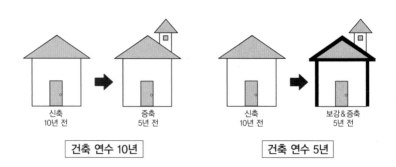

신축
10년 전

증축
5년 전

건축 연수 10년

신축
10년 전

보강&증축
5년 전

건축 연수 5년

히라우치 네?

필자 즉, 10년 전에 지은 건물을 5년 전에 보강해서 증축했다면, 부동산업자는 건축 연수를 '5년'으로 표기해도 된다는 거죠.

히라우치 무슨 말도 안 되는…….

필자 물론 그럴 때는 '증축된 건물'이라는 사실을 부동산업자가 고객에게 설명할 의무가 있습니다. 다만 자세한 방법까지는 법률로 정해 놓지 않아서 고객이 내막을 모르도록 일부러 두루뭉술하게 설명하는 사례도 있다고…….

히라우치 솔직히 말해 알아듣기 힘들어서……. 설명을 흘려들은 부분도 있었습니다. 하지만…… 설마 그런……. 그렇다면 이 방은…….

나는 지금까지 '여자 시신'이라는 말에 거리감을 느꼈다.

먼 옛일이라고 생각했기 때문이다. 옛날에 이곳에서 그런 일이 일어났더라도 지금 여기 있는 집과는 상관없다……. 그런 마음가짐이었다.

착각이었다.

사고 물건은 바로 이 집이었다.

* * *

솔직히 더 이상 이 집에 있고 싶지 않았다.

당장이라도 도망치고 싶은 기분이었다. 하지만 이미 버스는 끊겼고, 근처에 숙박 시설도 없다. 우리는 2층에서 한숨도 자지 않고 이야기를 나누며 밤을 새웠다.

다음 날 아침, 둘이서 버스 정류장으로 걸어가는데 어제 별장인 줄 알았던 집에서 나이 든 여성이 나왔다. 인사도 할 겸 이야기를 나누었다.

여성은 이 지역에서 오랫동안 혼자 살았다고 한다. 일찍 자고 일찍 일어나는 것이 습관이라 오후 7시 전에는 불을 끄고 잠자리에 든다는 모양이다. 어제 불이 꺼져 있던 것은 그런 이유에서였다.

여기에 오래 살았다면 뭔가 알지 않을까 싶어 그 집에 대해 물어보았다.

여성 글쎄……. 내가 이사 왔을 때도 있었으니 언제 생겼
      는지는 모르지만, 히라우치 씨가 올 때까지는 아무
      도 안 살았어.
필자 빈집이었다고요?

여성	그럴 거야. 누가 살았다면 길에서 한두 번은 그 집 사람과 마주치겠지? 그런데 한 번도 그런 적이 없었거든.
	하지만…… 모를 일이지. 공사를 한 번 했으니 내가 몰랐을 뿐 누군가 조용히 살았을 수도 있어.
히라우치	공사라니요?
여성	20년쯤 전에 큰 공사를 했어. 봐, 저 집은 2층짜리지? 내가 이사 왔을 때는 1층이었거든. 공사가 끝나고 2층이 생겼길래 '아, 증축했구나.' 하고 생각한 게 기억나.

그 이야기가 진짜라면 히라우치 씨의 집에는 당초 부엌, 화장실, 욕실이 없었던 셈이다. 그런 집에 사람이 살 수는 없다.

집을 보러 왔을 때 부동산업자한테 물어봤더니 1층은 창고래요.

즉, 처음에는 단순한 '창고'였다는 건가.

26년 전, 누군가가 물레방앗간을 증축해 '창고'를 만들었다. 그로부터 몇 년 후, 거기에 2층을 올려서 '가정집'으로 바꾼 것이다.

대체 뭣 때문에?

생각할수록 수수께끼는 깊어져 갔다.

자료⑤ '거기 있었던 사고 물건' 끝

재생의 성역

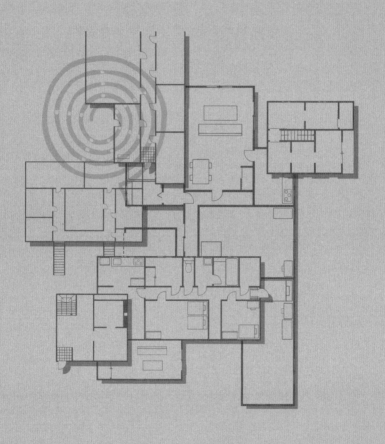

일찍이 나가노현 서부 야케다케산 기슭에 거대한 건축물이 있었다.

이름은 '재생의 성역'. ……컬트 교단 '재생회'의 종교 시설로 사용됐다고 한다.

교단은 이미 해산했고 시설도 철거됐으므로, 그 실체를 자세히 알아보려면 과거의 자료에 의지할 수밖에 없다. 이번에 소개할 내용은 1994년 8월에 발매된 한 월간지에 실린 기사로, 거의 유일하다 할 수 있는 '재생의 성역' 잠입 리포트다.

기사는 원래 '전편'과 '후편'으로 구성될 예정이었지만, 전편이 공개된 후 어느 기업에서 클레임이 들어와서 다음 호에 실릴 후편은 다른 기사로 대체돼 세상의 빛을 보지 못했다.

따라서 이번에 보여 드릴 수 있는 내용은 '전편'뿐이다.

덧붙여 본문 속 삽화는 잡지에 실린 것을 그대로 사용했다.

〈수수께끼로 가득한 컬트 교단의 내부를 철저히 파헤친다
'재생회' 시설 잠입 리포트 전편〉

☆독특한 운영 방침?

'재생회'는 나가노현을 거점으로 활동하는 컬트 교단이다.

그들의 교주는 살아 있는 신 미도 히카리(통칭: 성모님)다.
'살아 있는 신'이란 살아 있는 인간을 신으로 숭배할 때 흔히
사용되는 표현이다. 요컨대 "내가 바로 신이니 나를 숭배하
라."라고 말씀하시는 교주 밑에 신자가 모여들어서 생긴 교단
이라는 뜻이다.

그런 컬트 교단 자체는 드물지 않지만, '재생회'에는 몇 가
지 별난 특징이 있다.

① '어떤 사정'이 있는 사람들로 구성된 교단

지금까지 수많은 컬트 교단에 잠입해 취재하면서 만난 신자
들은 실로 다양했다. 처자식을 가진 부자가 있는가 하면, 홀
몸인 가난뱅이도 있었다. 도쿄 대학교 졸업생이 있는가 하면,
중졸도 있었다. 성장 환경, 연령, 성별, 직업, 취미……. 전부
제각각이라 '이런 유형의 사람이 종교에 잘 빠진다'라고 싸잡
아 말할 수는 없다는 것을 알게 됐다.

그런데 '재생회' 신자들에게는 한 가지 공통점이 있는 듯하다. '어떤 사정'을 끌어안은 사람만이 모여 있다는 것이다. 모든 신자가 공통으로 갖고 있는 '사정'이란 대체 무엇일까.

② 세뇌하지 않는 종교

컬트 교단은 신비한 초능력(그 정체는 대부분 단순한 마술이지만)을 보여 주거나, 폭력 또는 불법 약물을 사용해 신자를 세뇌할 때가 많다.

하지만 '재생회'는 그런 방법을 일절 사용하지 않고도 신자의 신앙심을 얻어 내 고가의 상품을 판매한다고 한다. 상품이라고 해도 항아리나 수정 구슬 같은 쩨쩨한 물건이 아니다. 수백만 엔, 때로는 수천만 엔을 호가하는 초고가 상품을 팔아넘긴다.

교단은 전화 권유와 입소문만으로 발족한 지 6년 차에 수백 명의 신자를 모았다고 한다. 인원수와 금액을 곱하면 그들의 벌이가 어느 정도인지 대략 짐작이 갈 것이다. 무서울(부러울) 따름이다.

③ 특이한 수행 방법

나가노현 서부에 '재생회'가 소유한 시설이 있다. 이름하여 '재생의 성역'.

한 달에 네 번쯤 집회가 열릴 때마다 신자들이 '재생의 성역'에 머물면서 수행을 하는데, 그 수행 방법이 참으로 특이하다고 한다.

한 달에 몇 번밖에 하지 않는 '특이한 수행'. ……바로 거기에 신자를 사로잡아 고가의 물건을 사게 하는 비밀이 숨어 있는 것이 틀림없다. 진상을 밝혀내기 위해 잠입의 프로라고 자부하는 필자가 '재생의 성역'에 직접 숨어들어 취재하기로 했다.

당연히 시설에 잠입하려면 교단에 입회해야 한다. 매번 이것이 걸림돌이다. 컬트 교단은 대부분 내부 정보가 세상에 새어 나가는 걸 싫어하므로, 입회 희망자를 철저하게 조사해 '잠입 취재가 목적인 기자가 아닌지' 판가름한다. 이 바닥에서 잔뼈가 굵은 필자도 그들 특유의 후각에 발각돼 거절당할 때가 많다.

그런데 다른 컬트 교단에 비해 '재생회'는 문턱이 상당히 낮았다. 전화로 이름, 나이, 주소를 말한 후 '어떤 질문'에 대답하고(질문 내용은 교단의 정체와 깊은 관련이 있으므로 다음 호에 실릴 후편에서 밝히겠다) 마지막으로 교단에 신앙을 맹세하자 바로 입회를 허락해 주었다.

그뿐만 아니라 다음번에 '재생의 성역'에서 거행될 수행 과정도 예약할 수 있었다. 일이 너무 순조롭게 진행돼서 조금 무섭기도 했는데…….

　수행 과정 당일, 전철을 갈아타고 나가노현으로 향했다.

　교단 부지는 자연에 둘러싸인 드넓은 평지로, 중앙에 새하
얀 건축물이 서 있었다. 이것이 소문으로 듣던 '재생의 성역
(이제부터 '성역'으로 통일)'이다. 종교 시설이라기보다는 현대
예술이라고 해야 딱 와닿을 것처럼 특이하게 생겼다.

　부지 내부에 있는 신자 수십 명은 모두 성역을 향해 줄줄이
걸어가고 있었다. 나도 그들을 따라가기로 했다. 성역에서 튀
어나온 좁고 기다란 터널로 들어가서 잠시 걷자 집회장이 나
왔다.

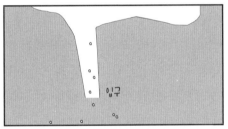

　집회장에는 수많은 접의자가 줄줄이 놓여 있었다. 내 기준
으로 왼쪽에는 반원형 무대가 보였고, 오른쪽에는 새빨간 원
통 모양 오브제가 있었다. 신자들은 이 거대한 오브제 앞에서
한동안 고개를 깊이 숙인 후 접의자에 앉았다. 분명 교단의
상징물이리라.

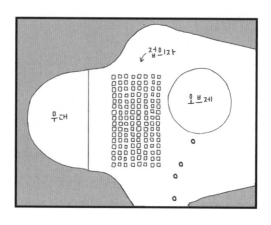

　30분쯤 지나자 접의자 자리가 꽉 찼다. 자리에 앉지 못해 '입석' 상태인 신자도 많았다. 남자와 여자의 비율은 반반 정도일까. 부부로 추정되는 사람들도 있었다.

　연령층은 삼사십 대가 제일 많았다. 다들 한 마디도 없이 허리를 꼿꼿이 편 채 아무도 없는 무대를 바라보았다. 이처럼 기묘한 광경은 지금까지 잠입 취재를 하면서 여러 번 보았다. 교주가 등장하기를 의심 없이 기다린다……. 어떤 의미에서는 컬트 교단 신자의 전형적인 태도다.

　다만 그들에게는 지금까지 봐 왔던 컬트 교단 신자들과 다른 점이 있었다. 컬트 교단에서는 '제의(祭衣)'라고 부르는 복장으로 통일하고 수행에 임할 때가 많다. 하지만 여기 모인 신자들은 복장이 각양각색이었다. 분명 사복이리라. 더구나

(패션 감각에 차이는 있을지언정) 다들 비싸 보이는 명품 옷을 입었다. 자세히 보니 시계와 목걸이도 고급스러워 보이는 것들이 눈에 띄었다.

'재생회'는 신자에게 수백만 엔에서 수천만 엔에 이르는 고가의 상품을 구입하라고 요구한다. 그러한 요구에 응할 수 있는 재력이 있는 사람들만 모여 있다는 걸까.

잠시 후, 무대에 누군가 나타났다. 교주 미도 히카리는 아니다. 사십 대 중반으로 보이는 정장 차림의 남자였다.

불쾌한 듯 주름이 잡힌 미간, 쑥 들어간 눈, 그리고 특징적인 매부리코. 본 적 있는 얼굴이다. 주부 지방에서 손꼽히는 건축 회사 '히쿠라 하우스'의 사장 히쿠라 마사히코였다.

사전에 소문은 들었다. 히쿠라 하우스의 사장은 컬트 교단 '재생회'와 깊은 관련이 있으며 거액의 자금을 원조한다……. 설마 그 소문이 진짜였을 줄이야.

히쿠라 씨는 무대 한가운데에 서서 위협하는 듯한 목소리로 말을 꺼냈다.

다음은 몰래 숨겨서 반입한 녹음기로 녹음한 음성을 녹취한 것이다.

"이미 자각하고 계실 겁니다. 본인이 안고 있는 무시무시한 죄를. 그리고 그 죄를 여러분의 가엾은 아이가 물려받았습니다. 부모의 죄를 받아 태어난 아이. 죄를 짊어진 아이. 그 부정함이 여러 가지 불행을 불러들여 여러분을 지옥의 늪에 가라앉힐 겁니다.

안타깝게도 부정함은 절대 사라지지 않습니다. 하지만 희석할 수는 있어요. 거듭 수행함으로써 정화할 수 있는 겁니다. 일단은 여러분부터 이 성역에서 부정함을 씻어 냅시다. 그리고 내일 아침, 지금보다 좀 더 정화된 몸으로 집에 돌아가서 여러분의 아이들에게 수행을 지도해 주십시오."

한 기업을 통솔하는 수장답게 목소리와 말투에 위엄이 있었다. 내용 자체는 극히 정석적이었다. 평범하다고 할 수도 있었다.

일단 '죄'니 '부정함'이니 '불행'이니 하는 추상적인 표현으로 공포심을 자극한 후, 마지막에 '거듭 수행함으로써 정화할 수 있다'라고 해결책을 제시한다. 즉, '이 교단에 입회하면 구원받는다'라는 뜻이다.

너무나 초보적인 연설이었다. 그래도 신자들은 히쿠라 씨의 이야기에 진지한 표정으로 귀를 기울였다. 말을 곱씹듯이 몇 번이나 고개를 끄덕이거나 눈물을 글썽이는 사람도 있었다.

'재생회'는 신자를 세뇌하지 않는다고 들었지만, 아무래도 아닌 듯했다. 신자들은 분명 무슨 방법으로 세뇌당했다.

히쿠라 씨의 이야기가 끝나자 어디선가 교회원(신자의 수행을 돕는 도우미) 몇 명이 나타나 우리를 자리에서 일으키고 일렬로 세웠다.

아무래도 이제부터 교주 미도 히카리에게 참예(신에게 나아가 뵙는 것)하러 가는 모양이다. '성모님'이라 불리는 살아 있는 신 미도 히카리……. 대체 어떤 인물일까.

신자들의 행렬은 새빨간 원통 모양 오브제로 이어졌다. 성모님은 오브제 안에 있는 모양이다. 그렇다면 이것은 오브제가 아니라 '신전'인 셈이다.

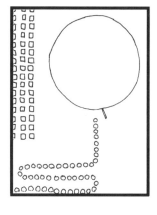

교회원이 신전 문을 열자 신자들은 다섯 명씩 한 조를 이루어 안으로 들어갔다. 한 조당 10분 넘게 걸리므로 진행은 느리다.

신전에서 나온 신자들은 모두 기쁨이 충만한 표정이다. 혹시 이 안에 세뇌의 비밀이 있는 것 아닐까. 한 시간쯤 기다린

끝에 드디어 차례가 돌아왔다.

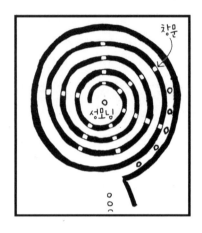

　일단 신전의 구조를 설명하겠다. 내부에는 소용돌이 모양의
벽이 둘러쳐져 있고, 신전 중심부에 성모님이 앉아 있다. 우
리 다섯 명은 벽에 설치된 창문으로 성모님을 바라보며 중심
부를 향해 빙글빙글 걸어갔다.

　통로는 캄캄했지만, 성모님 바로 위에 작은 전구가 달려 있
어서 성모님의 모습은 어렴풋이 보인다. 첫 번째 창문을 들여
다보았을 때, 나는 두 눈을 의심했다.

　잘못 본 줄 알았다. 하지만 중심부로 다가가면서 성모님의
모습이 좀 더 확실히 눈에 들어오자 나는 확신했다.

　성모님은 신체 장애인이다. 왼팔과 오른 다리가 없다.

☆외팔과 외다리인 성모님

성모님은 쉰 살이 넘었다는 소문을 들었지만, 얼굴에 주름이 별로 없는 데다 길고 까만 머리에는 윤기가 흘렀고 피부도 탄력 있고 매끄러워서 열 살은 젊어 보였다.

허벅다리부터 아래쪽이 없는 오른 다리 대신에 길쭉하니 시원스럽게 뻗은 왼 다리로 몸을 지탱한 채 간소한 의자에 미동도 없이 앉아 있다. 몸에 걸친 것이라고는 흰색 비단 한 장뿐이다. 거의 반라라고 해도 될 정도다. '신성하다'라고 해야 할지는 모르겠지만, 분명 사람의 시선을 사로잡는 묘한 아름다움을 갖추고 있었다.

중심부에 도착하자 나를 제외한 네 명은 누가 먼저랄 것도 없이 성모님 앞에 공손히 꿇어앉았다. 나도 그들을 따라 했다. 성모님은 나를 보고 "처음 오신 분이로군요. 마음 편히 수행하고 가세요." 하고 상냥한 목소리로 말했다.

"그대도, 그대도, 그대도, 그대도, 그리고 오늘 처음 오신 그대도 죄에 신음하고 계시겠죠. 걱정하지 마세요. 곧 좋아질 거예요.

아시다시피 저는 죄를 짊어지고 태어났습니다. 죄를 지은 어머니에게 왼팔을 빼앗기고, 죄를 짊어진 아이를 구하기 위해 오른 다리를 잃었어요. 남은 몸으로 여러분을, 그리고 여러분의 아이를 구하고 싶습니다. 자, 재생합시다. 몇 번이든."

신자들은 바로 앞에서 말하는 성모님을 황홀한 눈빛으로 바라보았다.

이야기가 끝나자 우리는 소용돌이 형태의 통로를 반대로 돌아서 신전을 빠져나왔다. 교대하듯 뒤에 줄을 서 있던 다섯 명이 안으로 들어갔다. 마지막으로 들어간 남자의 눈이 이상하게 번뜩거려서 마음에 걸렸다.

자, 신전에 들어갔던 감상을 솔직하게 털어놓겠다. 내가 보기에는 '진부한 장치'에 불과했다.

작은 창문으로 여러 번 보여 줌으로써 통로 끝에 있는 사람이 마치 귀중한 존재인 듯한 착각을 주는 것이다. 소용돌이 형태의 통로를 빙빙 돌게 한 건 가벼운 현기증을 유발하기 위해서이리라. 머리가 어질어질한 와중에 몇 번이나 창문을 들여다본다. 저 끝에는 귀중하고 아름답고, 보통과는 다른 몸에서 신비한 분위기를 뿜어내는 여성이 앉아 있다. 사람들은 자연스레 마법에 걸린 듯한 기분에 빠진다.

종교뿐만 아니라 온갖 엔터테인먼트에서 사용해 온 고전적인 수법이다.

다음으로 신전의 중요 포인트인 성모님은 내 경험으로 추측하건대 분명 '꼭두각시'다. 그 여자에게서는 교단을 통솔할 만한 카리스마가 느껴지지 않았다. 교단 간부가 돈으로 고용해서 교주 노릇을 시킨 것이리라.

예로부터 인간은 신체에 결손이 있는 자를 '세상에 태어난 신'으로서 숭배해 왔다. 그렇듯 흔한 사례를 베낀 것에 지나지 않는다. 그 여자는 팔다리가 없는 신이 아니라 팔다리가 없다는 이유로 '신'을 연기하게 된 평범한 아줌마다.

평범한 아줌마를 신으로 위장하기 위한 장치가 이 신전이다. 물론 이런 조잡한 장치로 인간을 세뇌할 수는 없다.

기껏해야 이미 세뇌된 신자의 신앙심을 북돋아 주는 정도다. 결론을 말하자면 신전에 세뇌의 비밀은 없었다.

☆세뇌의 비밀은 어디 있는가?
깜짝 놀랄 수행 방법이 밝혀진다!

우리가 나오고 얼마 지나지 않아 신전 안에서 갑자기 소리가 들렸다. 몇 초 후에야 남자의 성난 고함 소리라는 걸 알아차렸다. 귀를 기울이자 남자가 무슨 말을 하는지 알아들을 수 있었다.

"성모님! 저한테 거짓말하신 겁니까! 저랑 아들을 구원해 주신다고 하셨잖습니까!"

바로 교회원 몇 명이 신전으로 뛰어들었다. 1분도 지나지 않아 그들에게 제압당한 남자 한 명이 끌려 나왔다. 눈을 번 뜩이며 마지막으로 들어간 그 남자였다. 나이는 사십 대 정도. 쌍까풀진 눈에 콧대도 우뚝하니 잘생긴 축에 속하리라.

남자는 "이 사기꾼 같은 년아! 네가 진짜로 신이라면 내 아들…… 나루키는 왜 죽은 건데? 죽여 버리겠어! 네 심장을 막아 버릴 거야!" 하고 악을 쓰며 밖으로 끌려 나갔다.

다른 신자들은 동요한 기색 하나 없이 남자에게 날카로운 눈빛을 던졌다. 반역자를 보는 듯한 눈이었다.

반역자가 사라지자 다시 정적이 돌아왔다. 우리 다섯 명은 교회원의 안내를 받아 수행을 하는 방으로 향했다. 수행실은

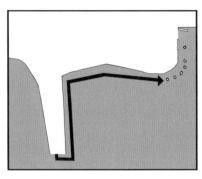
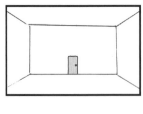

성역 안에 있지만, 바깥을 경유해서 가야 한다고 했다. 무슨 설계를 이렇게 성가시게 했는지 모르겠다.

길쭉한 터널을 통해 밖으로 나와서 성역 외벽을 따라 걸었다. 5분쯤 걷자 입구가 보였다.

넓은 현관홀 저편에 문이 하나 있었다. 문 안쪽이 수행실이리라. 우리는 한 줄로 서서 홀을 나아갔다.

한 달에 몇 번뿐인 수행으로 신자들을 이 정도까지 세뇌했으니, 아주 혹독하거나 듣도 보도 못 한 기묘한 짓을 강요할 것이다. 심장박동이 빨라졌다. 드디어 교회원이 문을 열었다.

눈앞에 전혀 예상치 못한 광경이 펼쳐졌다.

거대한 방에 수많은 침대가 놓여 있었고, 우리보다 먼저 도

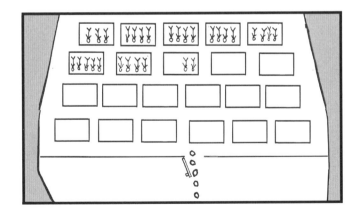

착한 신자들이 침대에 누워 쿨쿨 자고 있었다. 나와 함께 온 네 명도 비어 있는 침대에 차례대로 누워 눈을 감고 잠을 청했다. 어쩔 수 없이 나도 그들을 따라 했다. 이건 수행을 위한 사전 준비 같은 걸까.

잠시 후 문이 열리고 다음 조가 들어왔다. 그들도 침대에 누웠다. 시간이 흐르자 침대에 누운 신자들의 숫자가 늘어났다. 마침내 침대가 다 차자 바닥에 드러눕는 사람도 있었다. 방이 넓다고는 하지만 아무래도 답답했다.

자는 척하면서 언제 수행이 시작될지 기다렸지만, 몇 시간이 지나도 뭔가 시작될 낌새는 없었다. 밤이 오고 날짜가 바뀌었다. 손목시계가 오전 4시를 가리켰을 무렵 머릿속에 물음표가 떠올랐다.

혹시 '잠자는 것'이 수행 아닐까?

아니, 그게 진실이다. 이게 수행이 아니라면 신자들은 일부러 종교 시설까지 찾아와서 꿈나라 여행을 떠난 셈이니까. 그나저나 기묘하다.

'잠자는 것이 수행.' ……그런 종교는 생전 처음 들어 봤다. 뭔가 의미가 있는 걸까. 고심하다 보니 수마가 덮쳐 와서 나도 어느새 잠에 빠졌다.

☆성역 밖에서 본 희한한 광경

나는 오전 10시가 지나서야 잠에서 깨어났다. 주변을 둘러보자 아직 일어나지 않은 사람이 몇 명 있었다. 그러고 보니 기상 시간은 지정해 주지 않았다. '몇 시에 일어나도 상관없다' 그건가. 그래서야 종교 시설이라기보다 숙박 시설이다.

나는 침대에서 내려와 문을 열었다. 문 앞에 있던 교회원이 종이 팩에 든 차와 단팥빵을 건네주었다. 척하면 착이다. 어제부터 아무것도 못 먹어서 마침 배가 고팠으므로 현관홀 구석에 가서 먹었다. 그때 현관 왼쪽에 기다란 복도가 있다는 것을 알아차렸다.

복도라고 해도 끝부분은 문도 없이 막혀 있었다. 터널 형태의 막다른 길이 십수 미터 뻗어 있을 따름이다.

그 복도를 보고 문득 어떤 생각이 떠올랐다. 이 교단에 관한 내 나름의 추측이다. 감이 좋은 독자라면 내가 그린 허술한 일러스트를 보고 이

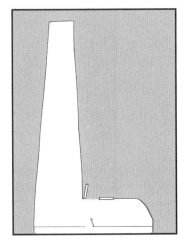

미 뭔가 알아차리지 않았을까.

빵을 다 먹고 현관을 지나 밖으로 나갔다가, 눈앞에 펼쳐진 광경에 나도 모르게 눈을 부릅떴다.

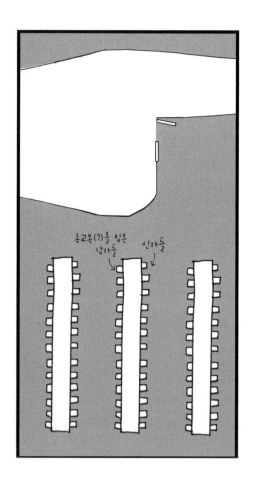

어젯밤 침실을 함께 썼던 신자들과 흰색 종교복을 입은 남자들이 널찍한 부지에 놓인 긴 테이블에 마주 앉아 뭔가 이야기하고 있었다.

다가가서 살펴보자 테이블에는 평면도가 수없이 깔려 있었다. 그제야 수긍이 갔다.

아까 현관홀에서 했던 추측은 역시 틀리지 않았다. 그것은 바로……

아쉽게도 여기서 할당된 페이지를 다 소진했다.

다음 호에 실릴 예정인 후편을 기다려 주시기 바란다.

☆다음 호 예고

'재생회'는 대체 무엇일까?

세뇌 방법은? 잠자는 이유는? 신자가 끌어안고 있는 사정은? 갖가지 수수께끼를 필자가 철저히 고찰한다!

감상

기사를 통틀어 컬트 교단 '재생회'의 기묘한 실태를 꼼꼼하게 그려 냈다.

다만 후편에 대한 기대를 높이기 위해서인지, 모호하고 감질나는 표현이 많아서 해명되지 않은 수수께끼가 많이 남아 있다. 특히 마음에 걸리는 것은 이 대목이다.

감이 좋은 독자라면 내가 그린 허술한 일러스트를 보고 이미 뭔가 알아차리지 않았을까.

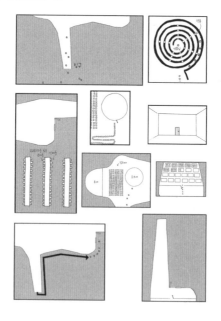

기사에 실린 일러스트에 무슨 힌트가 숨어 있다는 뜻일까.

나는 일러스트를 한자리에 늘어놓았다. 시설을 위에서 묘사한 그림이 많았다. 어쩐지 묘한 느낌이 들었다.

기자는 시설의 외관을 두고 '종교 시설이라기보다는 현대 예술이라고 해야 딱 와닿을 것처럼 특이하게 생겼다'라고 표현했다. 확실히 예술성을 강조한 건축물처럼 독특한 형태다. 하지만 그저 독특하기만 한 것은 아닌 듯했다.

나는 성역의 평면도를 모양대로 잘라 내, 조각을 짜맞춰서 전체상을 만들어 보기로 했다. 마치 지그소 퍼즐 같은 작업이다. 잠시 후 실로 기묘한 형상이 나타났다.

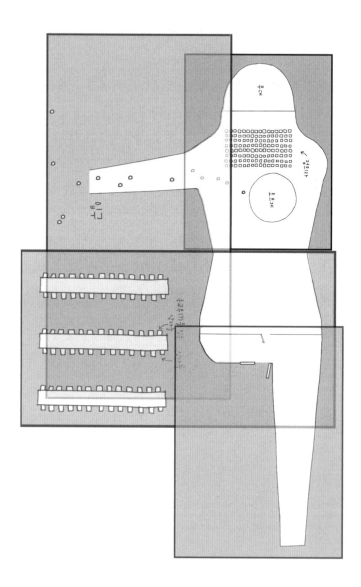

192

틀림없다.
인간 모양이다. 그것도 평범한 사람이 아니다.

성모님은 신체 장애인이다. 왼팔과 오른 다리가 없다.

왼팔과 오른 다리가 없는 여성을 정면에서 본 구도……. 보기에 따라서는 그렇게 해석할 수도 있겠다.

'재생의 성역'은 성모님의 몸을 본떠서 만든 건물이었다……. 그런 걸까.

하지만 그 사실을 알아냈다고 한들, 교단의 수수께끼는 여전히 베일에 싸여 있다.

참고로 '재생회'는 1999년에 해산했고, 그 이듬해에 '재생의 성역'도 철거됐다고 한다.

자료⑥ '재생의 성역' 끝

아저씨네 집

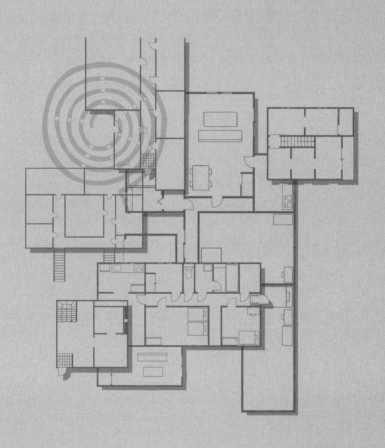

11월 24일

오늘은 계속 집에 있었다. 엄마가 아직 집에 오지 않아서 심심하다.

배고픈 걸 참을 수 없어서 부엌에 있는 빵을 하나 먹었다.

11월 25일

어젯밤에 왜 맘대로 빵을 먹었느냐고 엄마가 혼냈다. 무릎을 꿇고 앉아서 "죄송합니다."라고 백 번 말했다. 엄마는 저녁까지 자다가 일어나서 나를 꼭 안아 주었다. 울 마음은 없었는데 눈물이 나서 기분이 이상했다.

11월 26일

배고프다고 시끄럽게 말했더니 엄마가 화나서 "조용히 해." 하고 소리치며 내 코를 꽉 잡아서 숨을 쉴 수가 없었다. 입으로 숨 쉬면 될 것 같아서 그렇게 하자 "꼼수 부리지 마." 하고 엄마가 혼내서 꼼수를 부린 것이 부끄러웠다. 꿇어앉아서 "죄송합니다."라고 말했다.

11월 27일

저녁에 아저씨가 와서 엄마와 함께 아저씨네 집에 갔다. 처음 가 보는 거라서 긴장됐다. 차를 타자 금방 도착했다.

아저씨네 집은 굉장했다. 연립주택에 있는 우리 집보다 크고, 문 왼쪽에는 커다란 화단이 있었다. 안으로 들어가자 한가운데에 복도가 있고, 문도 많이 있었다.

제일 가까운 오른쪽 문으로 들어가자 커다란 텔레비전과 테이블이 있었다. 창문으로 화단과 집 현관문이 보였다. 반대쪽 창문으로는 붕붕 달리는 차가 보여서 멋있었다.

그 방에서 저녁밥을 먹었다. 오므라이스였는데 맛있었다. 배부르게 먹어도 엄마가 화내지 않았다.

밥을 다 먹고 복도로 나가서 옆방으로 갔다. "여기가 나루키 방이야." 하고 아저씨가 말했다. 방에는 침대가 있었다. 침대에서 자는 건 처음이라 기뻤다.

그리고 달려가는 차들이 창문으로 보여서 즐거웠다.

11월 28일

아침에 일어나 아저씨랑 엄마와 함께 밥을 먹었다. 폭신폭신한 달걀 요리와 구운 햄이 맛있었다.

밥을 다 먹고 복도로 나가서 밥 먹는 방의 옆방으로 갔다. 커다란 창문으로 화단이 보였다. 방에 자전거 같은 게 있었다. 아저씨는 "실내 사이클이야."라고 했다. 타 보니까 재미있었다.

그 방에 다른 문이 있었다. 열어 보니 아무것도 없는 방이었다. 그 방도 창문으로 화단이 보였고, 다른 창문으로는 강이 보였다.

저녁에 아저씨 차를 타고 집으로 돌아왔다. 아저씨와 헤어질 때 슬펐다. 밤에 엄마가, 내가 아저씨에게 고맙다는 말을 하지 않았다고 화내면서 숨을 못 쉬도록 코를 잡았다. 입으로 숨 쉬는 건 꼼수니까 열심히 입을 다물었다.

(중략)

2월 24일

엄마가 낮에 들어와서 잠들었다. 이불을 덮어 주자 "고마워." 하고 꼭 안아 주었다. 나도 엄마 옆에서 같이 잤다.

저녁에 엄마랑 내 밥을 만들려고 식빵에 잼을 발라서 토스트기에 넣었더니 까맣게 탔다. 엄마 몰래 쓰레기로 버리려다가 들켜서 혼났다. "꼼수는 안 돼."라는 말에 또 꼼수를 부린 것이 창피했다.

2월 25일

엄마가 "내일은 아저씨네 집에 가는 날이야."라고 해서 기대됐다. 하지만 아저씨네 집에서 너무 재미있게 지내면 돌아와서 엄마한테 혼나니까 너무 재미있어하지 않도록 조심해야겠다.

2월 26일

엄마랑 아저씨네 집에 갔다. 화단을 보자 반가웠다. 셋이서 식당에 가서 라면을 먹었다. 맛있었지만, 오므라이스를 또 먹고 싶었다.

아저씨와 같이 목욕한 후, 아저씨랑 엄마가 싸워서 엄마가 울었다. 아저씨는 내가 말라서 가엾다고 했다. 화해한 후 아저씨가 "이제부터는 양육비를 줄게." 하고 말했다. 엄마는 "고마워." 하고 인사했다.

2월 27일

아침밥으로 먹은 콘 수프와 달걀프라이가 맛있었다. 밥을 다 먹고 움직이지 않는 자전거를 또 타고 싶어서 밥 먹는 방의 옆방에 가서 움직이지 않는 자전거를 탔다. 막 밥을 먹어서 그런지 배가 조금 아팠다.

자전거를 탄 다음 그 방에 있는 다른 문을 열자 전에 있었던 방이 없고, 강이 쏴아쏴아 흘렀다. 이상했다.

저녁에 아저씨 차로 집에 돌아왔다. 헤어질 때 슬퍼서 울 뻔했지만, "고맙습니다." 하고 제대로 말했다. 아저씨는 웃으면서 내 머리를 쓰다듬었다.

(중략)

3월 3일

부엌에 빵이 하나도 없어서 오늘도 밥을 못 먹었다. 배가 고프다가 나중에는 아프길래, 연필을 핥고 씹어서 먹었다. 배 아픈 것이 조금 나아졌다.

3월 4일

아저씨한테 전화가 와서 "엄마 바꿔 줘." 하고 시키길래 엄마를 바꿔 줬다. 엄마는 전화로 아저씨와 말싸움을 했다. 전화를 끊은 후에 엄마가 "이제 아저씨를 만나러 안 갈 거니까 그렇게 알아." 하고 말해서 슬펐다.

3월 5일

엄마가 나간 후에 아저씨가 왔다. "아저씨랑 같이 가자."라고 하길래 아저씨네 집에 갔다. 엄마에게 혼나지 않을까 걱정됐지만, 아저씨가 괜찮다고 했고 오므라이스를 만들어 준대서 가기로 했다.

아저씨네 집에서 맛있는 오므라이스를 먹었다. 그다음에 같이 텔레비전을 봤다. 아저씨는 "여기서 살아도 돼." 하고 말했다. 학교에도 보내 주겠다고 했다. 엄마도 같이 산다면 아저씨네 집에서 살고 싶었다.

그러고 나서 아저씨가 복도 저 멀리 있는 방에 데려갔다. 작은 방이었는데 갈색 인형이 있어서 무서웠다. 아저씨는 "여기는 집의 심장이야." 하고 말했다. "그래서 문을 잠그면 안 돼."라고도 말했다. 무슨 뜻인지는 모르겠다.

3월 6일

아저씨와 점심을 먹은 후 집 앞에 차가 섰다. 엄마랑 금색 머리 남자가 내렸다. 엄마와 남자는 아저씨와 싸웠다. 나는 엄마에게 안겨서 남자 차에 탔다. 아저씨가 쫓아왔지만, 차가 빨리 달려서 아저씨는 금방 보이지 않게 됐다.

차는 우리 집으로 가지 않고 남자의 집이 있는 연립주택으로 갔다. 엄마는 "이제부터 우리 셋이서 여기 살 거야."라고 했다. 아저씨를 보고 싶어서 눈물이 날 것 같았다.

3월 7일

남자의 이름은 에이지 씨라는 걸 배웠다. 에이지 씨가 밥을 줬지만 이상한 냄새가 나서 뱉었다. 엄마는 내게 화를 내고 에이지 씨에게 사과했다.

엄마가 에이지 씨한테 혼나는 게 싫어서 참고 먹었더니, 기분이 안 좋아져서 토했다. 그래서 엄마가 에이지 씨에게 혼났다. 내가 알아서 "죄송합니다."를 백 번 말했다.

3월 8일

배가 아파서 설사할 것 같았지만, 나 때문에 귀찮아지면 에이지 씨가 엄마한테 화내니까 참았다.

(중략)

3월 16일

에이지 씨가 시켜서 나는 벽장에서 지내기로 했다. 엄마가 "미안해." 하고 울어서 나도 울 뻔했지만 참았다. 엄마가 몰래 빵을 하나 주었다. 소리가 나지 않도록 조심해서 먹었다.

3월 17일

벽장 안에 가만히 앉아 있자 엉덩이와 등이 아팠지만, 소리를 내면 에이지 씨가 엄마를 때리니까 소리가 나지 않게 조심했다. 전에 봤던 재미있는 텔레비전 방송 같은 걸 머릿속으로 떠올리며 참았다.

3월 18일

소리를 내서 에이지 씨에게 맞았다. 엄마가 울면서 그만하라고 하자 에이지 씨는 엄마도 때렸다.

3월 19일

에이지 씨의 고함 소리와 엄마가 소리를 지르며 우는 소리가 들렸다. 들리지 않도록 손가락을 귓구멍에 넣었다.

(중략)

4월 12일

오늘도 밥을 못 먹었다. 배가 고프고 아팠다. 재미있는 일을 생각하며 배가 아픈 걸 잊어버리려고 했지만 잘 안 됐다. 아저씨네 집에 가서 오므라이스를 먹고 싶다.

4월 13일

배가 아픈 건 나았지만, 배가 빵빵한 것 같은 기분이 들고 침에서 쓴맛이 났다.

4월 14일

엄마가 물을 주었다. 물은 원래 아무 맛도 안 나는데, 오늘은 단맛이 났다.

4월 15일

일어날 수가 없어서 벽장 구석에 머리를 대고 누웠다. 이불을 깔고 자고 싶었다.

4월 16일

엄마가 주먹밥을 줬지만 씹어도 삼킬 수가 없었다.

4월 17일

눈이 뻑뻑해서 글씨를 제대로 못 쓰겠다.

4월 18일

누워 있어도 머리가 핑핑 도는 느낌이 든다.

4월 19일

온몸이 아프다.

4월 20일

눈이 잘 안 보인다.

4월 21일

물 먹고 싶다.

(일기는 여기서 끊겼다.)

필자 주

1994년 5월 8일. 아이치현 이치노미야시에 위치한 연립주택의 한 방에서 미쓰하시 나루키(9)가 시신으로 발견됐다. 사인은 영양실조에 의한 여러 가지 합병증으로 추정됐다. 시신의 전신에 타박상이 남은 것으로 보건대, 나루키 군은 평소 학대를 당한 것이 분명했다.

나루키 군의 어머니 미쓰하시 사오리 용의자와 그녀의 남자친구인 나카무라 에이지 용의자는 보호 책임자 유기 치사죄로 기소돼 각각 징역 8년과 징역 14년이 확정됐다.

나루키 군이 세상을 떠나고 2년 후, 죽기 얼마 전까지 나루키 군이 썼던 일기의 내용이 《소년의 독백~미쓰하시 나루키의 마지막 수기~》라는 제목으로 출판됐다.

이 챕터는 그 서적에서 일부를 발췌한 내용이다.

자료⑦ '아저씨네 집' 끝

방을 잇는 실 전화기

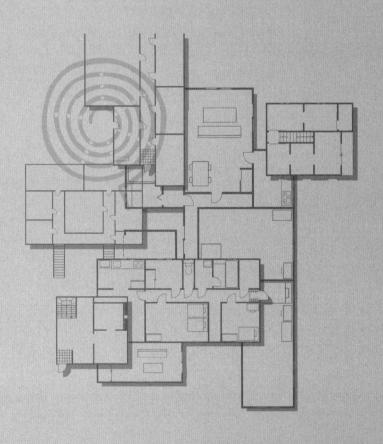

2022년 10월 12일
가사하라 지에 씨 취재 기록

가사하라 지에 씨가 취재 장소로 지정한 곳은 기후현의 주택가에 있는 세련된 카페였다. 지에 씨는 메뉴를 노려보며 "음, 뭐가 좋을까……." 하고 10분 가까이 고민한 끝에 몽블랑과 로즈메리 티 세트를 선택했다.

지에 씨는 기후현에 거주하는 프리랜서 일러스트 작가다. 현재는 어머니와 둘이서 맨션에 산다고 한다.

올해 마흔 살이지만 실제 나이보다 어려 보이는 데다 마치 소녀 같은 분위기를 풍겼다. 발랄한 느낌의 단발머리와 부드럽고 늘어지는 말투 때문일까.

잠시 후 몽블랑과 티 세트가 나오자 지에 씨는 "와아, 맛있겠다." 하며 포크로 케이크를 작게 떠서 입에 넣었다.

이날 취재의 주제는 지에 씨가 어릴 적에 체험한 '집'에 얽힌 이야기였다.

* * *

지에 씨는 기후현 하시마시의 주택가에 있는 2층짜리 단독주택에서 태어나고 자랐다.

　가족은 아버지, 어머니, 오빠에 지에 씨까지 총 네 명. 아버
지는 실적 좋은 수입차 딜러로, 연봉이 일반 회사원의 몇 배
는 됐다고 한다. 하지만 일가족의 생활수준은 그리 윤택하지
못했다.

지에　　우리 아빠는 진짜 최악이었어요.
　　　　번 돈은 대부분 혼자 다 써 버리고, 집에는 땡전 한
　　　　푼 가져다주지 않았죠. 그래서 엄마랑 오빠랑 나는
　　　　진짜 궁상맞게 살았어요. 엄마가 매일 파트타임으
　　　　로 일해서 겨우 저녁 반찬을 살 정도였어요.
　　　　그런데 아빠는 어디서 놀다 오는 건지 매일 밤늦게
　　　　술 냄새를 풀풀 풍기며 들어와서 코를 골며 곯아떨
　　　　어졌죠. 참 팔자가 늘어졌었다니까요.
필자　　그런데도 어머님은 가만히 계셨습니까?
지에　　가만히 있고 싶지야 않았겠지만, 강단이 없어서 아
　　　　무 말도 못 했어요. 옛날에는 지금보다 남자의 권위
　　　　가 더 강하기도 했잖아요. 아빠에게 직접 따지지 못
　　　　하는 대신, 엄마는 항상 우리 남매에게 불평을 늘어
　　　　놨죠.
　　　　저딴 인간이랑 결혼하는 게 아니었다면서요. 그럼

왜 결혼한 걸까 의아했지만, 지금은 어쩐지 이해가 가요.

아빠는 나이에 비해서 인물이 좋았어요. 성격은 경박하지만, 가끔 다정한 면모를 슬쩍 보여 주기도 했고요. 소위 나쁜 남자였죠. 분명 젊었을 때는 인기 많았을걸요? 엄마는 속은 거예요.

지에 씨는 그런 아버지와 잊지 못할 추억을 하나 쌓았다고 한다.

지에 내가 초등학교 4학년으로 올라갔을 때, 오빠가 기숙사 생활을 하는 고등학교로 진학해서 집을 떠났어요. 난 '오빠바라기'였고 오빠도 터울이 지는 여동생을 예뻐했는지라 쓸쓸했죠. 하지만 그보다 더 심각한 문제가 있었어요.

난 겁이 엄청 많거든요. 밤에 혼자 자기가 무서워서 오빠가 중학생이 된 후에도 고집을 부려서 같은 방을 썼을 정도죠. 오빠 입장에서는 참 성가셨을 거예요.

필자 그럼 오빠가 안 계시면 큰일이겠군요.

지에 그러니까요. 혼자 자는 게 무섭다고 엄마에게 하소연해 봤는데, 어린애도 아니니까 참으라고 딱 한 마디 하더라고요. 어린애가 아니라도 무서운 건 무서운 건데.

필자　부모는 그런 면에서는 냉정하니까요.

지에　맞아요. 아무튼 아이는 부모 말을 거역할 수 없으니까 참는 수밖에 없었죠. 중요한 건 여기서부터예요. 어느 날 밤, 아빠가 "혼자서 못 잔다며?" 하고 히죽히죽 웃으면서 말하더라고요. 분명 엄마에게 들었겠죠. 무시한다는 생각에 뚱한 표정을 지었더니 아빠가 갑자기 종이컵을 내밀며 "무서우면 이걸로 아빠랑 이야기하자." 그러는 거예요.

뭔가 싶어서 봤더니 실 전화기였어요. ……아, 요즘 젊은 사람은 실 전화기가 뭔지 모르려나?

실 전화기는 종이컵 두 개를 실로 연결한 장난감이다. 실이 팽팽한 상태에서 컵에 대고 말하면, 진동이 실을 타고 전해져 다른 쪽 컵에서 목소리가 들린다.

도중에 장애물이 없으면 수백 미터 떨어진 상대와도 대화할 수 있다.

단, 실이 조금이라도 느슨해지면 목소리는 전달되지 않는다.

지에 아빠는 자신만만하게 "이건 내가 발명한, 방을 잇는 실 전화기야." 하고 말했죠.

필자 방을 잇는 실 전화기?

지에 어, 그러니까……. 아참, 이걸 보는 편이 이해하기 쉽겠네.

지에 씨는 가방에서 낡은 평면도를 꺼냈다.

필자 예전에 사셨던 집의 평면도인가요?

지에 네. 어제 엄마한테 물어봤더니 꺼내 줬어요. 설마 이런 걸 아직도 보관해 놨을 줄은 몰라서 놀랐죠. 옛날 생각 나네……. 보자, 여기가 오빠랑 내가 썼던 방.

벽 쪽이 내 침대고 그 옆 침대를 오빠가 썼어요. 아빠랑 엄마 방은 여기랑 여기. 침대는 이쯤에 있었나. 즉, 각자의 침대를 실 전화기로 연결한다는 거예요.

2층

아버지 방

일본식 방

벽장

계단

어머니 방

남매 방

필자 각자 방에 종이컵을 가져가서 복도를 넘어 아버지와 딸이 대화한다, 그런 뜻인가요?

지에 그렇죠. 무서워서 잠이 안 오면 아빠랑 이야기하면서 자자고 했어요. 그러자 창피하면서도 가슴이 두

근거리더라고요. 정말 멋진 아이디어잖아요. 당시는 스마트폰이고 휴대전화고 없었고, 전화는 한 집에 한 대뿐인 시대였으니까요.

'침대에 누워서 통화'를 하다니 해외 영화 같아서 멋지게 느껴졌어요. 그럴 바에야 같이 자는 편이 낫지 않나, 지금은 그런 생각이 들지만요.

필자   하지만 확실히 '같이 자기'보다도 '실 전화기로 통화하기' 쪽이 어린아이 입장에서는 더 신날 것 같네요. 낭만적이라고 할까요.

지에   그렇기는 해요. 아빠는 행동도 사고방식도 낭만적인 사람이었죠. 그래서 성실하게 살지 못했고, 그 때문에 가족이 고통받았지만. ……몹시 열받지만, 그래도 한때나마 아빠가 그런 낭만의 단편 같은 걸 내게 보여 줘서 정말 기뻤어요. 엄마를 닮았는지 나도 어수룩하다니까.

필자   그 후로 아버님과 매일 밤마다 실 전화기로 대화하셨나요?

지에   아니요. 아까도 말했지만 아빠는 늘 늦게 들어온 데다 들어오자마자 잠들곤 해서, 실 전화기로 대화한 건 다 합쳐서 네댓 번 정도였을 거예요. 하지만 즐거웠죠…….

지에 밤에 잠을 못 자고 있으면, 문이 살짝 열리고 아빠
가 방에 종이컵을 휙 던져 넣어요. 난 종이컵을 들
고 침대에 누워서 종이컵을 귀에 대죠.

그럼 아빠가 좀 폼 잡는 목소리로 "올빼미 공주님,
안녕." 하고 말해요. 나는 "술고래 아빠, 안녕." 하
고 대답하고요. 그게 정해진 인사말이었어요.

필자 무슨 이야기를 하셨습니까?

지에 처음에는 하잘것없는 잡담이었지만, 점차 고민이나
평소 꺼내기 힘든 이야기도 나누게 됐죠. 얼굴을 보
고 상의하기는 힘들지만, 종이컵에는 무슨 말이든
해도 괜찮을 것 같았거든요.

귓속에 퍼지는 아빠 목소리도 평소보다 부드럽고
다정해서……. 비밀로 간직했던 일도 많이 털어놨
어요. 그래서 아빠는 엄마보다 더 내 속마음을 자세
히 알게 됐고요. 정말로 좋은 아이디어예요. 분명
그렇듯 약삭빠른 잔꾀를 부리며 세상을 헤쳐 왔던
거겠죠.

하지만 실 전화기를 사용한 아버지와 딸의 대화는 어느 날
을 기점으로 끊긴다.

218

지에   어느 날 밤, 아빠와 실 전화기로 이야기하고 있었어요. 밤 10시쯤이었나. 그런데 어쩐지 평소와 느낌이 다르더라고요. 목소리도 떨리고, 말도 좀 횡설수설하고.

필자   횡설수설?

지에   대답은 하는데, 대화가 성립되지 않는다고 할까……. 말이 전혀 안 맞더라고요. 도중에 소음이라고 할까…… 바스락바스락 이상한 소리도 들렸고요.
몇 분간 의미 없는 대화만 반복하다 아빠가 갑자기 "이만 자렴, 잘 자." 하고 멋대로 통화를 끝냈죠.

필자   좀 이상하네요.

지에   그렇죠? 그리고 평소에는 통화가 끝나면 종이컵을 가지러 오는데, 아무리 기다려도 안 오는 거예요.
그대로 놔두면 엄마가 복도에 실이 있어서 거슬린다고 야단칠 것 같아서, 내가 실을 잡아당겨서 아빠의 종이컵을 회수했어요.

지에 씨는 하는 수 없이 실 전화기를 서랍에 넣고 자기로 했다고 한다.

지에   잠에 빠질락 말락 하는데 갑자기 엄마가 방에 들어

오더니, 옆집에 불이 났으니까 밖으로 도망쳐야 한다는 거예요.

엄마 손을 잡고 방에서 나가자 복도에 아빠도 있더군요. 셋이서 밖으로 나가자, 집 앞길에 근처 주민들이 모여 서서 옆집을 걱정스럽게 바라보고 있었어요.

화재가 발생한 곳은 지에 씨의 바로 옆집인 '마쓰에 씨'의 집이었다.

마쓰에네는 삼십 대 부부와 초등학생 아들로 이루어진 3인 가족으로, 지에 씨 가족과도 교류했다고 한다.

지에　불길이 지붕 위까지 치솟았고, 창문으로 보이는 집 안도 불바다였죠. 마쓰에 씨의 아들인, 저보다 한 살 어렸던 '히로키'는 아이를 좋아하는 근처 할머니에게 안겨서 울고 있었고요. 그 광경은 지금도 잊어버릴 수가 없네요.

필자　히로키 군의 부모님은······?

지에　없었어요. ······돌아가셨대요.
　　　화재가 진화된 후 집에서 시신이 두 구 발견됐다고 들었어요. 충격이었죠······. 가족끼리 가깝게 지냈고, 히로키네 아빠가 교회 콘서트에 데려간 적도 있거든요.

히로키네 엄마도 젊고 예쁜 사람이었고. 설마 자살할 줄은 몰랐는…….

필자 자살이요?

지에 ……너무 큰 소리로 떠들 수는 없지만……. 화재는 히로키네 엄마의 분신자살이 원인이었대요. 당시 지방 방송국 뉴스로 봤는데, 2층 일본식 방에서 등

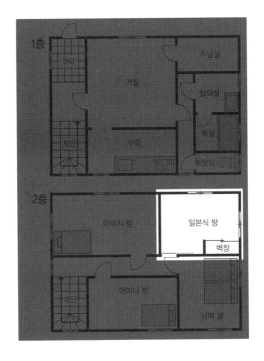

유를 덮어쓰고 스스로 불을 붙였다나.

지에 씨는 테이블에 놓아둔 평면도를 가리켰다. 나는 그 행동을 보고 머리가 혼란스러워졌다.

필자   어? 잠깐만요. 이건 지에 씨가 옛날에 사셨던 집의 평면도잖아요.

지에   아아, 미안해요. 내가 말을 안 했구나.
이 지역은 택지 개발로 분양주택이 잔뜩 만들어진 곳이에요. 그래서 근처 주택은 전부 구조가 똑같았죠. '복제 주택'이라고 이웃 사람들이 농담하곤 했다니까요.

필자   그렇군요……. 그럼 이 평면도는 마쓰에 씨 댁의 평면도이기도 한 거네요.

지에   그런 셈이죠. 그래서 '일본식 방'이라는 말이 뉴스에서 나왔을 때, 어딘지 딱 알아차렸어요. '일본식 방'은 2층의 이 방뿐이니까.

전소된 마쓰에 씨 집은 바로 철거됐고 부지가 매물로 나왔지만, 매입하려는 사람은 없었다. 홀로 남겨진 아들 히로키는 같은 현에 사는 조부모님이 거두었다고 한다. 참혹한 일이었지만 불행 중 다행으로 불이 주변에 번지지는 않았다. 지에 씨 집도 피해가 거의 없었다고 한다.

하지만 화재는 의외의 형태로 지에 씨 가족에 변화를 초래했다.

지에　어찌 된 일인지 그 후에 아빠의 상태가 좀 이상해졌어요. 경박하고 쾌활한 성격이었는데, 사람이 바뀐 것처럼 음울해졌죠.

필자　옆집 부부가 사망해서 충격을 받으신 걸까요?

지에　글쎄요. 남 때문에 슬퍼할 성격은 아니었는데. 그 일이 일어나고 얼마 지나지 않아 아빠는 갑자기 집을 나갔어요.
거실에 이혼 서류와 편지만 남겨 놓고요…….
업무 연락처럼 무미건조한 편지였지만, '위자료로 2천만 엔을 주겠다', '집도 가족에게 양보하겠다'라고 적혀 있어서 깜짝 놀랐죠. 엄마는 반신반의했지만 다음 달에 정말로 돈과 집의 양도 계약서를 보냈더라고요.

필자　그럼 아버님이 편지에 쓰신 약속을 지키신 거군요?

지에　네. 너희 아빠가 약속을 지킨 건 결혼한 이후로 처음이라면서 엄마는 신기해했죠. 이미 오만 정이 다

떨어진 모양이라, 이혼 요구도 선뜻 받아들였고요.

부부의 인연이라고 해도 끊어질 때는 허망하게 끊어지더라고요.

아버지가 2천만 엔을 남겨 준 덕분에 나머지 가족의 삶은 예전보다 윤택해졌다고 한다. 스트레스의 원인인 남편에게서 해방됐기 때문인지, 어머니가 명랑함을 되찾아서 집 분위기도 밝아졌다.

그러던 어느 날, 지에 씨는 묘한 사실을 알게 된다.

* * *

지에   아빠가 집을 나간 그해 연말에 대청소를 했어요. 대청소를 하는 김에 내 방에 있는 필요 없는 물건들도 전부 내다 버리려고 오랜만에 옷장 서랍을 열었더니…… 실 전화기가 나왔죠.

평소에는 통화가 끝나면 종이컵을 가지러 오는데, 아무리 기다려도 안 오는 거예요.

그대로 놔두면 엄마가 복도에 실이 있어서 거슬린다고 야단칠 것 같아서, 내가 실을 잡아당겨서 아빠의 종이컵을 회수했어요.

지에   그날 밤에 넣어 둔 그대로, 종이컵 두 개가 포개어
져 있더군요. ……그걸 보자 갑자기 아빠 생각이 났
어요. 울고 싶은 건 아니었는데 어쩐지 눈물을 참을
수가 없더라고요. 대체 내가 왜 우는 걸까 신기했
죠. 엄마와 단둘이 매일매일 행복하게 지냈고, 아빠
를 그렇게 좋아한 것도 아닌데 말이에요. 하지만 눈
물은 그칠 생각을 않고……. 아빠 목소리가 듣고 싶
어 미치겠는 거예요. 그 경박하고, 성의 없고, 폼만
잡던 아빠가 그리워졌던 거겠죠.

그래서 그런 짓을 했을 거예요.

지에 씨는 실 전화기를 들고 아버지 방으로 갔다.

아버지가 떠난 후에도 아버지가 쓰
던 침대는 치우지 않고 놓아두었다.

지에 씨는 종이컵 하나를 아버지 침
대에 놓아둔 후, 다른 종이컵을 들고
자기 방으로 돌아왔다. 오랜만에 아버
지 방과 자기 방을 실 전화기로 연결
한 셈이다.

지에   이불 속으로 들어가서 실 전화기를 귀에 댔어요. 당

연히 아무 소리도 안 들리겠지만요. 그래도 잠시 그
러고 있으니 신기하게도 마음이 차분해지더군요.
어느덧 눈물도 말랐길래 툭툭 털고 일어나서 다시
청소하기로 했어요. 언제까지고 추억에 잠겨 있을
수는 없는 노릇이니까요.

　침대에서 일어나 실 전화기를 정리하려 했을 때, 지에 씨는
이상한 광경을 보았다.

지에　　그때 처음으로 알았는데, 실이 구불구불한 상태로
　　　　바닥에 떨어져 있었어요.

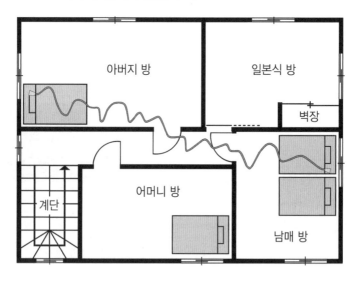

필자   실이 느슨했다는 말씀이십니까?

지에   네. 이상하죠? 실 전화기는 실이 팽팽해야 상대편
      목소리가 들리니까, 실의 길이는 아빠 머리맡부터
      내 머리맡까지의 거리와 비슷해야 해요.

필자   ……그러게요.

지에   그런데 실이 느슨했으니까, 그 거리보다 길다는 뜻
      이죠. 그럼 상대편 목소리가 들릴 리 없어요. 실이
      저절로 늘어날 리도 없는데……. 이상하다 싶었죠.

필자   그래도 예전에는 그 실 전화기로 아버님과 이야기
      를 하신 거죠?

지에   네. 아빠 목소리가 종이컵에서 들렸어요.

필자   그럼 아버님은 다른 방에서 말씀하셨다……. 그런
      걸까요?

지에   도면을 잘 봐요. 그럴 만한 방이 어디 있어요?

지에 씨가 침대에 누워서 실 전화기를 사용할 때,
아버지의 머리맡이 거리가 제일 멀다.

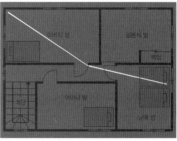

거리를 더 멀리 하면 실이 방 출입구에 걸려서 목
소리가 전달되지 않는다(장애물이 있으면 실 전화
기는 사용할 수 없다).

확실히 지에 씨가 침대에 누운 상태에서 실을 연결할 경우, 아버지의 머리맡이 거리가 제일 멀다. 이 두 지점 사이에서 실이 늘어진다면······.

지에 이 집에 실 전화기를 사용할 수 있는 곳은 없는 셈이에요.

필자 하지만 그렇다면 아버님은 어떻게······.

지에 아빠는 나랑 실 전화기로 이야기할 때 밖에 있었다. 그렇게 볼 수밖에 없겠죠.

확실히 그것 말고는 없다. 다만 지에 씨의 방은 2층이다.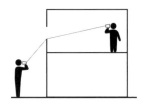

실이 밖으로 뻗어 나가다가 창틀에 걸려서 소리가 전달되지 않으리라.

예를 들어 2층과 높이가 같은 건물이 있다면 가능할지도 모른다. 하지만 그렇게 마침맞은 건물이······ 하고 생각했을 때 나는 그제야 지에 씨가 무슨 말을 하려는 건지 알아차렸다.

필자 옆집이라는 말씀이신가요?

지에 그래요. 아빠는 옆집 2층에서 실 전화기를 사용한 거예요.

그런 생각이 들자 가만히 있을 수가 없어서 줄자로 길이를 쟀어요. 실 전화기의 실 길이. 복도 길이. 옆집까지의 길이.

그 결과…… 무서운 사실을 알아냈죠.

마쓰에 씨 집   가사하라 씨 집

내 베개에서부터 실을 팽팽하게 펼치면 마쓰에 씨 집의 일본식 방에 다다라요.

너무 큰 소리로 떠들 수는 없지만……. 화재는 히로키네 엄마의 분신자살이 원인이었대요. 당시 지방 방송국 뉴스로 봤는데, 2층 일본식 방에서 등유를 덮어쓰고 스스로 불을 붙였다나.

지에   물론 아빠가 실 전화기를 사용할 때마다 옆집에 있지는 않았을 거예요. 실이야 다시 달면 그만이니까요. 하지만 적어도 마지막으로 통화한 밤…… 옆집

에서 불이 났던 밤, 아빠는 틀림없이 그 집의 일본
식 방에 있었어요.

그날 밤, 아빠는 분명 이상했어요. 목소리가 떨렸고
대답도 횡설수설이었죠. 분명 그 화재랑 뭔가 관계
가 있을 거예요.

필자   하지만 마쓰에 씨의 분신자살이 화재의 원인이었잖
습니까. 아버님과는 무관할 것 같은데요…….

지에   정말로 자살일까요?

필자   하지만 자살이 아니라면…….

지에   살인. 아주 오랫동안 고민한 결과 다다른 결론인
데요……. 아빠는 실 전화기로 나와 이야기하면서
…… 사람을 죽인 게 아닐까 싶어요.

출랑거리는 말투와 다르게 흉흉한 내용이라 소름이 쭉 끼
쳤다.

지에 씨는 그대로 조용히 말을 이었다.

지에   우리 집과 옆집은 1미터 정도밖에 안 떨어져 있었
어요. 여름이라 마쓰에 씨 집에서 환기를 위해 창문
을 열어 놔도 이상할 것 없죠.

아빠는 학창 시절에 육상을 해서 운동신경에는 자

신이 있었던 모양이니까, 창문을 넘어 옆집에 가기
가 어렵지는 않았을 거예요. 나 같으면 겁나서 절대
로 그런 짓은 못하지만.

필자　아버님은 창문으로 마쓰에 씨 집의 일본식 방에 숨
어들어, 실 전화기로 지에 씨와 이야기를 나누면서
마쓰에 씨를 살해하고 시신에 불을 질렀다……. 그
런 말씀인가요?

지에　그렇다면 당연히 대화에 집중을 못 할 만도 하겠죠.
일을 마친 후에 다시 창문을 넘어 집으로 돌아와서
는, 아무것도 모르는 척 소동이 벌어지기를 기다린
거예요.

일본식 방　　아버지

벽장

서양식 방　　계단

마쓰에 씨 집　　가사하라 씨 집

필자　분신자살로 위장한 살인…….

지에　동기는 모르겠지만, 가족끼리 교류하고 지냈으니

어린아이에게는 쉬쉬할 만한 부분에서 말썽이 생겼을 수도 있겠죠.

부인 쪽에만 원한이 있었던 건지, 마쓰에 씨 가족 모두를 죽일 작정이었던 건지, 왜 분신자살로 위장하려 했던 건지, 수수께끼는 여러 가지예요. 하지만 확실한 게 딱 하나 있어요. 아빠는 나를 알리바이의 증인으로 삼으려 했던 거예요.

필자 즉, 범행을 저지르는 사이에 실 전화기로 대화함으로써, 지에 씨께 '그동안 아버지는 침실에 있었다'라는 인식을 심어 주려 했다는 말씀이신가요?

지에 네. 그걸 경찰에 증언시켜서 가짜로 자신의 '무고함'을 증명하려 했던 것 아닐까요?

필자 하지만 직접 만나서 이야기를 했다면 모를까, '실 전화기로 대화했다' 정도로는 알리바이가 너무 약합니다. 애당초 가족…… 특히 부모와 자식 간의 증언은 재판에서 유력한 증거로 인정받지 못할 거예요.

지에 그래요? 그건 몰랐네……. 분명 아빠도 모르지 않았을까요.

잘 알아보지도 않고 들입다 저질렀다면, 그야말로 아빠답기는 하지만요.

필자 참고로 아버님이 경찰서에 가서 조사받으신 적은?

지에 한 번도 없었을 거예요. 남 앞에서 함부로 꺼낼 말
    은 아니지만, 운이 좋았던 거겠죠. 아빠 성격상 분
    명 자신이라면 완전범죄를 저지를 수 있을 거라 믿
    고서, 가벼운 마음으로 행동에 나섰을걸요.
    하지만 실제로 사람을 죽이고 나니, 죄의 무게를 감
    당할 수가 없어서 집을 나간 것 아니려나. 충격이었
    어요. 나도, 실 전화기도 아빠에게는 살인을 위한
    도구에 불과했다니…….

                    * * *

  지에 씨는 가슴속에 품은 의혹을 아무에게도 밝히지 못하고
지냈다고 한다.
  그러던 어느 날, 아버지가 돌아가셨다는 소식을 들었다. 마
쓰에 씨 집에 불이 나고 2년 후인 1994년이었다.

지에 자살이었대요. 자기 집 방 안쪽에 자물쇠를 채우고
    테이프로 틈새를 막은 후, 수면제를 잔뜩 먹었다나.
    시신 곁에는 이상한 인형이 떨어져 있었다고 들었
    는데……. 정말이지 뭐가 어떻게 된 건지. 분명 정
    신적으로 이상해진 거겠죠.

필자 '자기 집'이라면 아버님이 새로 구하신 집이요?

지에 네. 이혼한 후 아이치현 이치노미야시에 있는 구축 단독주택을 샀나 봐요. 장례식 때 처음 가 봤는데, 현관 앞에 화단이 있는 커다란 단층집이었어요. 이웃 사람 말로는 돌아가시기 조금 전까지 개축 공사를 했대요.

필자 개축 공사요?

지에 네. 뭔지 잘 모를 공사였죠. 분명 감축……이라고 했던가? 방을 통째로 해체하는 공사를 했다고 들었어요.

'방을 통째로 해체한다.' ……어디선가 들어 봤다.

지에 아참. 아빠 집과 관련해 신기한 일이 하나 더 있었는데요. 유품을 정리하다가 사진을 한 장 발견했거든요. 웬 남자아이가 아빠 집에서 오므라이스를 먹는 사진요. 삐쩍 마른 아이였는데, 몸에 멍이 많았어요.

필자 멍……?

지에 보기만 해도 아프겠더라고요. 친척 중에 그런 아이는 없고 아는 사이도 아니었지만, 어쩐지 익숙한 얼굴인 거예요.

나중에 생각났는데 텔레비전 뉴스로 얼굴 사진을 본 적이 있었던 거죠.

미쓰하시 나루키라고, 부모에게 학대를 당하다 죽은 아이 말이에요.

그 아이가 우리 아빠와 어떤 관계였는지는 아직도 모르겠지만요.

자료⑧ '방을 잇는 실 전화기' 끝

자료⑨

살인 현장으로 향하는
발소리

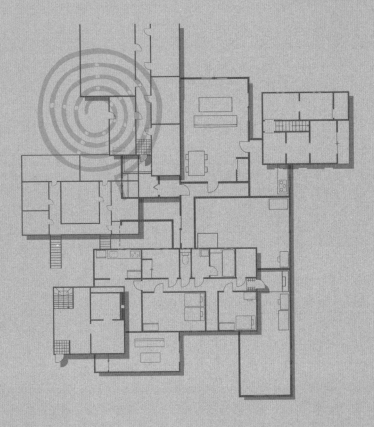

2022년 11월 12일
마쓰에 히로키 씨 취재 기록

가사하라 지에 씨를 취재하고 한 달 후, 나는 기후현의 공간 대여 시설에서 한 인물을 기다리고 있었다. 그는 약속 시간 5분 전에 나타났다.

　헤어 왁스로 매만진 머리와 비싸 보이는 정장. 그 모습은 한창나이의 물오른 사업가 그 자체였다.

　마쓰에 히로키 씨. 지에 씨의 이웃이었던 마쓰에 씨의 아들이다. 예전에 근처 할머니 품에 안겨 울었다던 어린 소년의 모습은 전혀 찾아볼 수 없었다.

　히로키 씨는 화재로 부모님을 잃은 후, 같은 현에 거주하는 조부모님 집에서 자랐다. 조부모님은 교육열이 높았고 금전적으로도 여유가 있었으므로, 히로키 씨는 대학교까지 진학할 수 있었다고 한다. 대학교 졸업 후에는 증권회사에 입사해, 올해로 16년 차를 맞이하는 경력을 쌓았다.

히로키　그나저나 놀랐습니다. 설마 그 화재에 대해 조사하는 기자가 있을 줄은 몰랐네요. 왜 그렇게 오래된 일을 조사하는 겁니까?

필자　　가정집에서 발생한 화재의 역사에 관해 기사를 쓰려고 조사하는 과정에서 마쓰에 씨 댁에 대해 알게 되었습니다. 당시 뉴스를 살펴보는데 마음에 걸리는 점이 많더라고요. 그래서 개인적으로 더 깊이 파헤쳐 보려고 마음먹었죠.

히로키 흐음.

말할 필요도 없이 거짓말이다.

진짜 이유는 '지에 씨의 아버지가 진범인지' 확인하는 것이었다.

솔직히 나는 지에 씨의 가설…… 즉 지에 씨의 아버지가 실전화기로 대화하면서 마쓰에 씨 집에 숨어들어, 살인을 저지르고 불을 질렀다는 추리를 수긍하지 못했다. 그래서 마쓰에 씨 일가 쪽 의견을 듣기 위해 히로키 씨를 취재하기로 했다.

* * *

일단 나는 화재 규모와 발생 시각, 근처의 피해 등을 질문했다. 지에 씨에게 들은 내용과 거의 일치했다.

그리고 마침내 핵심적인 부분으로 화제가 옮겨 갔다.

필자 화재가 발생한 원인은 아십니까?

히로키   경찰은 제 어머니가 분신자살을 한 탓이라고 단정
        했다더군요.

필자   그 결론에 대해서는 어떻게 생각하세요?

히로키   말도 안 되는 소리죠.

히로키 씨는 당연하다는 듯 딱 잘라 말했다.

필자   원인이 따로 있다는 말씀이십니까?

히로키   네. 어머니는 오히려 피해자입니다. 그건 분신자살
        이 아니라 방화예요.

가슴이 쿵 뛰었다. 설마 히로키 씨도 지에 씨와 같은 의견
인 걸까.

필자   누가 불을 질렀는지 짐작은 가시고요……?

히로키   당시 상황을 냉정하게 분석하면, 범인은 제 아버지
        겠죠.

전혀 예상치 못한 대답이었다. 설마 히로키 씨도 자기 아버
지를 의심하다니.

필자   왜 그렇게 생각하시는 거죠……?

히로키   제 나름대로 설명할 수는 있습니다. 그런데 이 일이 당신의 조사 주제와 관련 있는 겁니까? 괜한 호기심만 조장하는 가십 기사를 쓸 작정이라면 거절하겠습니다.

필자   ……아니요, 그럴 생각은 없습니다. 저는 진심으로 이 화재를 깊이 있게 다룰 생각이에요. 가십 기사는 쓰지 않겠다고 약속드리겠습니다.

히로키   흠…… 알겠습니다. 하지만 약속한 이상 '목숨을 걸고' 지키세요. 불성실한 인간은 싫어하거든요.

필자   ……네.

히로키 씨는 가방에서 메모장을 꺼내 볼펜으로 그림을 그렸다. 아무래도 평면도인 듯했다.

약 5분 만에 완성된 평면도는 지난번에 지에 씨가 보여 준 것과 거의 똑같았다. 다른 점은 가구 위치 정도고, 집 구조는 완전히 똑같다고 해도 과언이 아니었다.

나는 히로키 씨의 기억력에 놀랐다.

필자   대단하신걸요.

히로키   대학생 시절에 한때나마 건축가가 꿈이었거든요.

1층 — 현관 / 거실 / 수납실 / 탈의실 / 욕실 / 계단 / 부엌 / 화장실

2층 — 히로키 씨 방 / 일본식 방 / 벽장 / 계단 / 아버지 방 / 어머니 방

※히로키 씨의 그림을 참고해 필자가 다시 깨끗하게 그린 평면도

돈을 못 번다는 소리에 포기했습니다만.

그럼 거두절미하고 그날 이야기를 할까요.

불이 난 밤, 저는 1층 거실에서 혼자 텔레비전을 보고 있었습니다. 아버지와 어머니는 2층에 있는 두 분 방에 있었을 거고요. 저녁을 먹고 나면 각자 시간을 보내는 게 일과였거든요.

평면도를 보면 알겠지만, 거실 바로 위로 2층 복도가 지나갑니다. 따라서 가족이 복도를 걸으면 그 소

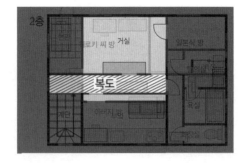

244

리로 누가 어디로 갔는지 알 수 있죠. 아버지와 어머니의 발소리는 크게 달랐으니까요.

그날 밤도 발소리가 들렸습니다. 〈선데이 스포츠〉가 막 시작됐으니까 10시 좀 지났을 때였나.

아버지가 2층 자기 방에서 나와서 도면 오른쪽으로 걸어갔어요. 제 방을 지나서 더 안쪽으로 간 것 같았습니다.

어, 이상하다 싶었죠. 그쪽에는 '일본식 방'과 '어머니 방'밖에 없었으니까요. 거의 빈방이나 다름없어서 아무도 안 쓰는 일본식 방에 아버지가 갈 일은 없을 테고, 그렇다면 남은 곳은 어머니 방뿐이에요. 아버지가 어머니 방에 가다니 대체 무슨 일일까 의아했죠.

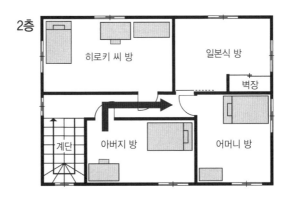

필자   남편이 아내 방에 가는 게 그렇게 의아한 일인가요?

히로키 평범한 부부였다면 의아하지 않겠지만, 아버지와
      어머니는 사이가 안 좋았거든요. 같이 있어도 말 한
      마디 안 하고, 얼굴도 보기 싫어하는 느낌이었어요.
      잠자리도 안 가졌을걸요? 어머니는 경제력이 없고
      아버지는 집안일을 할 줄 모르니까 이혼하지 않는,
      가면 부부 같은 상태였죠. 그래서 서로의 방을 찾아
      가는 건 몇 년에 한 번 있을까 말까였어요. 두 사람
      한테 무슨 일이 생겼나 싶어 조금 불안했습니다.

필자   그렇군요…….

히로키 그로부터 30분쯤 지났을까요. 갑자기 복도를 평면
      도 왼쪽으로 달리는 소리가 들리고, 그대로 계단을

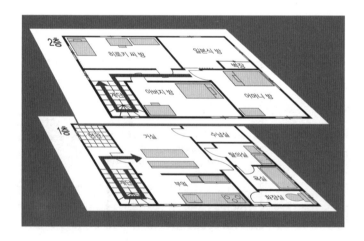

내려오는가 싶더니 아버지가 거실 문을 벌컥 열었습니다.

그리고 당황한 표정으로 "불이야! 도망치자!" 하며 제 손을 잡고 현관으로 달려갔죠.

필자   아주 갑작스럽네요.

히로키   정말 깜짝 놀랐습니다. 밖으로 나가자 아버지가 제게 백 엔짜리 동전과 십자가 펜던트를 쥐여 주고 이렇게 말했어요.

"저기 모퉁이에 있는 공중전화로 소방서에 신고해. 119야. 동전을 넣고 119를 누르고 '소방차를 보내 주세요.' 하고 말하는 거야. 그다음부터는 물어보는 말에 대답하면 돼. 아빠는 엄마를 찾으러 갈게. 왜 그런 건지 모르겠는데 엄마가 방에 없어."

아버지는 제게 그렇게 시키고 다시 집으로 달려갔습니다. 밖에서는 불길이 보이지 않았지만, 분명 어느 방에서 불이 났겠거니 하고 공중전화로 재빨리 뛰어갔죠.

119 신고는 처음이라 우왕좌왕해서 10분쯤 걸렸으려나……. 전화를 끊고 집 앞으로 돌아오자 근처 주

민들이 잠옷 바람으로 나와서 저희 집을 쳐다보고 있더군요. 그때는 집에서 연기가 피어오르고 있었습니다.

맞은편 집 할머니가 저를 보고 위로해 준 게 기억납니다. 결국 부모님은 집에서 빠져나오지 못했고요.

히로키 씨는 안주머니에서 은색 펜던트를 꺼냈다.

예수 그리스도가 못 박힌 십자가 펜던트였다.

히로키 아버지는 독실한 기독교도였어요. 저도 세례를 받게 하려고 했지만, 어머니의 반대로 실행에 옮기지는 못했던 모양입니다.

저는 결국 크리스마스에 샴페인을 마시고 정초에는 신사에 참배하러 가는 전형적인 무교로 자랐지만, 이것만큼은 계속 가지고 있습니다.

집이 다 타 버려서 이게 부모님의 유일한 유품이거든요.

불이 꺼지고 이틀 후, 집 안에서 부모님의 시신이 발견됐습니다.

아버지는 계단 중간쯤에 쓰러져 있었다는군요. 어머니를 찾아 집을 돌아다니다가 힘이 다했을 거라고 경찰에게 들었습니다.

"너희 어머니가 그런 곳에 계셨으니 못 찾을 만도 하지." 하고 얘기했는데, 마치 아버지를 변호하는 듯한 말투였죠.

필자　그런 곳이라니……. 일본식 방 말씀이신가요?

히로키　그 방의 벽장이요.

필자　벽장?

히로키　뉴스에는 나오지 않았지만, 벽장 안에서 위를 보고 누운 자세로 발견됐어요. 근처에 등유 통이 떨어져 있어서 자살로 단정된 거겠죠.

필자　그럼 벽장 안에서 등유를 끼얹고 스스로 불을 붙였다……?

히로키　그런 셈입니다.
　　그 아니지, 그렇게 보이게끔 한 겁니다.

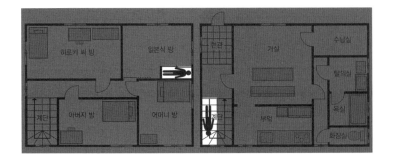

히로키   하지만 저만은 사건의 진상이 따로 있다는 걸 알고
       있었어요.
       아버지 발소리를 들었으니까요.
       10시가 지났을 즈음에 아버지는 분명 자기 방에서
       복도로 나와 도면 오른쪽으로 향했습니다. 그러다
       30분 후, 갑자기 1층으로 뛰어 내려와서 저를 밖으
       로 데리고 나갔고요.

아버지는 30분간 뭘 했을까요? 어머니 가까이 있었을 텐데 왜 분신자살을 막지 못했을까요?

정답은 하나밖에 없습니다. 아버지가 어머니를 죽인 거예요.

10시가 지났을 즈음, 아버지는 어머니 방에 가서 어머니에게 수면제를 먹였습니다. 정확한 방법은 모르겠지만, 예를 들면 가끔은 부부끼리 한잔하자며 수면제를 탄 술을 먹이거나 했겠죠.

그리고 잠에 빠진 어머니를 일본식 방 벽장으로 옮긴 후 등유를 붓고 불을 붙인 겁니다. 방화 살인이에요. 원래 부부 사이는 최악이었으니, 참는 데 한계가 온 거겠죠.

확실히 그렇게 받아들이면 '30분'의 수수께끼는 풀린다.

하지만······.

필자   ……아버님은 왜 어머님을 굳이 일본식 방 벽장으로 옮겨서 불을 질렀을까요?

히로키   분명 저 때문이었겠죠.

필자   네?

히로키   만약 집에 아버지와 어머니뿐이었다면 어머니 방에서 불을 질렀어도 상관없었을 거예요. 하지만 1층에 제가 있었어요.

아버지는 분명 저만큼은 지키고 싶었던 거겠죠. 아들 바보였으니까, 절대로 위험에 노출시키고 싶지 않았을 겁니다. 그래서 불을 지르기 전에 저를 밖으로 데리고 나간 거예요.

아버지의 행동

아내를 재운다

아들을 밖으로 데리고 나간다

집으로 돌아가서 방화

필자   즉, 히로키 씨가 밖으로 나갔을 때는 아직 불이 나지 않았고, 아버님은 아들을 안전한 곳으로 대피시킨 후에 다시 집으로 돌아가 불을 질렀다는 말씀이신 거죠? ……응? 그거랑 어머님을 벽장으로 옮긴 게 무슨 상관일까요?

히로키 '핑곗거리'를 만들기 위해서입니다. 아버지는 불을 지른 후 도망칠 계획이었을 거예요. 불타는 어머니를 집에 남겨 두고 혼자 밖으로 도망치는 거죠. 그리고 혼자 저를 키우는 겁니다. 그러면 언젠가 저는 이런 의문을 품겠죠.
'아버지는 왜 어머니를 구하지 못했을까?'

필자 아…….

히로키 아버지는 제가 그렇게 물어봤을 때 둘러댈 핑계가 필요했을 거예요. "엄마가 그런 곳에 있어서 찾아낼 수가 없었단다."라는 식으로요. 아버지는 그때 저한테 이렇게 말했어요.

"아빠는 엄마를 찾으러 갈게. 왜 그런 건지 모르겠는데 엄마가 방에 없어."

히로키 '방에 없다'라고 강조한 건 핑계를 위한 포석이었을 겁니다.

필자 그렇군요……. 하지만 아버님은 도망 나오지 못하셨다…….

히로키   불이 예상했던 것보다 빨리 번진 거겠죠. 그래서 계
        단 중간쯤에서 연기를 들이마시고 쓰러진 것 아니
        려나. 솔직히 '자업자득'이라는 말밖에 안 나옵니다.

히로키 씨는 아버지와 어머니의 죽음을 마치 남 이야기 들
려주듯 말했다. 하지만 경쾌한 말투와는 달리 주먹을 돌처럼
단단하게 부르쥐고 있었다.

그 모습에 히로키 씨의 본심이 담겨 있는 듯했다.

* * *

히로키   당시 만약 제가 경찰에 이 이야기를 했다면, 아버지
        는 살인 혐의로 조사를 받았을지도 모르겠네요. 하
        지만 저는 말하지 않았습니다.
        아버지의 명예를 위해서가 아니라 '범죄자의 자식'
        으로 인생을 살아가는 게 결코 쉽지 않기 때문이에
        요. 그렇잖아요? 아내를 불태워 죽이고 도망치려
        다 자신도 화재에 휘말려 죽은 멍청한 인간의 아
        들……. 수치스럽죠. 평생의 수치입니다.
        그래서…… 실은 아무에게도 말할 생각이 없었습니
        다. 그런데…….

히로키 씨가 갑자기 내 얼굴을 빤히 쳐다보았다.

히로키 왜 오늘 당신에게 이 이야기를 했는지 알겠습니까?

필자 네⋯⋯?

히로키 당신은 이제 죽을 테니까요. 내 치부를 아는 사람을
살려 보낼 줄 알았습니까?

필자 네? ⋯⋯잠깐만요! 무슨 말씀을⋯⋯.

히로키 '증권맨은 거짓말쟁이'라는 말을 자주 듣습니다. 기
분은 좋지 않지만, 틀린 말은 아니에요.
오랜 세월 거짓말을 하다 보면 남의 거짓말이 뻔히
다 보입니다.
'가정집에서 발생한 화재의 역사에 관한 기사.' ⋯⋯
그딴 거 쓸 생각 없잖아요?

나도 모르게 신음이 흘러 나왔다.

온몸에 식은땀이 흘렀다.

히로키 당신이 내게 거짓말을 한다는 건 처음부터 눈치챘
습니다.
'불성실한 사람은 싫다'고 아까 말했을 텐데요. 거짓
말을 하는 게 성실한 행동입니까?

필자	그건…… 그…… .
히로키	내 비밀을 알았으니 당신은 '목숨을 걸고' 그걸 잊어버려야 해요.
필자	아니…… 조금만 진정하시고 제 이야기를……!

그 순간 히로키 씨의 표정이 갑자기 확 풀어졌다.

히로키	……후후…… 후후후후…… 아하하하하하하하! ……아아, 재미있다. 놀랐어요?
필자	네……?
히로키	죄송합니다. 조금 놀려 보고 싶었을 뿐이에요. 아무 짓도 안 할 테니 안심하세요.

무슨 상황인지 이해가 되지 않았다. 심장은 여전히 세차게 두근거렸다.

히로키 씨는 당황한 내 모습을 보고 장난스럽게 씩 웃었다.

히로키	실은 전부터 당신에 대해 알고 있었습니다. 가사하라 지에 씨에게 들었거든요.
필자	가사하라 지에 씨요?
히로키	그 사람과 지금도 친하게 지냅니다. 5년 전에 우연

히 마주쳐서 술을 한잔했는데요.

자연스레 그 화재 이야기가 나와서 서로 추리를 들려줬죠. 깜짝 놀랐어요. 설마 지에 씨도 자기 아버지를 범인이라고 생각할 줄이야. 이야기를 듣고 보니 확실히 그럴 가능성도 있겠더군요.

그 후로 가끔 만나서 놀거나 밥을 먹곤 합니다.

필자   하지만 지에 씨의 아버님이 범인일지도 모르는걸요. 문제가 되지 않을까요?

히로키   지에 씨가 범인인 것도 아닌데 무슨 상관입니까? 오히려 지에 씨만큼 마음을 탁 터놓을 수 있는 친구는 또 없죠. 마음속 제일 깊은 상처를 나눌 수 있는 건 그 사람뿐이에요.

필자   ……그렇군요…….

히로키   사실대로 말씀드리자면 지난달에 지에 씨에게서 연락이 왔어요.

얼마 전에 수상한 기자가 취재를 요청해서 화재에 관해 이야기했는데, 내 이야기도 했으니까 어쩌면 조만간 연락이 갈지도 모른다고요. 그런데 정말로 연락이 와서 얼마나 재미있던지.

필자   아…… 그렇게 된 거로군요.

지에 씨가 원망스러워졌다.

히로키 그나저나 웃음을 참느라 고생했습니다. 어, 뭐였더
       라? '가정집에서 발생한 화재의 역사에 관해 기사를
       쓰려고……'라고 했던가요?

필자   죄송합니다……. 기억에서 지워 주세요.

히로키 거짓말을 할 거면 좀 더 연습하는 편이 좋겠네요.

필자   네…….

히로키 그리고 거짓말을 하더라도 집과 가족을 화재로 잃
       은 사람에게 그런 거짓말은 하면 안 되고요.

부드러운 말투였지만 눈에는 웃음기가 전혀 없었다.

필자   정말로 죄송합니다.

히로키 뭐, 용서해 줄 수도 있습니다만, 대신 조건이 있습
       니다.

필자   네?

히로키 화재의 진상을 밝혀내 주세요. 어떤 결론이든 상관
       없어요. 저희 아버지가 범인이든 지에 씨 아버지가
       범인이든, 물론 두 사람 말고 다른 사람이 범인이더
       라도요.

저희는 진실을 알고 싶을 따름입니다.

* * *

히로키 씨가 돌아간 후 나는 혼자 자리에 남아 정보를 정리해 봤다.

마쓰에 씨 집에 발생한 화재에 대해 지에 씨와 히로키 씨는 각자 다른 결론을 내놓았다. 솔직히 나는 어느 쪽도 진실로 여겨지지 않았다.

히로키 씨의 추리	지에 씨의 추리
범인=히로키 씨의 아버지	범인=지에 씨의 아버지
아내를 수면제로 잠재우고 아들을 밖으로 대피시킨 후 아내에게 불을 질러 살해	창문으로 옆집에 숨어들어 실 전화기로 딸과 이야기를 나누며 마쓰에 씨를 살해
도주가 늦어서 사망	그 후 방화

화재 당일, 지에 씨 아버지의 태도는 확실히 수상하다.

하지만 '알리바이 공작을 위해 딸과 실 전화기로 대화하면서 사람을 죽인다'는 건 너무나 비현실적이다. 그에 비해 히로키 씨의 추리는 좀 더 현실적으로 느껴졌지만, 그래도 위화감은 남는다.

제일 큰 의문은 '방화'다.

사람을 죽일 수 있는 수많은 방법 중에서 왜 '방화'를 선택했을까. 아내를 죽이기 위해 자기 집을 불태우다니……. 잃는 것이 너무나 많다.

진상은 따로 있을 것이라는 생각이 들었다.

지에 씨의 추리와도, 히로키 씨의 추리와도 별개인 제3의 진상.

그걸 찾아내야 한다.

나는 마음을 단단히 먹고 공간 대여 시설을 뒤로했다.

자료⑨ '살인 현장으로 향하는 발소리' 끝

달아날 수 없는
연립주택

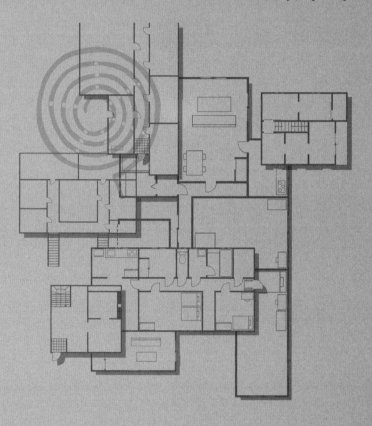

2023년 1월 25일
니시하루 아케미 씨 취재 기록

나카메구로에 있는 한 상가 건물 지하에 비밀 아지트 같은 술집이 있다.

카운터석 여덟 개밖에 없는 작은 점포지만, 퇴근길 회사원들에게 사랑받으며 40년 넘게 영업 중이다.

2023년 1월, 나는 취재를 위해 이 술집을 방문했다. 약속한 시간은 영업을 시작하기 한 시간 전. 내가 안으로 들어가자 흰색 요리복을 입은 오십 대로 보이는 남성이 주방에서 영업 준비를 하고 있었다.

남성은 내게 공손히 머리를 숙인 후, 안쪽에 있는 휴게실로 안내해 주었다. 다다미 세 장 크기의 방에서는 한 여성이 청주를 마시고 있었다. 이 여성이 이번 취재 상대인 니시하루 아케미 씨다.

올해로 여든 살인데도 매일 늦은 밤까지 단골손님의 이야기 상대를 해 주는, 이 술집의 명물 안주인이다. 46년 전에 술집을 개업한 후, 외아들 미쓰루 씨와 함께 단둘이 운영해 왔다고 한다.

아케미   주방은 20년 전에 얘(미쓰루 씨)에게 맡겼어.

아케미 난 손님과 함께 술이나 마시는 할망구지. 그런데 의
       외로 그런 걸 좋아하더라고. 다들 외로운 시대라 술
       친구가 필요한 거겠지.
       미쓰루! 손님께 차랑 채소 절임 좀 내어 드려!

괜찮다고 사양할 틈도 없이 미쓰루 씨는 재빨리 주방으로
돌아가 차를 우리기 시작했다.

아케미 저래 보여도 요리 실력은 어디 가서 뒤지지 않아.
       어엿한 요리사가 됐지.
       중학생 무렵까지는 나 없으면 목욕도 못했는데 말
       이야. 애들은 정말이지 빨리 자란다니까. 이제 마음
       에 맞는 배필만 찾으면 나도 안심하고 저세상으로
       갈 수 있을 텐데.

아케미 씨는 그렇게 말하고 호쾌하게 웃었다.
쾌활한 어머니와 열심히 일하는 아들. 흐뭇한 모자지간으로
보이지만, 두 사람에게는 쓰라린 과거가 있다.
아케미 씨와 미쓰루 씨는 옛날에 '달아날 수 없는 연립주택'
에 살았다.

* * *

아케미 씨는 1944년에 시즈오카현에서 태어났다.

집이 워낙 가난해서 허기를 면하기 위해 가끔 근처 밭에서 농작물을 훔쳐 먹었다고 한다.

토목공사 현장에서 날품팔이 인부로 일하던 아버지는 매일 밤 스트레스를 풀 듯 아케미 씨를 때렸다. 열다섯 살 때 어머니가 병으로 돌아가신 후로는 성적 학대도 당했다고 한다.

아케미 씨는 중학교를 졸업하자마자 도망치듯 집을 나왔다.

일거리를 찾아 옮겨 간 곳은 도쿄 가부키초……. 일본에서 제일가는 환락가였다. 당시는 고도 성장기가 한창일 때라 밤거리는 활기와 돈으로 넘쳤다. 아케미 씨는 나이를 속이고 호스티스가 됐다.

아케미　　그 시절은 굉장했지. 지금이야 주름이 쪼글쪼글하지만, 나도 소싯적에는 꽤 예뻤거든. 게다가 말주변도 좋고 술도 벌컥벌컥 잘 마시니까 어느덧 가게에서 가장 인기를 끌게 됐어. 많을 때는 한 달에 백만 엔도 넘게 벌었다 이거야. 당시는 고급차를 한 대 살 수 있을 만한 돈이었지. 뭐, 좋은 시절은 오래가지 않지만 말이야.

　열아홉 살 때 아케미 씨는 남자 손님의 아이를 임신했다.
작은 회사를 운영한다는 그 손님은 가끔 "너랑 행복한 가정을
꾸리고 싶어." 하고 진지한 얼굴로 이야기했다. 아케미 씨도
그의 성실한 면모에 끌려서 진심으로 결혼을 생각했다.
　하지만 임신을 알린 날을 끝으로, 그는 더 이상 가게를 찾
지 않았다. 그리고 얼마 지나지 않아 아케미 씨는 묘한 소문
을 들었다. 그는 회사 사장이 아니라 처자식이 딸린 회사원이
었다고 한다.

아케미　그 남자를 원망하지는 않아. 술자리에서 유혹하는
　　　　말을 믿는 인간이 바보지.
　　　　열아홉 살이나 먹고도 세상 물정을 몰랐던 거야. 결
　　　　국 혼자서 미쓰루를 낳았지만 불안하지는 않더라
　　　　고. 돈은 썩어날 만큼 많았으니까.
　　　　하지만 미래를 생각하면 저금에만 의지하기가 불안
　　　　해서 큰맘 먹고 내 가게를 차리기로 했어. 소위 사
　　　　장이 된 거지.
　　　　젊은 아가씨를 고용해서 접객을 가르치고, 손님이
　　　　찾아오기를 떡하니 기다리고 있으면 돈이 저절로

모여들 줄 알았어. 지금 와서 생각하면 참 바보 천
치 같은 짓을 했던 거지.

경영의 기초도 모르고 의욕을 앞세워 시작한 가게는 순식간
에 적자가 불어났다.
바로 가게를 접었으면 그나마 나았겠지만, 곧 좋아질 것이
라 만만하게 생각하고 빚을 자꾸 냈다.

아케미   스물일곱 살 때 결국 이러지도 저러지도 못할 지경
이 돼서 개인 파산을 신청했어. 하지만 그런다고 봐
주는 곳은 은행 정도지. 위험한 곳에서도 큰돈을 빌
렸는지라 일이 커졌어.
조직폭력배에게 "개인 파산을 신청했으니까 돈은
못 갚습니다."라는 말은 안 통하거든. 미쓰루와 함
께 차에 실려 그곳으로 끌려간 거야.

그곳은 '오키토'라는 연립주택이었다.

* * *

일찍이 일본에는 '갈보집'이라 불리는 시설이 존재했다. 거

기에 거주하는 여성은 남자 손님과 성행위를 함으로써 수입을 얻었다. 하지만 1958년에 매춘 방지법이 시행되자 갈보집은 대부분 자취를 감추었다.

그 후 소프랜드와 패션헬스 등의 풍속 산업이 법망을 교묘하게 피하는 형태로 갈보집을 대체해 나갔는데, 그와 거의 같은 시기에 일부 반사회 조직이 '오키토'라는 매춘 시설을 운영했다.

아케미 씨와 미쓰루 씨가 끌려간 곳은 야마나시현 중앙의 산간부에 위치한, 2층짜리 연립주택을 개조한 오키토였다.

층마다 방이 네 개씩이었는데 1층에는 감시를 맡은 조직원이, 2층에는 아케미 씨처럼 빚을 갚지 못한 사람들이 살고 있었다.

아케미   군이 연립주택을 개조한 건, '연립주택에 사는 여자에게 남자친구가 찾아와서 잠자리를 가질 뿐이다.

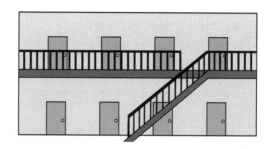

법적으로 문제없다'라고 핑계를 대기 위해서였겠지. 잠깐만 조사하면 실제로는 그렇지 않다는 걸 알겠지만, 당시는 경찰도 조직폭력배를 배려해 줬거든. 불법인 줄 알면서도 묵인했을 거야.

아케미 씨와 미쓰루 씨에게는 2층 끝 방이 주어졌다.

아케미 곰팡내가 풍기는 다다미방이었어. 거기에 변소와 욕실, 벽장, 그리고 조잡한 부엌도 있었지. 식사라면서 매일 두 명분의 도시락을 넣어 주었지만, 다 식은 거라서 가스레인지로 반찬을 데워 먹었다니까. 그리고 작은 '침실'이 있었어.

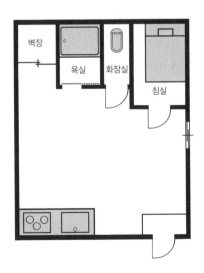

아케미　　말하지 않아도 알겠지만 '침실'은 자기 위한 곳이 아
　　　　니야. 수상쩍은 장난감과 침대 하나뿐인 침침한 방.
　　　　손님을 거기로 맞아들여 상대하는 거야.
　　　　벽을 둘러놔서 미쓰루가 못 보는 게 그나마 다행이
　　　　었어. 뭐, 엄마가 매일 밤 거기서 무슨 일을 하는지
　　　　정도는 눈치챘겠지만.

　나는 주방을 힐끗 보았다. 아케미 씨의 목소리가 들릴 테지
만, 미쓰루 씨는 아무 반응 없이 영업 준비를 하고 있었다. 미
쓰루 씨에게 미안했다. 좀 더 세심하게 인터뷰 장소를 골라야
했는데.

아케미　　손님은 늦은 밤에야 찾아왔어. 이놈이고 저놈이고
　　　　고급 차를 타고 나타났지. 오키토는 부자를 상대로
　　　　하는 장사거든.
　　　　한 번에 십만 엔을 받았다나 봐. 그중 90퍼센트는
　　　　조직이 이런저런 명목으로 **뺏어** 가고, 10퍼센트가
　　　　빚을 갚는 데에 사용돼. 빚을 다 갚을 때까지 그 방
　　　　에 가둬 놓는 거야. 하지만 가둬 놓는다고 해도 밖
　　　　에 자물쇠를 달면 감금죄에 해당하니까 놈들도 그
　　　　런 점에서는 머리를 썼지.

아케미 씨 설명에 따르면 문에 자물쇠를 다는 대신, 연립주택 출입구에 늘 감시꾼이 서 있었다고 한다. 1층에 사는 조직원들이 교대로 감시한 것이다.

2층에 사는 사람은 힘없는 여자와 아이들뿐이라, 가령 모두 힘을 합쳐 탈출을 꾀했어도 성공하지 못했을 것이라고 아케미 씨는 말했다. 조직도 그걸 잘 알고 있었겠지만, 만약에 대비해 어떤 예방책을 실시했다.

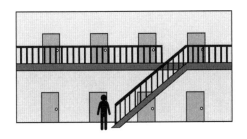

아케미   우리 방에는 창문이 하나뿐이었는데, 그 창문으로 옆방이 보였어.

자기 방과 옆방을 구분하는 벽에는 개폐식 창문이 달려 있었다고 한다.

조직은 '이웃 사람이 달아나려 한다'라는 증거를 잡으면 빚을 절반 탕감해 주겠다고 약속했다. 소위 상호 감시 체제다.

아케미   하지만 실제로는 도망치려 한다는 증거를 잡기란 쉽지 않아. 카메라고 녹음기고 없었으니까. 게다가 '빚을 절반 탕감'해 주다니, 놈들이 그런 인심 좋은 짓을 할 리 없지.

요컨대 '이런 규칙을 만들어 두면 누명을 쓸까 무서워서 수상한 행동을 못 할 것'이라는 속셈이야. 뭐, 우리 이웃은 좋은 사람이라 그런 걱정은 하지 않고 지냈지만.

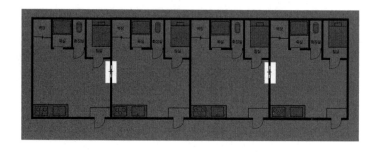

아케미 씨의 이웃 사람은 아케미 씨보다 여섯 살 많은 여성이었다.

아케미   야에코 씨라고 참 예쁜 사람이었어. 그 사람도 열한 살 먹은 딸과 함께 지냈지. 부모라는 입장상 서로 얼마나 힘든지 잘 아니까, 둘 다 도망치려 한다는 증거를 찾아내겠답시고 눈에 불을 켜지는 않았어. 오히려 창문을 열어 놓고 자주 수다를 떨었지.

야에코 씨에게는 어떤 신체적인 특징이 있었다.

아케미   얼마쯤 지나서야 알아차렸는데, 야에코 씨는……
왼팔이 없었어.
태어난 지 얼마 지나지 않아 사고로 잃었대.

필자   그분에 대해 좀 더 자세히 알려 주시면 안 되겠습니까?

아케미   보자……. 아이들이 없을 때 서로 신세타령을 한 적이 있는데, 야에코 씨의 과거가 여러모로 복잡하더라고.

야에코 씨는 나가노현의 유복한 가정에서 자랐다고 한다. 하지만 열여덟 살 때 부모님이 어떤 사실을 알려 준다.

아케미   야에코 씨는 버려진 아이였대. 오두막……이라고 했었지. 숲속의 오두막에 버려진 걸 주워 와서 키웠다나 봐.
즉, 그때까지 부모님으로 여기며 살았던 사람들은

양부모였다는……. 뭐, 흔한 이야기이기는 하지만.
아무튼 그 사실에 충격을 받고 집을 나왔대. '양부
모가 지금도 원망스럽다'고 했어.

필자　하지만 친부모가 아니라고 해도 자기를 주워서 기
른 사람들이잖습니까. 뭔가 원망할 만한 이유라도
있었던 걸까요?

아케미　글쎄. 본인밖에 모르는 사정이 있겠거니 싶어서 굳
이 깊게 파고들지는 않았어. 내가 무슨 취조관도 아
니잖아?
집을 나온 후에는 도쿄로 상경해서 직장을 찾았지
만, 몸에 장애가 있는 만큼 많이 고생했다나 봐. 편
지봉투에 주소를 적어 주는 아르바이트 같은 걸 하
면서 겨우 식비를 벌었다는군.

그러던 어느 날, 인생의 전환기가 찾아온다.
야에코 씨가 스물한 살 때, 아르바이트하던 곳의 사장과 사
랑에 빠져 청혼을 받았다고 한다.

아케미　갑자기 사장 부인이 됐으니 굉장하지.
아이도 금방 태어나 이제 편안히 탄탄대로를 달릴
줄 알았는데……. 인생길에는 여기저기 허방다리가

274

많아서 골치 아프다니까.

주식시장 불황의 영향으로 회사는 도산하고, 남편은 큰 빚을 남긴 채 자살했대. 야에코 씨와 딸은 빚을 갚을 방법이 없어서 함께 오키토로 끌려온 거고.

필자 그것참…… 불운이로군요…….

아케미 그러게 말이야. 그 사람 잘못이 아닌데……. 나랑은 달랐지.

아케미 씨는 씁쓸한 얼굴로 술을 들이켰다.

아케미 하지만 그런 불행의 밑바닥에서도 착한 마음을 간직해야 한다는 걸 야에코 씨가 가르쳐 줬어. 야에코 씨는 미쓰루의 생명을 구해 준 은인이야.

필자 은인? ……무슨 일이 있었던 건가요?

아케미 나랑 미쓰루가 오키토에 온 지 반년쯤 지났을 무렵이었어.

＊　＊　＊

아케미 씨와 야에코 씨가 생활한 오키토는 원칙상 외출 금지다. 하지만 어떤 조건을 충족시키면 외출을 허가해 주었다

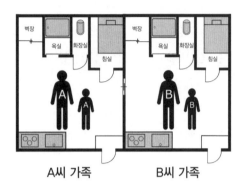

A씨 가족   B씨 가족

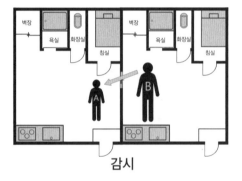

감시

외출

고 한다.

그 조건은 바로 '아이 교환'이었다.

예를 들어 'A씨 가족'과 'B씨 가족'이 이웃이라고 치자.

A씨가 외출하고 싶을 때는 옆방에 사는 B씨의 아이를 데리고 나간다. 그동안 B씨는 A씨의 아이가 달아나지 않도록 감시한다.

A씨는 자기 아이가 방에 남아 있으므로 혼자 도망칠 수 없다. B씨의 아이도 부모 없이 혼자 살아갈 수 없으므로 도망치지 않는다.

이를테면 육친을 인질로 삼아서 정신적인 족쇄를 채우는 시스템인 것이다.

만에 하나 A씨가 자기 아이를 버리고 도망치면 B씨가 A씨의 빚을 떠안아야 하므로, 이웃끼리 아주 친하지 않으면 교환은 성립하지 않는다. 하지만 아케미 씨와 야에코 씨는 서로 믿었으므로 가끔 이 제도를 이용했다고 한다.

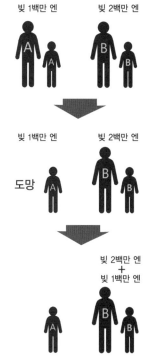

해 질 녘까지만 돌아오면 어딜 가든지 자유였으므로, 자주 서로의 아이를 데리고 근처 공원에 놀러 갔다고 한다.

그러던 어느 날 비극이 일어났다.

아케미	미쓰루가 시내에 가고 싶다고 떼를 쓰는 거야. 도시 풍경이 보고 싶다면서.
필자	도시요? 아케미 씨가 계셨던 오키토는 야마나시의 산간에 있었잖아요. 도시에 갈 수 있습니까?
아케미	산간이라고 해도 그렇게 깊은 산속은 아니었으니까. 두 시간쯤 걸으면 시가지로 나갈 수 있었어. 야에코 씨가 "미쓰루가 그렇게 가고 싶다는데 가야지." 하고 선뜻 말하길래 호의를 감사히 받아들이기로 했어.

외출 당일 야에코 씨와 미쓰루는 지급된 음료와 도시락, 그리고 조직원에게 빌린 지도를 들고 나갔다.

3시까지는 돌아오겠다는 야에코 씨의 말과 달리, 해가 졌는데도 두 사람은 돌아오지 않았다.

아케미가 걱정하고 있자니 조직원이 방을 찾아왔다. 그는 험상궂은 얼굴에는 어울리지 않게 작은 목소리로 말했다.

"지금 두 사람은 병원에 있어."

시내의 교차로에서 미쓰루가 신호를 착각해 도로로 뛰쳐나 갔다는 모양이다. 차에 치이기 직전에 야에코 씨가 몸을 날려 서 미쓰루를 구해 줬다고 한다.

아케미   정말로 그때만큼은 신에게 진심으로 빌었어. 죽을 맛이더군.
          얼마나 지났을까, 미쓰루가 무사하다는 소식을 듣 고 안심했지만……. 설마 야에코 씨가 그렇게 됐을 줄이야…….

미쓰루 씨는 타박상과 찰과상을 입는 데에 그쳤지만, 야에 코 씨는 중상이었다.
특히 차에 깔린 오른 다리는 오랜 시간 혈류가 막힌 탓에 조직이 괴사해 수술로 절단해야 했다.
야에코 씨는 왼팔뿐만 아니라 오른 다리도 잃었다.

아케미   뭐라고 사죄해야 좋을지 모르겠더라고. 야에코 씨 가 퇴원해서 돌아온 날, 미쓰루와 함께 무릎을 꿇고 머리를 조아리며 몇 번이나 잘못을 빌었어.

아케미　죽을 때까지 사과해도 모자랄 지경이건만, 야에코 씨는 원망 한번 하지 않더군. 오히려 미쓰루를 위험에 처하게 해서 미안하다고 내게 사과를……

　난 성격이 이렇다 보니 남을 동경하거나 존경한 적이 없지만, 야에코 씨만큼은 특별해.

　지금도 나한테는 그런 사람이 되고 싶다는 게 인생의 목표야. 뭐, 나 같은 인간은 백 년이 걸려도 못 따라가겠지만.

야에코 씨와 아케미 씨의 이별은 갑자기 찾아왔다.

아케미　당시 야에코 씨 방에 '히쿠라'라는 남자가 자주 드나들었어. 건축 회사의 후계자라는데, 야에코 씨에게 홀딱 반했는지 빚을 몽땅 갚아 줬대. 물론 선의로 그런 건 아니고, 야에코 씨와 딸을 둘 다 데려갔지. 벽에 설치된 창문으로 자주 모습을 봤는데, 그 자식은 쓰레기야. 애당초 부모 돈으로 여자를 사는 작자인데 제대로 된 인간일 리 없지. 삐쩍 말라서 비실비실한 데다 젊은 나이인데도 패기라고는 없었어. 매부리같이 생긴 코만 눈에 띄는, 기분 나쁜 변태였다니까.

그런 놈도 '사장 아들'이라는 이유만으로 회사를 물려받아서 지금은 회장 행세를 하니까 세상도 말세지. 하지만 그놈이 없었다면 야에코 씨 모녀는 훨씬 오래 오키토에 갇혀 지냈을 테니, 그 점만큼은 칭찬해 줘야겠지만.

야에코 씨 모녀가 오키토를 떠난 다음 해, 아케미 씨도 겨우 빚을 다 갚고 3년간 지냈던 오키토에서 벗어났다. 아케미 씨는 스물아홉 살, 미쓰루 씨는 아홉 살이었다.

아케미 씨는 도쿄로 돌아와 음식점에서 일하며 돈을 모아서 이 술집을 차렸다. 어려운 일이 많았지만 미쓰루 씨와 함께 극복해 왔다고 한다.

오키토를 떠난 후로 야에코 씨와 만난 적은 한 번도 없다는 이야기다.

* * *

영업을 시작하기 10분 전에 취재를 마쳤다. 나는 아케미 씨에게 사례금을 건네고 재빨리 가게를 빠져나왔다.

떠나기 전에 (괴로운 옛일을 어머니 입으로 말하게 해서 미안하다는) 사죄의 마음을 담아 주방의 미쓰루 씨에게 인사했다.

미쓰루 씨는 나와 눈을 마주치지 않고 말없이 고개를 꾸벅했다.

돌아가는 전철에서 취재 메모를 다시 읽었다. 도중에 걸리는 부분이 몇 군데 있었다.

오키토는 부자를 상대로 하는 장사거든. 한 번에 십만 엔을 받았다나 봐.

매춘 한 번에 십만 엔이라니, 현재 시세로 따져 봐도 너무 비싸다. 아무리 부자라도 그렇게 높은 가격을 내려고 할까. 그뿐만이 아니다.

층마다 방이 네 개씩이었는데 1층에는 감시를 맡은 조직원이, 2층에는 아케미 씨처럼 빚을 갚지 못한 사람들이 살고 있었다.

즉, 오키토 하나에 매춘부가 네 명밖에 살지 않았던 셈이다. 장사치고는 너무 비효율적이지 않은가.

분명 아케미 씨가 군데군데 착각한 부분이 있을 것이다. 50년 전 일이니 정확하게 기억하지 못하는 것도 무리는 아니다. 다만 그것만으로는 완벽하게 설명이 안 되는 위화감이 느껴졌다.

아케미 씨가 거짓말을 했다고는 생각지 않는다. 거짓말할 이유도 없고.

하지만 아케미 씨는 뭔가 숨기고 있다. 이 이야기의 근간을 뒤흔들 만한 중대한 뭔가를…….

나는 취재 메모를 한 번 더 꼼꼼히 읽어 보기로 했다.

자료⑩ '달아날 수 없는 연립주택' 끝

딱 한 번 나타난 방

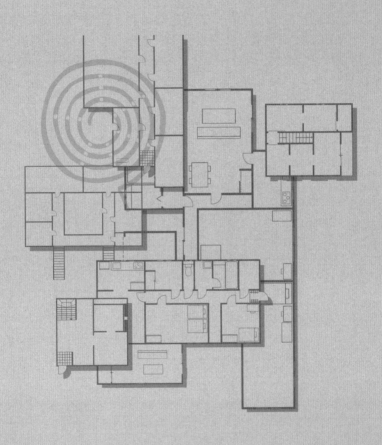

2022년 7월
이루마 렌 씨 취재 및 조사 기록

"꿈치고는 아주 실감 넘쳤어요. 방바닥에서 전해지는 냉기나 벽의 촉감이 지금도 떠오를 정도로요."

올해 스물네 살인 프리랜서 디자이너 이루마 렌 씨와 통화했다.

예전부터 업무를 통해 교유가 있었으므로 《이상한 집》이 완성됐을 때 증정본을 한 권 보내 주었다. 그로부터 1년 후, 이루마 씨에게 전화가 왔다.

이제야 책을 읽었다고 보고한 후, 이루마 씨는 자기 '집'에 관련된 신기한 추억을 들려주었다.

이루마   저는 고등학교를 졸업할 때까지 니가타에서 부모님과 함께 살았는데요. 어렸을 때 그 집에서 묘한 체험을 했습니다.
         초등학교에 들어가기 전년도였으니까, 대여섯 살 무렵이었으려나요. 왜, 어린 시절의 기억은 단편적이고 선후 관계가 모호하잖아요? 제 기억도 그렇습니다.

그 기억은 강렬한 현기증으로 시작된다고 한다.

이루마 집에 있었던 건 확실한데, 정확히 어디였는지는 기억이 안 나요. 왠지 갑자기 머리가 어질어질하니 서 있기가 힘들어져서 저도 모르게 쪼그려 앉았어요. 현기증이 잦아들어서 문득 앞을 보자, 문이 있더라고요.

'어? 이런 곳에 문이 있었나?' 하고 신기해하며 다가가서 잡아당겼는데 안쪽은 작은 방이었습니다. 쪽방이나 뭐 그런 수준이 아니라, 엄청나게 작았어요. 고작 다다미 반 장 정도 크기라서 정사각형 바닥에 어른이 세 명만 들어가도 꽉 찰 정도였죠. 천장은 꽤 높았지만요.

한 걸음 들어서자 발바닥이 써늘했던 게 기억나니까 방바닥은 마루 같은 재질이었으려나. 창문은 없고 새하얀 벽지만 발라 놓은 이상한 방이었어요. 두리번두리번 둘러보니 방바닥에 작은 나무 상자가 놓여 있더라고요. 상자 뚜껑을 열었는데…… 몹시 무서운 것이 들어 있었습니다.

필자 무서운 것?

이루마 네. 다만 그게 뭐였는지는 생각이 잘 안 나네요. 분명…… 이렇게 양손으로 쥐고 들어 올린 기억이 나니까 가느다랗고 긴 물체였나……. 감촉은 꽤·딱딱

했던 것 같고요……. 너무 겁이 나서 바로 상자에 넣고, 그 방을 나와서 제 방으로 뛰어갔어요.

무서운 기분을 없애려고 당시 제일 좋아했던 개그 만화를 보고 있으려니, 잠시 후에 부모님이 돌아오 셨죠.

필자　즉, 이루마 씨가 그 방에 들어갔을 때 부모님은 외 출하신 거로군요.

이루마　그렇습니다. 부모님이 있다는 생각에 안심해서 간 이 커진 거겠죠.

그날 밤, 한 번 더 그 방에 들어가 보려고 했어요. 그런데 어디에도 없는 거예요.

필자　방이 사라졌다는 말입니까?

이루마　네. 집에 있는 문이라는 문은 전부 열어 봤지만, 그 기묘한 방은 나타나지 않았어요. 부모님께 물어보 자 꿈이라도 꾼 거 아니냐며 웃으시더군요. 뭐, 확 실히 현실성 없는 일이기는 하지만요.

꿈치고는 아주 실감 났어요. 방바닥에서 전해지는 냉기나 벽의 촉감이 지금도 떠오를 정도로요.

필자　음……. 참고로 그 후에 그 방에 들어간 적은요?

이루마　없습니다. 그때 딱 한 번뿐이었어요.

딱 한 번 나타난 방……. 참으로 오컬트 느낌이 물씬 풍기
는 이야기다. 부모님 말대로 꿈속에서 일어난 일이라고 받아
들이는 것이 제일 현실적일지도 모르겠다.

다만 유일하게 마음에 걸리는 점은, 이루마 씨가 내 책을
읽은 후에 이 이야기를 했다는 것이다.

이루마   '꿈속에서 일어난 일.' ……어느덧 저도 그렇게 받아
　　　　들이고 지냈습니다. 그런데 주신 책을 읽어 보고 다
　　　　른 생각이 떠올랐어요. 《이상한 집》에 비밀 방에 관
　　　　련된 이야기가 나오잖아요.

필자   네. 불단으로 방 입구를 감춘다는…….

이루마   네. ……솔직히 평범한 서민층 집에 비밀 방이라니
　　　　비현실적인 생각이죠. 하지만 그날 일이 꿈이 아니
　　　　라면, 그것 말고는 설명이 안 돼요.
　　　　가능성을 따져 보자면 아버지가 집을 지을 때 취미
　　　　삼아 만들었다거나……. 왜, 비밀 방은 남자의 낭만
　　　　을 자극하잖아요.
　　　　하지만 저희 집에 불단은 없었는데, 어떻게 방……
　　　　이랄까, 문을 감춘 건지 궁금하더라고요.

필자   이루마 씨 기억이 확실하다면 문은 사라졌다가 나
　　　　타났다가 하는 거잖아요.

290

이루마 그렇죠. 하지만 그런 마법 같은 일이 있을까 싶기도 하고요. 그래서 부탁이 있는데요……. 같이 찾아 주시면 안 될까요?

필자 네?

이루마 저랑 같이 저희 부모님 집에 가서 비밀 방을 찾아보자고요. 어차피 속편 쓰실 거잖아요? 그때 소재로 삼으시면 되잖습니까.

필자 아, 그게…… 소재를 제공해 주는 건 고맙지만, 부모님 댁까지 찾아가는 건…….

이루마 걱정하지 마세요. 지금은 그 집에 아버지 혼자 사시는데, 낮에는 출근하셔서 아무도 없어요. 저도 마음대로 들락거리는걸요.

필자 이루마 씨는 가족이니까 상관없지만, 저는 남이잖아요.

이루마 괜찮아요. 괜찮아. 가끔 디자이너 친구를 데려가서 정원에서 고기를 구워 먹기도 하는걸요. 아버지는 외아들에게 약해서 어지간한 일은 그냥 넘어가 주시니까, 남을 데리고 집에 가는 것 자체는 아무 문제도 없어요.

결국 이루마 씨의 열의를 당해 내지 못하고(덧붙여 나 자신도 꽤 흥미가 있었으므로) 다음 주에 둘이서 이루마 씨 부모님 집에 가기로 했다.

* * *

전화를 끊은 후 정보를 정리했다.

이루마 씨가 어릴 적에 딱 한 번 나타난 방……. 꿈이 아니었다면 왜 한 번밖에 나타나지 않았느냐는 의문을 해결해야 한다.

방이 나타난 건 이루마 씨가 초등학교에 들어가기 전년도……. 여섯 살 때다. 이루마 씨는 2022년 5월에 스물네 살이 됐으므로 단순히 계산하면 18년 전……. 2004년에 발생한 일인 셈이다.

2004년 어느 날, 이루마 씨 집에서 '뭔가'가 있었다. 거기까지 생각했을 때 나는 어떤 가능성을 알아차렸다.

인터넷으로 어떤 단어를 검색해 보았다. ……결과는 예상한 대로였다.

내 짐작이 옳다면 비밀 방을 찾아낼 수 있을지도 모른다.

　　　　　　　＊　＊　＊

　다음 주 월요일, 나는 도쿄역에서 이루마 씨를 만나 그가 운전하는 차를 타고 니가타현으로 향했다. 도중에 궁금했던 점을 질문했다.

필자　지금 부모님 댁에는 아버님 혼자 사시는 거죠?

이루마　네.

필자　실례지만 어머님은요?

이루마　제가 대학교에 입학한 해에 이혼하셨어요. 평소 험악한 분위기까지는 아니었지만, 그렇다고 금실이 좋아 보인 것도 아니라서 그렇게 됐구나, 하고 받아들였죠.

필자　어머님과는 지금도 만나고요?

이루마　네. 요전에도 같이 밥 먹었어요. 만날 때마다 채소는 많이 먹느냐는 둥, 건강진단은 받았느냐는 둥 잔소리를 해서 얼마나 귀찮은지 몰라요.

필자　부모님 마음은 다 그렇죠, 뭐. 고마운 참견이잖아요.

　이루마 씨의 부모님 집은 전원 풍경이 펼쳐진 묘코시의 한적한 곳에 있었다.

흰색과 남색 두 가지 색깔로 디자인한 외벽에 커다란 창문이 여러 개 달린 세련된 집이었다. 부모님이 결혼한 해에 신축으로 구입했고, 그로부터 8년 후 아들 이루마 씨가 태어난 것을 계기로 대규모 개축 공사를 했다고 한다.

필자 집이 참 근사하네요.

이루마 아버지가 미적감각을 중시해서요. 이것저것 따지고 재지 않았으려나.

필자 아, 혹시 아버님도 디자인 관련 일을 하세요?

이루마 음, 디자인이라고 하면 디자인인가. 하지만 예술 계열이 아니라 금속 제품 회사의 상품 디자인이에요. 레어 어스 관련 제품을 만든다고 듣긴 했는데, 뭔지는 잘은 모르고요.
자, 여기 서서 이야기할 게 아니라 들어가시죠.

이루마 씨는 호주머니에서 열쇠를 꺼내 문을 열었다.

광택이 흐르는 마룻바닥에 흰색 천 벽지. 외관과 마찬가지로 현대적이고 감각이 세련됐다.

시각은 오전 11시. 아버지는 저녁 8시쯤에 귀가한다니까 시간은 충분하다. 일단 이루마 씨의 안내를 받으며 집을 한 번 둘러보기로 했다. 나는 걸음을 옮기며 노트에 간단한 평면

도를 그렸다.

집 구경이 끝나자 이루마 씨는 나를 거실로 데려가서 홍차와 쿠키를 대접해 주었다.

남쪽과 북쪽의 유리문으로 각각 정원이 보여서 눈 호강을 할 수 있는 설계다.

필자 저기, 혹시 부모님이 잘사십니까?

이루마 에이, 잘살기는요.

필자 하지만 거실 양쪽으로 정원이 있는 집은 처음 보는데요.

이루마 시골이니까요. 도시였다면 땅을 이렇게 넓게 쓸 엄두도 못 내죠. ……그런데 집을 한 바퀴 둘러보니 어떠세요?

필자   아아, 그것 말인데요…….

나는 평면도를 그린 노트를 테이블에 펼쳤다.

필자   제가 보기에 비밀 문 같은 건 없었습니다. 그러니 이루마 씨의 기억과 평면도를 대조해 어디에 비밀 방이 있는지 추측하는 수밖에 없겠죠. 일단 요점을 정리해 볼까요.

이루마 씨의 기억에서 제가 특히 중요하다고 판단한 건 다음 네 가지입니다.

① 갑자기 현기증이 났다가 괜찮아진 후 앞을 보자 문이 있었다.

② 문을 잡아당기자 작은 방이 나왔다.

③ 바닥은 다다미 반 장 크기의 정사각형이었다.

④ 방바닥에 놓인 작은 상자를 열자 무서운 것이 들어 있었다. 그 후 뛰어서 자기 방으로 도망쳤다.

일단 ④번 말인데요, '뛰어서 자기 방으로 도망쳤다'라고 했으니까 비밀 방과 이루마 씨 방은 어느 정도 거리가 있었다고 볼 수 있습니다.

| 이루마 | 그러네요. |

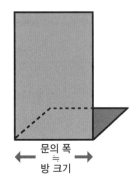

문의 폭 = 방 크기

필자 다음으로 ③번을 보면 '바닥은 다다미 반 장 크기의 정사각형'이라고 했으니, 문의 폭도 다다미 반 장 길이와 거의 일치한다고 할 수 있겠죠.

자, 여기서 생각해 봐야 하는 점은 문이 어떻게 숨겨져 있었는가입니다.

예를 들어 커다란 벽에 비밀 문이 달려 있었다면 뭘 어떻게 해도 윤곽이 보일 겁니다.

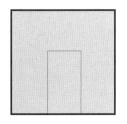

따라서 문이 숨겨져 있다면, 예컨대 기둥으로 둘러싸인 직사각형 벽 같은 곳이겠죠. 집을 구경할 때 그런 곳이 없을까 찾아봤는데요. 딱 한 군데 있었습니다.

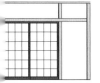 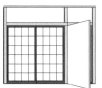 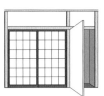 

비밀방

필자   거실 옆 복도의 끝부분입니다.

여기, 벽 너머에 부엌이 있으니 원래는 문을 다는 편이 편리하겠죠. 왜 그렇게 하지 않았을까요. 혹시 복도와 부엌 사이에 뭔가 있는 것 아닐까요? 예를 들면 작은 공간이라든가.

이루마   작은 공간……?

필자   확인해 보죠. 이루마 씨는 복도로 가세요. 저는 부엌으로 갈게요.

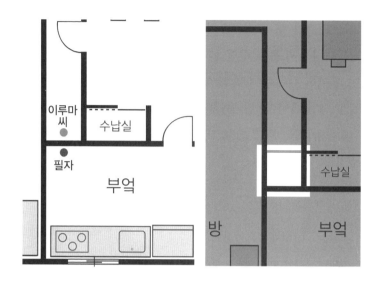

나는 부엌 벽에 귀를 댔다.

필자　이루마 씨! 준비됐습니다! 벽을 세게 한번 두드려
　　　보세요!

이루마　알겠습니다!

벽 너머에서 쿵쿵, 하고 소리가 들렸다. 소리가 작고, 멀리
서 울리는 것처럼 느껴졌다. 역시 예상대로였다.

복도와 부엌 사이에는 분명 공간이 있다. 비밀 방이다.

나는 서둘러 복도로 나갔다.

복도 끝의 벽에는 좌우와 위쪽에 가느다란 나무틀이 있었다. 내 추측이 옳다면 나무틀에 둘러싸인 직사각형 모양 벽이 '문'인 셈이다.

이루마 씨는 벽에 손을 대고 힘껏 밀었다. 하지만 벽은 꿈쩍도 하지 않았다.

이루마   어떻게 여는 거지……?

필자   다음으로 참고해야 할 부분은 ②번입니다. **문을 잡아당기자 작은 방이 나왔다**고 했어요.

당시 이루마 씨는 문을 '민' 게 아니라 '당겨서' 연 거예요.

즉, 복도 쪽으로 당기는 유형의 여닫이문입니다. 그렇다면 문을 열기 위한 손잡이가 필요할 텐데, 이 벽 어디에도 손잡이는 없어요. 그럼 당시 이루마 씨는 어떻게 문을 열었을까요?

기억을 잘 더듬어 보세요. 혹시 그때 이미 문이 조금 열려 있었던 것 아닐까요?

이루마   즉, 저는 조금 열려 있던 문의 끄트머리를 잡고 문을 마저 열었다는 말씀이세요?

필자   그럴 겁니다.

'문이 갑자기 나타났다'라고 느낀 건 무슨 이유로 벽
이 열렸기 때문이겠죠. 그때 비로소 이루마 씨는 벽
을 '문'으로 인식한 겁니다. 그 이후로 방이 한 번
도 나타나지 않은 건 문이 계속 달혀 있었기 때문
에…… 이렇게 생각하면 설명이 돼요.

이루마   그런데 왜 그때만 열렸을까…….

필자   여기서 참고해야 하는 것이 ①번, **갑자기 현기증이
났다가 괜찮아진 후 앞을 보자 문이 있었다**는 기억
입니다. 분명 현기증과 상관이 있겠죠.

이루마   현기증…….

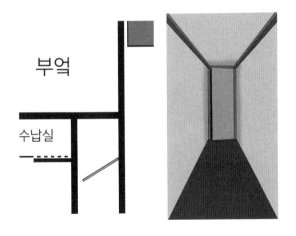

부엌

수납실

필자   실은 요전에 전화로 이야기를 들었을 때 좀 마음에
       걸린 부분이 있었어요. 이루마 씨, 방에 들어갔을
       때의 상황은 잘 기억하면서, 상자 속에 든 '무서운
       것'이 뭐였는지는 잊어버렸잖아요.

이루마   네.

방바닥에 작은 나무 상자가 놓여 있더라고요. 상자 뚜껑을 열었는
데…… 몹시 무서운 것이 들어 있었습니다. 다만 그게 뭐였는지는
생각이 잘 안 나네요.

필자   이 극단적인 기억의 차이는 일종의 방어 본능이 아
       닐까 싶습니다.
       나중에 생각나도 무서워지지 않도록 뇌가 '무서운
       기억'만 지워 버린 거겠죠.

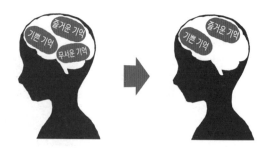

이번 사례를 다시 살펴보면, 이루마 씨의 기억은 방
에 들어가기 전에도 모호해요.

집에 있었던 건 확실한데, 정확히 어디였는지는 기억이 안 나요. 왠
지 갑자기 머리가 어질어질하니 서 있기가 힘들어져서 저도 모르게
쪼그려 앉았어요. 현기증이 잦아들어서 문득 앞을 보자, 문이 있더
라고요.

필자   현기증이 나기 전의 일을 기억하지 못하는 거죠.

이루마   네, 전혀요.

필자   다시 말해 현기증이 나기 직전, 이루마 씨가 느끼기
        에 '몹시 무서운 일'이 일어나서 뇌가 그 기억을 지
        워 버린 겁니다.

이루마   하지만…… 집 안에서 그렇게까지 무서운 일이 생
        기려나…….

필자   혹시 지진 아닐까요?

이루마   지진요?

필자   이루마 씨의 나이에서 역산해 보면 문이 열린 건
        2004년입니다. 그리고 '한 걸음 들어서자 발바닥이
        써늘했던' 기억으로 보면 추운 시기였다고 추측할
        수 있겠죠.

이루마　아! ……주에쓰 지진인가…….

2004년 10월 23일, 니가타현 주에쓰 지방에서 진도 6.8의 대지진이 발생했다. 이루마 씨 집이 있던 지역은 진원지 부근에 비하면 약하게 흔들렸지만, 피해가 꽤 컸다고 한다.
　문은 그 진동 때문에 열린 것 아니었을까.

　이루마 씨는 뭔가 의아하다는 듯한 표정으로 한동안 멍하니 있었다.

필자　……수긍이 안 가십니까……?
이루마　아니요……. 그 말이 맞을 거예요.
　　　그냥 지금까지 왜 그 가능성이 떠오르지 않은 건지 이상해서요. 그날 일은 텔레비전으로 보고, 학교 수업 시간에도 여러 번 들었는데.
필자　분명 당시 어렸던 이루마 씨로서는 두 가지 일이 머릿속에서 서로 결부되지 않았던 거겠죠. 지역 주민으로서 마주해야 할 비참한 현실인 대지진과 '수수께끼의 방이 나타났다'라는 전래 동화 같은 기억이 물과 기름처럼 반발해서, 서로 연관된 현상으로 받아들일 수 없었던 것 아닐까요?

이루마	……그럴지도 모르겠네요.
필자	지진의 진동으로 열렸으니 아마 잠겨 있지는 않았을 겁니다. 하지만 나무틀에 딱 들어맞는 문이라 손잡이 없이는 열 수가 없고요.
이루마	집을 흔들 수밖에 없다는 건가요? 아니면 흡반이라도 붙여서 잡아당긴다든가.
필자	그걸로 열 수 있으면 좋겠지만, 벽지 재질이 천이라서 흡반은 안 붙을 거예요.
이루마	그럼 전기톱이라도 사 올까요?
필자	그런 무서운 말은 하지 마세요. 음…… 비밀 방을 만들었으니 분명 여는 방법도 있겠죠. 이것저것 시도해 봅시다. 자, 아직 12시예요. 아버님이 돌아오실 때까지 시간은 충분하니까요.

우리는 만지고, 두드리고, 천장 위로 올라가는 등 생각나는 모든 방법을 시도해 보았다. 하지만 아무 진전도 없이 오후 2시가 지났다.

필자	그것참 마음대로 안 되네요.
이루마	기분 전환 삼아 좀 쉴까요? 차라도 한잔 더 마시죠.

우리는 다시 거실로 갔다.

그때 거실 구석에 위치한
수납실이 눈에 들어왔다. 수
납실 문이 좀 신기했다. 수납
실로서는 보기 드물게 '한쪽
미닫이문'이었다.

보통 수납실은 '양쪽 미닫이
문'을 사용한다. 양쪽으로 문이 열려야 안에 있는 것을 꺼내
기 쉽기 때문이다.

한편 '한쪽 미닫이문'은 문이 하나뿐이라 안쪽에 있는 물건
을 꺼내기 힘들다. 왜 굳이 이런 문을 달았을까.

양쪽 미닫이문

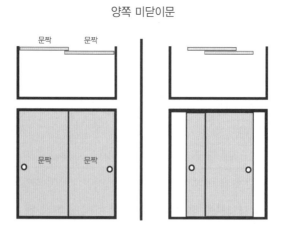

한쪽 미닫이문

의아한 기분으로 문을 바라보는데 갑자기 어떤 이미지가 떠올랐다.

나는 부랴부랴 테이블로 가서 펼쳐 놓은 노트의 평면도를 보았다.

필자   이 수납실은 '비밀 방'과 맞닿아 있네요.

이루마   ……그러네요.

……혹시 이 수납실에 뭔가 비밀이?

필자   확실한 증거는 없지만 조사해 볼까요?

우리는 수납실에 든 물건들을 모조리 꺼냈다.

텅 빈 수납실에 나 혼자 손전등을 들고 들어갔다.

구석구석 불빛을 비춰 보았지만 이상한 점은 찾지 못했다.

이루마　어때요? 뭔가 있습니까?

필자　……없네요.

이루마　먼지가 많죠? 아무것도 없으면 빨리 나오세요.

필자　아니요, 아직 확인하지 않은 곳이 있습니다.

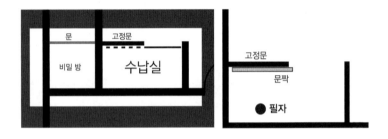

나는 안에서 수납실 문을 닫았다.

문이 완전히 닫혔을 때, '뭔가'가 손전등 불빛에 비쳤다.

고정문 안쪽에 작게 파인 네모난 '홈'이었다.

한쪽 미닫이문의 구조를 활용해 교묘하게 숨긴 것이다.

폭은 약 1센티미터에 깊이는 2~3밀리미터 정도. 마치 문의
손잡이 같아 보였다.

나는 홈에 손가락을 대고 왼쪽(복도 쪽)으로 당겼다. 그러자
'드륵' 하는 소리와 함께 고정문이 살짝 움직였다.

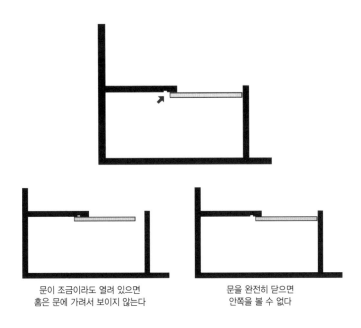

문이 조금이라도 열려 있으면
홈은 문에 가려서 보이지 않는다

문을 완전히 닫으면
안쪽을 볼 수 없다

필자　이루마 씨! 방금 보셨어요?

이루마　네? 뭐를요?

필자　고정문요. 1센티미터쯤 복도 쪽으로 밀렸죠?

이루마　계속 보고 있었는데, 아무 움직임도 없었어요.

필자　그럴 리가. 한 번 더 움직일 테니까 잘 보세요.

나는 다시 홈에 손가락을 댔다. 묵직한 무게감을 느끼며 복도 쪽으로 1센티미터쯤 움직였다.

필자	어떤가요?
이루마	'드륵' 하고 소리는 났지만 움직이지는 않았어요.
필자	이상하네…….

고정문은 분명 왼쪽으로 밀렸다. 하지만 바깥쪽에 변화는 없다.

그렇다면 다음과 같은 가능성이 예상된다.

고정문은 '고정된 바깥쪽 판자'와 '움직이는 안쪽 판자'가 겹쳐져 있다.

즉, 이중 구조다.

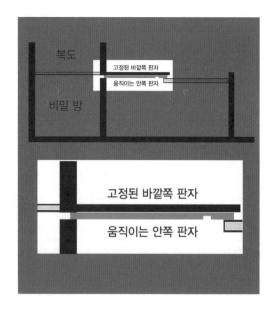

'안쪽 판자'가 복도 쪽으로 밀린다는 건, 거실과 복도를 구분하는 벽에 틈새가 있다는 뜻이다. 그리고 그 너머는 비밀 방이다.

혹시 '안쪽 판자'를 복도 쪽으로 끝까지 밀어내면 비밀 방의 문이 열리는 구조 아닐까. 정확히 어떤 식인지는 모르겠지만, 문이 열리면 전부 판명될 것이다.

나는 한 번 더 홈에 손가락을 대고 힘을 주어 복도 쪽으로 당겼다. '드르르륵' 하고 소리가 났다.

그 소리를 듣자 어째선지 갑자기 불안해졌다.
정말로 이런다고 문이 열릴까.

손을 멈추고 냉정함을 되찾았다. ……잘 생각해 보면 이상하다.

판자가 너무 무겁다. 안쪽 판자는 나무 재질이다. 고작 몇 센티미터 움직였다고 손가락이 아플 정도로 무겁다니 이상하지 않은가.

그때 의식 한구석에 있던 기억이 되살아났다. 아까 이루마 씨와 나누었던 하잘것없는 이야기였다. 그 이야기가 떠오른 순간, 지금까지 모아 둔 정보가 머릿속에서 하나로 연결되기

시작했다.

그리고 한 가지 결론에 도달했다.

필자   이루마 씨.

이루마   네.

필자   부탁 좀 드려도 될까요? 아버님 방에 가서 자석을 가져다주세요.

이루마   자석이요?

필자   분명 방 어딘가에 큼지막한 자석이 있을 겁니다.

* * *

몇 분 후 이루마 씨는 신기하다는 표정으로 거실에 돌아왔다. 손에는 지름이 10센티미터쯤 되는 커다란 자석을 들고 있었다.

이루마   아버지 방 서랍에 들어 있더군요. 큰 자석이 있는 줄은 어떻게 아셨어요?

필자   비밀 방의 문이 어떤 식으로 열릴지 곰곰이 생각해본 결과, 자석에 다다른 거죠. 자석이 문을 여는 손잡이 역할을 하는 겁니다.

이루마 씨. 부탁이 있는데요. 복도 끝의 벽에 자석을 대고 잠시만 그대로 계세요.

이루마 네?

내가 내린 결론은 다음과 같다.

복도와 거실을 구분하는 벽 내부에는 금속판이 끼워져 있다. 고정문의 안쪽 판자를 복도 쪽으로 당기면, 금속판은 비밀 방 안으로 밀려 나간다.

그때 복도 끝의 벽에 자석을 대면, 비밀 방 안쪽의 금속판과 달라붙어 손잡이가 완성된다.

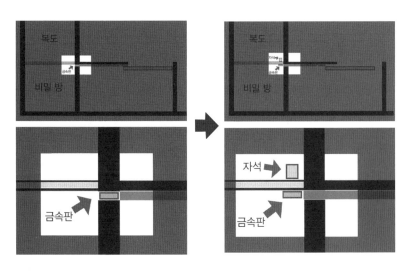

물론 보통 자석이라면 자력이 부족해서 문을 열기 전에 자석이 떨어질 것이다. 하지만 네오디뮴 자석을 사용하면 이야기는 달라진다. 네오디뮴 자석은 '세상에서 가장 강력한 자석'이라 불리는 만큼, 커다란 걸 사용하면 사이에 목재가 있어도 자력을 유지할 수 있다.

그리고 네오디뮴 자석의 원료는 희토류 원소, 별칭 레어 어스(rare earth)다.

음, 디자인이라고 하면 디자인인가. 하지만 예술 계열이 아니라 금속 제품 회사의 상품 디자인이에요. 레어 어스 관련 제품을 만든다고 듣긴 했는데, 뭔지는 잘은 모르고요.

이루마 씨 아버지의 전문 분야라고 할 수 있다.

잠시 후 복도에서 "준비됐습니다." 하고 이루마 씨 목소리가 들렸다. 나는 손가락에 온 힘을 주어서 판자를 움직였다. 다음 순간 이루마 씨가 소리쳤다.

이루마　우와! 굉장하다! 붙었다! 붙었어요!

필자　이루마 씨! 신중하게, 천천히 앞쪽으로 당겨 보세요.

복도에서 '끼익' 하는 소리가 들렸다. 나는 수납실에서 빠져나와 복도로 향했다. 이미 문은 열려 있었다.

필자　　이루마 씨……. 마침내 해냈어요!

이루마　　……네.

이루마 씨는 천천히 비밀 방으로 들어갔다.

비밀 방은 이루마 씨가 기억하고 있던 것과 똑같았다. 흰색 벽지. 정사각형 모양 방바닥. 그리고 나무 상자.

이루마 씨는 그 자리에 쪼그려 앉아 천천히 나무 상자의 뚜껑에 손을 댔다. 멀리서도 바르르 떨리는 손이 보였다. 이루마 씨는 긴장된 표정으로 상자를 열었다.

상자에 들어 있던 것은…….

필자　　……인형인가요?

그것은 나무로 만든 작은 여자 인형이었다.

마치 선녀의 날개옷처럼 맨살에 비단을 걸쳤다. 젊지는 않지만 생김새는 아름다웠다.

하지만 그 이상으로 시선을 끈 것은 여자의 몸이었다.

왼팔과 오른 다리가 없었다.

마치 여우에 홀린 것 같은 기분이었다.

안다. 나는 이 여성을 이미 알고 있다.

그때 이루마 씨가 나직이 중얼거렸다.

이루마   이 인형…… 닮았네요.

필자   닮았다고요?

이루마   집 형태와…… 닮았어요.

나는 그 말이 무슨 뜻인지 이해하지 못했다.

하지만 이루마 씨의 손에 들린 인형을 바라보고 있자니, 머릿속에서 뭔가가 이어졌다. 나는 거실로 뛰어가서 노트를 들고 이루마 씨에게 돌아갔다.

평면도를 세로로 들고 인형과 비교해 보았다.

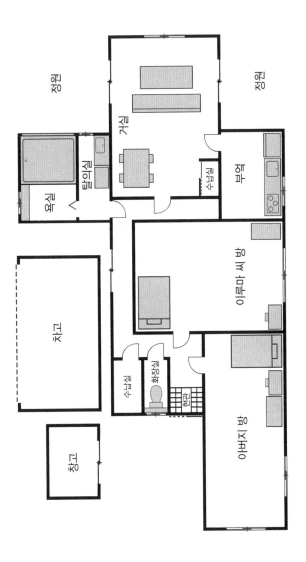

정원

정원

거실

욕실

탈의실

수납실

부엌

어머니 방

창고

수납실

화장실

현관

창고

아버지 방

맞다. 그거다. 드디어 생각났다.

예전에 우연히 입수한 옛날 잡지에 한 컬트 교단의 실태를 파헤친 잠입 리포트가 실려 있었다.

교단의 이름은 '재생회'. ……그들은 교주의 몸을 본떠서 만든 종교 시설 '재생의 성역'에서 수행했다.

'성모님'이라고 불리는 교주는 왼팔과 오른 다리가 없었다.

확실히 닮았다. 인형, 성모님의 몸, '재생의 성역', 그리고 이루마 씨 부모님의 집.

설마 이런 곳에서 접점이 생길 줄이야.

이루마 씨는 인형을 상자에 넣고 작은 목소리로 말했다.

이루마   ……역시 그랬나.

필자   ……역시……?

이루마   어렸을 적부터 어렴풋이 느끼기는 했어요. 두 사람
         이…… 부모님이 수상쩍은 종교에 빠졌다는 걸.

필자   네?

이루마   이거, 말하자면 분명 그런 거잖아요. 종교의…… 축
         원? ……같은 거.

필자   그게…….

이루마   딱히 상관없어요. 신에게 기도하는 사람들을 나쁘
         게 말할 생각은 없습니다. 하지만…… 둘 다 뭔가에
         매달리지 않으면 안 될 만큼 행복하지 않았던 걸까.
         지금도 그런 생각이 드네요.
         ……저는 부모님에게 행복을 안겨 주지 못했던 걸
         까요…….

자료⑪ '딱 한 번 나타난 방' 끝

구리하라의 추리

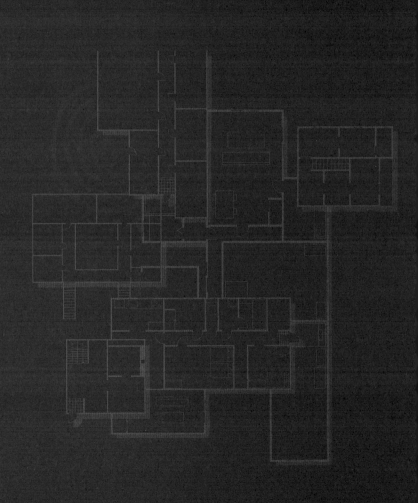

우메가오카역에서 걸어서 20분. 연립주택에 도착했다.

나는 자료 열한 부가 든 봉투를 들고 계단을 올랐다. 녹슨 철 계단은 한 발짝 오를 때마다 삐걱거렸다. 이 연립주택은 올해로 지은 지 45년째라고 한다. 낡았을 만도 하다.

2층 제일 안쪽이 '그'의 집이다. 초인종을 누르자 바로 문이 열렸다.

"기다리고 있었습니다. 춥죠? 들어오세요."

회색 운동복 상의에 헐렁헐렁한 청바지. 짧게 깎은 머리, 그리고 삐죽삐죽한 턱수염.

내 지인인 설계사 구리하라 씨다.

안으로 들어가자 따스한 공기가 몸을 푹 감쌌다. 에어컨과 난로가 함께 윙윙, 하고 커다란 소리를 내고 있었다. 구리하라 씨는 "추위를 많이 타서요." 하며 난로 온도를 더 높였다.

작은 부엌과 다다미 여덟 장 크기의 거실이 연결된 방이다. 거실에는 수많은 책이 어지러이 널려 있어, 나는 앉을 만한 빈틈을 찾아내 겨우 궁둥이를 붙였다.

구리하라 씨는 부엌에서 홍차를 우리며 혼잣말하듯 말했다.

"예전 생각이 나네요. 그때도 이렇게 이야기를 나눴죠."

예전에 어느 집에 관한 수수께끼를 풀기 위해 나는 여기를 찾아왔다.

구리하라 씨는 평면도만 보고 그 집에서 무슨 일이 일어났는지 밝혀냈다. 그 후 나는 가끔 그의 추리력을 빌리게 됐다.

필자　　그때는 정말 큰 도움을 받았습니다. 그런데 오늘은 쉬는 날이세요?

구리하라　네. 최근에는 쉬고만 있어요. 애당초 요즘 세상에는 집을 지으려는 사람이 적으니까요.
　　　　　　뭐, 저는 일하기보다 책을 읽거나 게임하는 게 좋아서 오히려 고맙지만요.

구리하라 씨는 홍차 두 잔을 테이블에 내려놓은 후, 바닥의 책을 치우고 내 맞은편에 앉았다.

구리하라　그럼 보여 주실까요. 전화로 말씀하신 그 자료.

필자　　네.

나는 봉투에서 자료 열한 부를 꺼냈다. 각 책자에는 내가 지금까지 조사한 '정보'를 정리해 두었다.

자료① 갈 곳 없는 복도

자료② 어둠을 키우는 집

자료③ 숲속의 물레방앗간

자료④ 쥐덫의 집

자료⑤ 거기 있었던 사고 물건

자료⑥ 재생의 성역

자료⑦ 아저씨네 집

자료⑧ 방을 잇는 실 전화기

자료⑨ 살인 현장으로 향하는 발소리

자료⑩ 달아날 수 없는 연립주택

자료⑪ 딱 한 번 나타난 방

이 책의 첫머리에도 적었지만 전작 《이상한 집》이 출간된 후, 독자들이 집에 얽힌 기묘한 체험담을 내게 많이 보내 주셨다. 그 수는 백 가지도 넘는다.

수수께끼가 이미 해명된 이야기는 얼마 안 되고 대부분 미해결…… 바꿔 말하면 '결말이 없는 이야기'였다. 나는 '결말'을 알아내기 위해 조사에 나섰다.

조사를 진행할수록 각 체험담에서 가지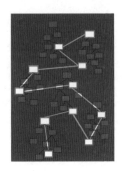
가 갈라져 나가듯 많은 정보가 모여들었다.

그 정보들을 보다 보면, 우연하게도 각기
다른 체험담에서 파생된 정보가 묘한 '접점'
을 이루곤 했다. 나는 이 '접점'에 주목해 더
욱 조사에 열을 올렸다.

구리하라 그 결과 열한 개가 줄줄이 엮인 수수께끼가 추출됐
다는 말씀이군요.

필자 네. 어쩐지 이 열한 개가 연결된 것 같기는 한데, 구
체적으로 어떻게 연결된 건지 추리를 못 하겠더라
고요. 그래서 이번에도 구리하라 씨의 힘을 빌리고
싶어서요.

구리하라 흠. 잠깐만요. 읽어 보겠습니다.

구리하라 씨는 자료를 하나 집어 들었다.

구리하라 씨는 이른바 '속독'과는 정반대로, 한 글자씩 핥아
서 삼키듯 느릿느릿하게 읽는 스타일이었다. 나는 홍차를 마
시며 구리하라 씨가 자료를 전부 읽을 때까지 기다렸다.

몇 시간 후, 구리하라 씨는 마지막 한 부를 덮어서 테이블
에 내려놓더니 팔짱을 낀 채 눈을 감고 미동도 하지 않았다.

326

뭔가 말을 걸어야 할까 망설이는데, 구리하라 씨가 눈을 번쩍
뜨고는 다 식어 버렸을 홍차를 단숨에 들이켰다.

구리하라 아주 재미있네요.

필자   ……어떻습니까. 뭔가 알아내셨어요……?

구리하라 많은 부분을 추측에 의존해야겠지만, 지금 여기 있
          는 정보만으로도 대강은 스토리를 그려 낼 수 있겠
          어요.

필자   정말요?

핵심

구리하라 쭉 읽어 보니, 열한 부 중에 '핵심'이라 할 이야기가
          있었습니다. 뭔지 아시겠어요?

필자   핵심이라 할 이야기라……. 음. 전부 중요해 보이는
          데요…….

구리하라 어렵게 생각하실 것 없어요. 지도를 떠올려 보면 됩
          니다.

구리하라 씨는 테이블에 있는 메모장을 한 장 뜯어내 전국
지도를 그렸다.

구리하라 자료 ①번의 무대는 도야마현 다카오카시. 자료 ②
번의 무대는 시즈오카시 아오이구 북부. 자료 ③번
의 무대는…….

자료⑪ 딱 한 번 나타난 방

자료④ 쥐덫의 집

자료① 갈 곳 없는 복도

자료⑥ 재생의 성역

자료⑩
달아날 수 없는 연립주택

자료② 어둠을 키우는 집

자료⑦ 아저씨네 집

자료③ 숲속의 물레방앗간
자료⑤ 거기 있었던 사고 물건

자료⑧ 방을 잇는 실 전화기
자료⑨ 살인 현장으로 향하는 발소리

그렇게 중얼거리며 지도에 점을 찍어 나갔다. 각 자료의 무대가 된 곳을 표시하는 것이리라. 점 열한 개가 전부 찍혔을 때 나는 깜짝 놀랐다.

필자   아…… 그런 거였나…….
구리하라   아시겠어요?

자료에 언급된 일들은 일찍이 나가노현 서부에 존재한 종교 시설 '재생의 성역'을 중심으로 일어났습니다. 즉, 이 시설이 모든 것의 근원…… '핵심'이라고 봐야겠죠.

구리하라 씨는 자료⑥ '재생의 성역' 책자를 집었다.

자료⑥ '재생의 성역'
수수께끼의 종교 시설에 잠입한 잡지기자가 남긴 기록

- 일찍이 '재생회'라는 수수께끼의 컬트 교단이 존재했다.
- '재생회'에는 몇 가지 별난 특징이 있었다.
  - ↳ 전화 권유와 입소문만으로 수많은 신자를 획득했다.
  - ↳ 신자들에게 수백만에서 수천만 엔을 호가하는 고가의 '상품'을 팔아넘겼다.
  - ↳ 종교 시설 '재생의 성역'에서 한 달에 몇 번 집회를 열어 기묘한 수행을 했다.

1994년 잡지기자가 그 실태를 파헤치기 위해 '재생의 성역'에 잠입한다.

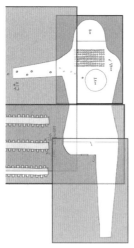

'재생의 성역'이란?
나가노현 서부에 있는 교단의 시설.
'성모님'이라 불리는 교주의 몸을 본떠서 만든 거대한 건축물.
위쪽은 집회장으로, 무대, 접의자, 오브제(신전)가 있다.
오브제(신전) 안에는 성모님이 있다.
성모님은 왼팔과 오른 다리가 없는 여성이다.

집회장과 오브제(신전)

기자가 체험한 일

- 교단 간부 히쿠라 마사히코 씨가 신자들 앞에서 연설.
  - ↳ 히쿠라 씨는 건설 회사 '히쿠라 하우스'의 사장 ← 왜 그런 사람이 컬트 교단에 관여?
  - ↳ '여러분의 죄는 크지만 여기서 수행하면 죄가 정화된다'라고 열변.
- 오브제(신전) 안에서 성모님과 대면.
- 성모님에게 폭언을 내뱉는 신자가 나타남.
  - ↳ "이 사기꾼 같은 년아! 네 심장을 막아 버릴 거야!" 하고 의미가 불분명한 말을 외침.
  - ↳ 금방 밖으로 끌려 나감.
- 수행실로 이동.

무슨 수행을 하는가?

'잠자는 것'이 수행?
수행실은 '침실'이었다.
신자들은 침대에 누워서 잘 뿐.
이것이 '수행'인가?

다음 날 아침에 있었던 일
다음 날 아침, 시설 정원에서 신자
와 종교복을 입은 수수께끼의 남자
들이 평면도를 보며 뭔가 이야기를
하고 있었다.

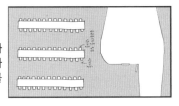

그 후

- 기자는 자신의 체험을 '전편'과 '후편'으로 나누어서 기사화했다.
- 전편만 잡지에 실리고, 후편은 사정이 있어 세상에 나오지 못했다.
- '재생회'는 1999년에 해산.
- 그다음 해에 '재생의 성역'도 철거된다.

구리하라 아쉽게도 '수수께끼 풀이편'에 해당하는 후편은 발표되지 않았습니다. 그렇다면 전편의 내용을 보고 알아서 수수께끼를 푸는 수밖에 없겠죠. 일단 전편에서 해명되지 않은 수수께끼를 정리해 보겠습니다.

① '재생회'의 수행은 왜 '잠자는 것'인가?

② 교단이 신자에게 판매한 수백만에서 수천만 엔을 호가하는 '상품'은 무엇인가.

③ 흰색 종교복을 입은 남자들과 신자들은 긴 테이블에 마주 앉아 뭘 했는가.

④ 신자들이 공통으로 끌어안고 있던 '특별한 사정'은 무엇인가.

⑤ 신자들은 왜 한 달에 단 몇 번의 수행만으로도 세뇌당했는가.

이 다섯 가지 수수께끼를 풀기 위해 '재생의 성역'의 정체를 조금씩 파헤쳐 나가겠습니다.

기사에도 적혀 있듯이 '재생의 성역'은 교주인 성모님의 몸을 모티브로 삼아 만든 거겠죠. 사실 이런 건축물은 드물지 않습니다.

예를 들어 많은 기독교 교회가 '십자가에 못 박힌 예수 그리스도'를 모방해서 만들어졌죠. '자신들이 신뢰하는 인물의 몸속에 들어가고 싶다=보호받고 싶다'라는 건 수많은 사람의 공통적인 욕구일 겁니다. 자, '재생의 성역'의 내부를 자세히 살펴보면 재미있는 걸 알 수 있는데요. 신전이 '심장' 위치에 있어요.

교회

필자   아아…… 그러네요. '심장에 성모님이 살고 있다'라는 건가.

구리하라   성모님은 교단의 상징이니까요. 몸에서 제일 중요한 심장에 계셔야 마땅하다는 거겠죠. 참고로 옛날에는 '인간의 심장은 중앙보다 약간 왼쪽에 있다'는 것이 정설이었습니다. 그런 시대에 만들어진 건물이라 신전도 약간 왼쪽으로 치우친 거

겠죠.

여기서 알 수 있는 점은 '재생의 성역'이 성모님의
겉모습뿐만 아니라 몸속도 모방했다는 것입니다.
그걸 유의하시고 신자들이 쿨쿨 잠든 '침실'을 살펴
보도록 하죠.

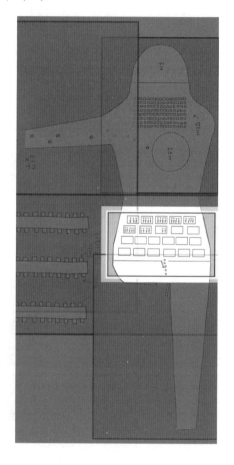

침실은 하복부에 있습니다. '여성의 하복부에서 잠자는 인간.' ……이게 뭘 의미하는지는 아시겠죠.

필자 ……태아인가요?

구리하라 그렇습니다.

아래쪽 문(질)으로 침실(자궁)에 들어가서 잠을 자고 다시 문(질)으로 나옵니다. 틀림없이 '임신'과 '출산'에 비유한 거예요. 이것으로 첫 번째 수수께끼가 풀렸습니다.

① '재생회'의 수행은 왜 '잠자는 것'인가?

구리하라 해답은 '성모님의 아이가 되기 위해서'입니다.

신자들이 행했던 수행은 성모님의 자궁에서 잠들었다가 그녀의 아이로 새로이 태어나는 유사 체험이었다고 볼 수 있겠습니다.

필자 새로이 태어난다……. 다시 살아난다……. 그래서

'재생회'인 거군요.

구리하라   여기서 교단 간부 히쿠라 마사히코 씨의 연설을 인
         용해 볼까요.

"이미 자각하고 계실 겁니다. 본인이 안고 있는 무시무시한 죄를.
그리고 그 죄를 여러분의 가엾은 아이가 물려받았습니다. (중략) 안
타깝게도 부정함은 절대 사라지지 않습니다. 하지만 희석할 수는
있어요. 거듭 수행함으로써 정화할 수 있는 겁니다. 일단은 여러분
부터 이 성역에서 부정함을 씻어 냅시다."

구리하라   '자각하고 계실 겁니다. 본인이 안고 있는 무시무시
         한 죄를.'이라는 말에서 알 수 있듯이 '재생회'의 신
         자는 다들 뭔가 죄책감을 품고 있었어요.
         그런 신자들에게 히쿠라 씨는 이렇게 말합니다.
         '당신들은 죄를 짊어지고 있으니까 불행해진 거야.'
         '하지만 성모님의 아이로 새로이 태어나면 죄가 약
         간 정화돼.'
         '어디까지나 약간이야. 전부 사라지는 건 아니야.'
         '그러니까 계속 여기에 와서 꾸준히 죄를 정화하도
         록 하자.'
         요컨대 죄의식이 있는 사람들을 모아서, 그걸 씻어

낼 방법을 가르쳤던 겁니다.

필자 그 방법이 '성모님의 자궁을 모방한 침실에서 몇 번
이고 잠자는 것'이었다…….

구리하라 사이비 냄새가 풀풀 풍기지만 '새로이 태어나 죄를
씻어 낸다'라는 사고방식은 불교와도 가까운 느낌이
드니까, 일본인으로서는 받아들이기 쉬웠을지도 모
르겠네요.

다만 한 가지 기묘한 점은 아이를 끌어들인다는 것
입니다.

"그 죄를 여러분의 가엾은 아이가 물려받았습니다. 부모의 죄를 받
아 태어난 아이. 죄를 짊어진 아이. (중략) 그리고 내일 아침, 지금
보다 좀 더 정화된 몸으로 집에 돌아가서 여러분의 아이들에게 수
행을 지도해 주십시오."

구리하라 '수행을 지도해 주십시오.' ……즉, 히쿠라 씨는 '집
에 돌아가면 자기 아이를 성모님의 자궁에서 재워
라', 그렇게 지시한 겁니다. ……불가능하죠. 평범
한 가정집에는 성모님의 몸을 모티브로 삼은 건물
이 없고, 자궁을 모방한 침실도 없으니까요. 그럼
신자들은 어떻게 자기 아이를 '수행'시켰을까요?

그때 평면도 한 장이 머릿속에 떠올랐다.

필자   자기 집을…… '재생의 성역'으로 개축한다.

구리하라   그렇습니다. 사실 이 열한 부의 자료에도 자택을 '재생의 성역'으로 개축한 사람들이 등장해요.

필자   ……이루마 씨의 부모님요?

구리하라   네.

구리하라 씨는 자료⑪ '딱 한 번 나타난 방'을 집어 들었다.

자료⑪ '딱 한 번 나타난 방'
부모님 집의 '비밀 방' 탐색

- 프리랜서 디자이너 이루마 씨는 어릴 적에 딱 한 번 '수수께끼의 작은 방'에 들어간 적이 있다고 한다.

그 방이 어디 있는지 찾기 위해 이루마 씨의 부모님 집으로.

- 이루마 씨의 부모님 집은 니가타현에 위치한 단독주택이었다.
- 부모님이 결혼한 해에 신축으로 구입했고, 그로부터 8년 후에 개축.

- 복도 끝부분이 수상해서 비밀 문을 열 방법을 모색.
- 거실의 수납실에 장치가 있다는 사실이 판명됨.

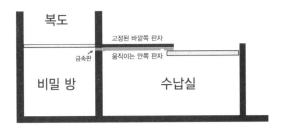

비밀 문 여는 법

① 금속판을 밀어낸다. ② 문 밖에 자석을 댄다. ③ 금속판에 붙은 자석이 손잡이 역할을 한다.

작은 방에 있었던 물건은?

- 나무 상자에 들어 있던 여자 인형.
- 인형에는 왼팔과 오른 다리가 없었다.
- 이루마 씨는 인형이 집 형태와 닮았다고 말했다.

 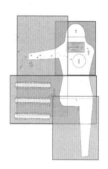

왼팔과 오른 다리가 없는 여성을 본떠서 만든 건물 '재생의 성역'과 뭔가 관련이……?

이루마 씨는 어떻게 생각했나?

"어렸을 적부터 어렴풋이 느끼기는 했어요. 두 사람이…… 부모님이 수상쩍은 종교에 빠졌다는 걸."

모조품

부모님이 결혼한 해에 신축으로 구입했고, 그로부터 8년 후 아들 이루마 씨가 태어난 것을 계기로 대규모 개축 공사를 했다고 한다.

구리하라 첫 아이가 태어났을 무렵에 이루마 씨 부모님은 '재생회' 신자가 됐겠죠.

필자 그래서…… 자신들의 집을 '재생의 성역'과 비슷하게 만들기 위해 대규모 개축 공사를 했다…….

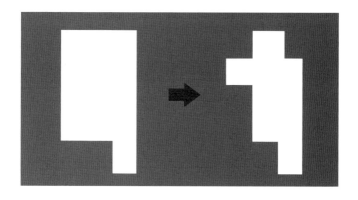

구리하라 원래는 평범하게 생긴 집이었을 텐데, 감축 공사를 해서 성모님의 몸을 재현한 거겠죠. 물론 겉모습만 재현한 건 아니고요.

그것은 나무로 만든 작은 여자 인형이었다.

마치 선녀의 날개옷처럼 맨살에 비단을 걸쳤다. 젊지는 않지만 생김새는 아름다웠다.

하지만 그 이상으로 시선을 끈 것은 여자의 몸이었다. 왼팔과 오른다리가 없었다.

구리하라 인형이 있던 곳……. '비밀 방'의 위치에 주목해 보세요. 집을 몸으로 형상화했을 때, 가슴 중앙에서 약간 왼쪽으로 치우친 곳에 있어요.

필자 심장……. '재생의 성역'의 신전과 똑같군요.

구리하라 비밀 방의 정체는 '신전'이었던 겁니다. 본가인 '재생의

성역'의 신전에는 성모님이 있고, 이루마 씨 부모님 집의 신전에는 인형이 있죠. 즉, 인형은 성모님을 대신하는…… 이른바 우상입니다. 신단에 칠복신을 장식하는 것과 비슷하죠.

필자 진짜를 놔둘 수는 없으니까 대신 인형을 놔둔다는 거군요.

구리하라 그렇습니다. 자, 다음으로 주목해야 할 것은 이루마 렌 씨의 침대입니다.

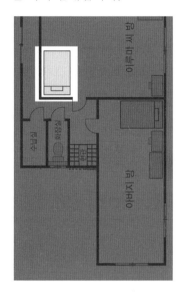

여기는 분명 '자궁'이겠죠.

교단의 교의에 따르면 이루마 렌 씨는 부모님 집에 살 때, 매일 성모님의 아이로서 새로이 태어난 셈입니다.

이루마 씨 부모님은 첫 아이가 태어났을 무렵에 '재생회' 신자가 됐다. 그들은 당시 뭔가 죄책감을 품고 있었다는 뜻이다. '그 죄를 여러분의 가엾은 아이가 물려받았습니다.'라는 교단의 말에 겁먹은 두 사람은 아이에게 옮은 죄를 정화하기 위해 자택을 '재생의 성역'으로 개축했다.

필자　　그나저나 방을 통째로 없애거나, 기묘한 비밀 방을 만들거나……. 그렇게 희한하고 의문스러운 개축 공사가 현실적으로 가능한가요?

구리하라　보통 업자에게 의뢰하면 거절하겠죠. 그렇기에 교단은 폭리를 취할 수 있었던 겁니다.

② 교단이 신자에게 판매한 수백만에서 수천만 엔을 호가하는 '상품'은 무엇인가.

구리하라　'집'……이라기보다 정확하게 말하면 '집 개축 공사'입니다. 교단 간부인 히쿠라 씨는 주부 지방에서 손꼽히는 건축 회사 '히쿠라 하우스'의 사장이죠. 그의 힘이 있으면 다소 무리한 개축도 가능했을 겁니다.

주부 지방에 거점을 두고 신자에게 개축을 권하는 컬트 교단 '재생회'.

그리고 주부 지방에서 영향력을 행사하는 건설 회사 '히쿠라 하우스'.

원원 관계에 있는 양쪽이 손을 잡았다는 걸까.

구리하라 이걸 알면 다음 수수께끼도 풀리죠.

③흰색 종교복을 입은 남자들과 신자들은 긴 테이블에 마주 앉아 뭘 했는가.

구리하라 한마디로 말하면 고객 미팅입니다. '흰색 종교복을 입은 남자들'은 히쿠라 하우스의 영업 사원이겠죠.

어젯밤 침실을 함께 썼던 신자들과 흰색 종교복을 입은 남자들이 널찍한 부지에 놓인 긴 테이블에 마주 앉아 뭔가 이야기하고 있었다. 다가가서 살펴보자 테이블에는 평면도가 수없이 깔려 있었다.

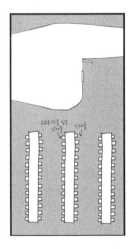

구리하라 테이블에 평면도를 펼쳐 놓은 것으로 보건대, 개축 공사를 상담하거나 견적을 뽑아 본 게 아닐까 싶네요. 신자들의 집을 '재생의 성역'으로 바꾸기 위한 개축 공

사죠. 종교복은 신자를 속이기 위한 의상이고요. 정장을 입으면 장사가 목적이라는 게 뻔히 보일 테니까요.

자, 이루마 씨의 부모님이 신자였다는 건 분명한데요. 자료에는 그밖에도 교단에 세뇌당한 인물이 등장합니다.

구리하라 씨는 자료⑦ '아저씨네 집'을 가리켰다.

자료⑦ '아저씨네 집'
학대를 당해 사망한 남자아이의 일기

- 미쓰하시 나루키(9)는 어머니와 연립주택에 사는 남자아이.

- 평소 밥을 제대로 먹지 못하는 등 어머니에게 학대를 당함.

- 어느 날, 수수께끼의 남성 '아저씨'가 연립주택으로 찾아와서 나루키와 어머니를 자기 집에 초대함.

- '아저씨'는 나루키에게 맛있는 밥을 차려 주는 등 다정하게 대함.

- 그 후로 몇 달에 한 번 '아저씨'는 나루키를 집으로 데려감.

- 어느 날 나루키가 학대를 당한다는 사실을 알아차린 '아저씨'는 어머니에게서 나루키를 떼어 내 자기 집에서 보호하기로 함.

- 얼마 후 어머니가 '금발 남자'와 함께 '아저씨네 집'으로 나루키를 되찾으러 옴.

- 나루키는 어머니와 함께 '금발 남자' 집으로 감.

- 나루키는 남자에게 심한 학대를 당해 몇 주일 후에 사망함.

- 나루키가 사망한 후, 그가 죽기 얼마 전까지 썼던 일기가 《소년의 독백 ~미쓰하시 나루키의 마지막 수기~》라는 제목으로 출판됨.

＊ ＊ ＊

구리하라 끔찍한 사건입니다. 읽기만 해도 가슴이 아팠어요. 하지만 세상을 떠난 미쓰하시 나루키 군은 중요한 정보를 많이 남겨 주었습니다. 나루키 군이 쓴 글로 '아저씨네 집' 평면도를 추측해 보도록 하죠.

구리하라 씨는 메모장에 그림을 그렸다.

문 왼쪽에는 커다란 화단이 있었다. 안으로 들어가자 한가운데에 복도가 있고, 문도 많이 있었다.

구리하라 현관 왼쪽에 화단이 있고, 문을 열면 한가운데에 복도, 복도에는 많은 문.

제일 가까운 오른쪽 문으로 들어가자 커다란 텔레비전과 테이블이 있었다. 창문으로 화단과 집 현관문이 보였다. 반대쪽 창문으로는 붕붕 달리는 차가 보여서…….

구리하라 '제일 가까운 오른쪽 문'은 '현관에서 보았을 때 제일 앞쪽의 오른쪽 문'이라는 뜻이겠죠.
내용상 거실로 추측됩니다. 중요한 점은 거실 창문
으로 현관문이 보인다는 거죠.

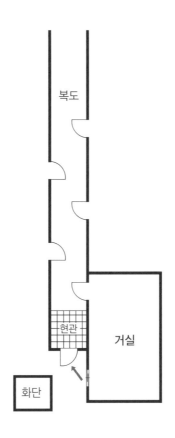

분명 앞뜰 쪽으로 튀어나온 형태일 겁니다.

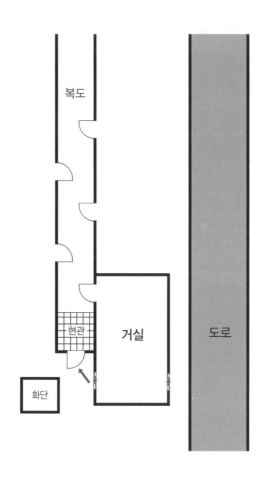

구리하라 그리고 '반대쪽 창문으로는 붕붕 달리는 차가 보여
서'라는 대목으로 거실 한쪽은 도로에 면해 있다는
걸 알 수 있죠.

나루키 군과 어머니, 그리고 '아저씨'는 매번 이 방에서 식사를 했습니다. 나루키 군은 자연스레 여기를 '밥 먹는 방'이라고 인식하게 되죠.

자, 이 방의 옆방에 관해 두 가지 설명이 나옵니다.

①밥을 다 먹고 복도로 나가서 옆방으로 갔다. "여기가 나루키 방이야." 하고 아저씨가 말했다.

②밥을 다 먹고 복도로 나가서 밥 먹는 방의 옆방으로 갔다. 커다란 창문으로 화단이 보였다. 방에 자전거 같은 게 있었다. 아저씨는 "실내 사이클이야."라고 했다. 타 보니까 재미있었다.

그 방에 다른 문이 있었다. 열어 보니 아무것도 없는 방이었다. 그 방도 창문으로 화단이 보였고, 다른 창문으로는 강이 보였다.

구리하라 둘 다 '밥 먹는 방의 옆방'이라고 받아들일 수 있게 적혀 있습니다만, 내용상 같은 방은 아닙니다.

'옆방'은 두 개 있다고 봐야겠죠. 그럼 각각의 위치 관계는 어떻게 될까요?

거실에서 ②번 방으로 가기 위해 나루키 군은 일단 복도로 나갔습니다. 덧붙여 그 방에서는 '화단이 보였다'라고 적혀 있어요. 따라서 ②번 방은 복도를

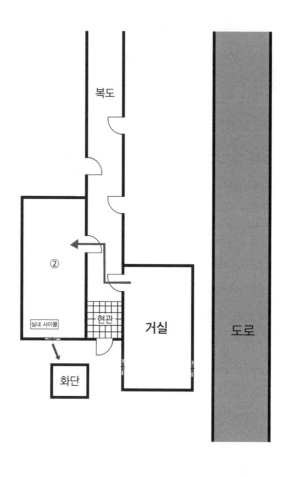

끼고 맞은편에 있는 방이라고 추측할 수 있겠네요.
나루키 군은 아직 나이가 어려서 '맞은편'이라는 표
현을 몰랐던 거겠죠.

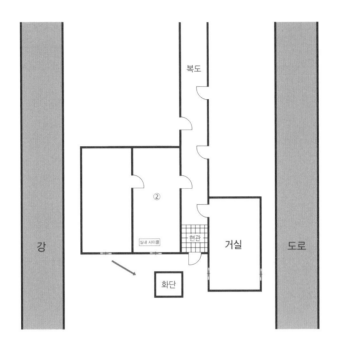

복도

②

실내 사이클

현관

거실

강

도로

화단

구리하라 ②번 방에는 다른 방으로 통하는 문이 있습니다. 그
       방에서도 화단이 보인다니까 도면 왼쪽에 위치한다
       고 추정할 수 있습니다. '다른 창문으로는 강이 보
       였다'라는 것도 중요한 정보고요.
       그렇게 되면 ①번 방…… 나루키 군의 방이 어딘지
       는 저절로 정해지죠.

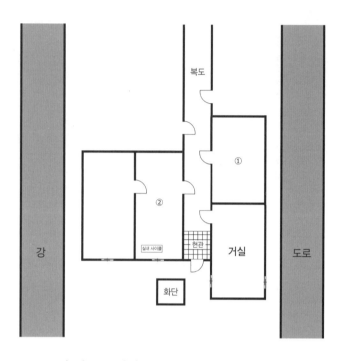

구리하라   이 정도쯤 되면 집의 전체상이 보입니다.

필자   굉장하시네요. 이렇게 적은 정보만으로 평면도를 그려 내시다니.

구리하라   나루키 군 덕분입니다. 나루키 군은 아주 머리가 좋은 아이였을 거예요. 군더더기 없는 말로 적확하게 사실을 표현했어요.

다만 현실로는 느껴지지 않는 기묘한 묘사가 딱 한 군데 등장합니다.

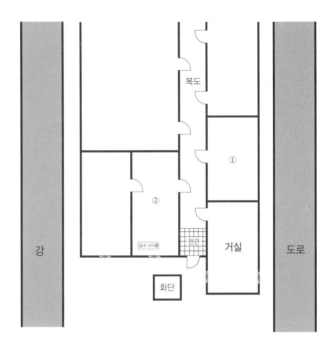

강

복도

①

②

실내 사이클

현관

거실

화단

도로

　2월 27일. 석 달 만에 아저씨네 집을 방문한 날의
일기예요.

아침밥으로 먹은 콘 수프와 달걀프라이가 맛있었다. 밥을 다 먹고
움직이지 않는 자전거를 또 타고 싶어서 밥 먹는 방의 옆방에 가서
움직이지 않는 자전거를 탔다. 막 밥을 먹어서 그런지 배가 조금 아
팠다.

구리하라 실내 사이클 이야기가 나오니까 ②번 방이라는 걸 알 수 있습니다.

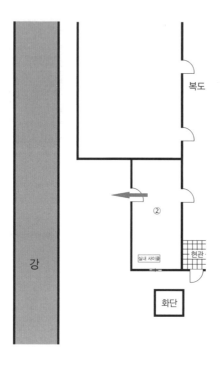

자전거를 탄 다음 그 방에 있는 다른 문을 열자 전에 있었던 방이 없고, 강이 쏴아쏴아 흘렀다. 이상했다.

구리하라 '그 방에 있는 다른 문'은 안쪽 방으로 이어지는 문이 겠죠. 그 문을 열자 어째선지 밖으로 나온 겁니다.

필자　방이 사라진 건가요…….

구리하라　마술 쇼도 아닌데, 보통은 그런 일이 일어날 리 없겠죠. 하지만 나루키 군이 본 광경이 현실이었다면, 한 가지 가설을 세울 수 있습니다.

아저씨는 석 달 동안 감축 공사를 했다.

공사를 해서 방 하나를 없애 버린 겁니다. 그러면 집의 형태는 이렇게 변했겠죠.

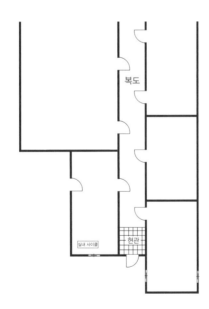

구리하라 이루마 씨 부모님 집과 비슷하지 않습니까?

필자 설마 아저씨는 자신의 집을 '재생의 성역'과 비슷하게 만들기 위해 개축을……?

구리하라 그가 '재생회' 신자였다는 사실을 뒷받침하는 대목이 있습니다.

그러고 나서 아저씨가 복도 저 멀리 있는 방에 데려갔다. 작은 방이었는데 갈색 인형이 있어서 무서웠다.

구리하라 그 방이 어디인지 구체적으로는 모르겠지만 '복도 저 멀리'라는 표현으로 대강은 추측할 수 있습니다. 나루키 군은 아저씨네 집에 가면 현관 부근에서만 지냈어요. 그렇다면 현관에서 떨어진 곳에 '먼 곳'이라는 인상을 품어도 이상할 것 없겠죠. 즉 '복도 저 멀리 있는 방'은 도면 위쪽에 해당한다고 볼 수 있습니다. 심장 위치죠.

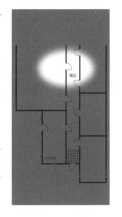

아저씨는 "여기는 집의 심장이야." 하고 말했다. "그래서 문을 잠그

면 안 돼."라고도 말했다.

필자	심장 위치에 있는 작은 방……. 거기 있는 인형. '신전'인가요?
구리하라	'여기는 집의 심장이야.'라고 아저씨도 말했으니 틀림없겠죠.
필자	그런데 그다음의 '그래서 문을 잠그면 안 돼.'라는 말은 무슨 뜻일까요?
구리하라	'집의 심장이니까 문을 잠그면 안 된다.' ……얼핏 생각하면 무슨 뜻인지 잘 모를 말이지만, 이것이 교단의 가르침이라면 그 의미가 어렴풋이 보입니다.
필자	교단의 가르침?
구리하라	교주의 몸을 본떠서 시설을 만들고, 심장 위치에 신전을 설치하고……. '재생회'는 어떻게든 건물을 사람에 비유하려 해요. '집은 물건이 아니라 생명체다.' ……그게 그들의 사상인 거겠죠. 이 점을 염두에 두면 아저씨의 말이 무슨 뜻인지 어렴풋이 보입니다. 아시다시피 심장은 혈관을 통해 몸 전체에 혈액을 내보내는 펌프예요. 만약 심장이 멈추거나 심장 주변의 혈관이 막히면, 팔다리와 뇌에 혈액이 전달되지 않아서 최악의 경우에는 사망하겠죠.

구리하라 '신전의 문을 잠근다'라는 행위는 요컨대 '심장을 막는다'와 같은 의미 아닐까요? 그렇게 되면 집 전체에 에너지가 전달되지 않아서…….

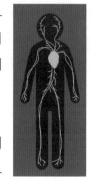

필자 집이 죽는다……?

구리하라 ……그런 '사상'을 교단이 신자에게 심었다고 생각하면 아저씨의 말도 이해가 가고, 이루마 씨 부모님 댁의 비밀 문이 잠겨 있지 않았던 이유도 설명이 됩니다.

'심장을 막는다.' ……그 말을 듣고 나는 어떤 자료의 한 구절이 떠올랐다.

'재생의 성역' 잠입 리포트에서 기자가 성모님을 만난 후에 일어난 일이다.

신전 안에서 갑자기 소리가 들렸다. 몇 초 후에야 남자의 성난 고함 소리라는 걸 알아차렸다. 귀를 기울이자 남자가 무슨 말을 하는지 알아들을 수 있었다.

"성모님! 저한테 거짓말하신 겁니까! 저랑 아들을 구원해 주신다고 하셨잖습니까!"

바로 교회원 몇 명이 신전으로 뛰어들었다. 1분도 지나지 않아 그들에게 제압당한 남자 한 명이 끌려 나왔다. 눈을 번뜩이며 마지막으로 들어간 그 남자였다. 나이는 사십 대 정도. 쌍까풀진 눈에 콧대도 우뚝하니 잘생긴 축에 속하리라.

남자는 "이 사기꾼 같은 년아! 네가 진짜로 신이라면 내 아들은…… 나루키는 왜 죽은 건데? 죽여 버리겠어! 네 심장을 막아 버릴 거야!" 하고 악을 쓰며 밖으로 끌려 나갔다.

필자　　혹시 '재생의 성역' 신전에서 소동을 일으킨 남자가 "네 심장을 막아 버릴 거야." 하고 소리를 질렀던 건……?

구리하라　분명 이렇게 말하고 싶었던 거겠죠. "신전에 자물쇠를 채워 버리겠어."

필자　　그렇군요…….

구리하라　그럼 그 남자는 그 후에 어떻게 됐을까요. ……이 자료에 적혀 있습니다.

구리하라 씨는 자료⑧ '방을 잇는 실 전화기'를 펼쳤다.

자료⑧ '방을 잇는 실 전화기'
돌아가신 아버지의 범죄를 의심하는 여성

- 가사하라 지에 씨의 아버지는 수입차 딜러로 일하며 큰돈을 벌었다.
- 하지만 집에는 돈을 한 푼도 가져다주지 않고 혼자 흥청망청 쓰는 '최악의 아버지'였다.
- 지에 씨는 그런 아버지와 '실 전화기'로 함께 논 적이 있었다.

'방을 잇는 실 전화기'
아버지가 생각해 낸 놀이.
지에 씨와 아버지 방을 실 전화기로 연결해
침대에 누워서 대화한다.

그러던 어느 날 사건이 발생한다.

- 어느 밤, 지에 씨는 아버지와 실 전화기로 대화를 나누었다.
- 아버지가 말을 횡설수설하는 것이 왠지 상태가 이상했다.
- 그러고 얼마 지나지 않아 옆집인 '마쓰에 씨' 집에 불이 났다.
- 마쓰에 씨의 외아들 히로키는 무사했지만, 그의 부모님은 사망했다.
- 훗날, 지에 씨는 뉴스를 보고 화재의 원인을 알게 된다.
  ↳ 히로키의 어머니가, 2층 일본식 방에서 분신자살했다.

마쓰에 씨 집의 화재가 가사하라 씨 일가에 미친 영향은?

- 불이 난 후, 지에 씨의 아버지는 성격이 바뀌어 음울해졌다.
- 어느 날, 지에 씨의 아버지는 이혼 서류와 위자료를 남기고 집을 나갔다.

- 몇 달 후, 아버지가 그리워진 지에 씨는 오랜만에 실 전화기로 방을 연결해 보았다.

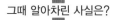

그때 알아차린 사실은?

어째선지 실이 느슨했다 = '실이 너무 길다'
이래서는 상대의 목소리가 들리지 않는다.
그렇다면 아버지는 어떻게 지에 씨와 대화했을까?

지에 씨가 찾아낸 해답은?

불이 난 밤, 아버지는 마쓰에 씨 집의 일본식 방에 숨어들어 실 전화기로 대화하면서 히로키의 어머니를 살해 → 그 후, 불을 질렀다.

  ↳ 실 전화기로 대화한 건 '알리바이'를 만들기 위해.

  ↳ 범죄를 저질렀다는 죄책감 때문에 성격이 달라졌다(?).

지에 씨 집과 마쓰에 씨 집은 분양주택이라 방 구조가 완전히 일치했다.

그 후, 아버지는 어떻게 됐는가?

- 이사 간 집에서 자살.
- 이웃 주민의 이야기에 따르면 죽기 직전까지 개축 공사를 했다고 한다.
- 아버지의 유품 가운데 어째선지 미쓰하시 나루키의 사진이 있었다.

세 남자

그러던 어느 날, 아버지가 돌아가셨다는 소식을 들었다. 마쓰에 씨 집에 불이 나고 2년 후인 1994년이었다.

지에   자살이었대요. 자기 집 방 안쪽에 자물쇠를 채우고 테이프로 틈새를 막은 후, 수면제를 잔뜩 먹었다나. 시신 곁에는 이상한 인형이 떨어져 있었다고 들었는데……. 정말이지 뭐가 어떻게 된 건지. 분명 정신적으로 이상해진 거겠죠.

필자   '자기 집'이라면 아버님이 새로 구하신 집이요?

지에   네. 이혼한 후 아이치현 이치노미야시에 있는 구축 단독주택을 샀나 봐요. 장례식 때 처음 가 봤는데, 현관 앞에 화단이 있는 커다란 단층집이었어요. 이웃 사람 말로는 돌아가시기 조금 전까지 개축 공사를 했대요.

필자   개축 공사요?

지에   네. 뭔지 잘 모를 공사였죠. 분명 감축……이라고 했던가? 방을 통째로 해체하는 공사를 했다고 들었어요. (중략) 아참. 아빠 집과 관련해 신기한 일이 하나 더 있었는데요. 유품을 정리하다가 사진을 한 장 발견했거든요. 웬 남자아이가 아빠 집에서 오므라이스를 먹는 사진요. 삐쩍 마른 아이였는데, 몸에 멍이 많았어요.

필자	멍……?
지에	보기만 해도 아프겠더라고요. 친척 중에 그런 아이는 없고 아는 사이도 아니었지만, 어쩐지 익숙한 얼굴인 거예요.
	나중에 생각났는데 텔레비전 뉴스로 얼굴 사진을 본 적이 있었던 거죠.
	미쓰하시 나루키라고, 부모에게 학대를 당하다 죽은 아이…….

역시 연결되는구나. 새삼 실감했다.

구리하라	가사하라 지에 씨의 아버지가 자살한 것도, 나루키 군이 학대를 당해 사망한 것도, 기자가 '재생의 성역'에 잠입한 것도 전부 1994년에 있었던 일입니다. 의심할 여지가 없죠.
	'가사하라 지에 씨의 아버지', '아저씨', '재생의 성역에서 소동을 부린 남자'. ……이 세 명은 동일 인물입니다. 세 가지 자료를 조합해서 그 남자, 가사하라 씨의 인생을 되돌아보도록 하죠.
	가사하라 씨는 기후현 하시마시에 거주하는, 실적 좋은 수입차 딜러였습니다. 그에게는 아내와 두 아이(지에 씨와 오빠)가 있었지만, 집에는 돈을 주지 않

고 매일 밤 혼자 놀러 다니는 '최악의 아버지'였죠.

그런데 옆집에서 불이 난 것을 계기로 성격이 음울
하게 바뀌어 버렸어요. 얼마 후 이혼 서류와 위자료
를 남기고 혼자 집을 나갔고요.

그 후, 가사하라 씨는 아이치현 이치노미야시에 있
는 구축 단독주택을 구입합니다. 적어도 이 무렵에
는 '재생회' 신자가 됐을 거예요. 교단의 가르침에
따라 그는 그 집을 '재생의 성역'과 비슷하게 만들기
위해 개축 공사를 진행했죠.

가사하라 씨는 그 집에 미쓰하시 모자를 여러 번 데
려갔어요. 즉, 나루키 군에게 '수행'을 시킨 거죠.

그러던 어느 날, 느닷없이 나타난 금발 남자에게 나
루키 군을 빼앗깁니다. 나루키 군은 남자에게 학대
당한 끝에 사망했죠. 그 후 가사하라 씨는 '재생회'
집회에 쳐들어가 성모님에게 "이 사기꾼 같은 년아!
네가 진짜로 신이라면 내 아들은…… 나루키는 왜
죽은 건데? 죽여 버리겠어! 네 심장을 막아 버릴 거
야!" 하고 직접 항의했습니다.

상대해 주기는커녕 쫓겨나자 화가 난 가사하라 씨
는…….

지에 　자살이었대요. 자기 집 방 안쪽에 자물쇠를 채우고 테이프
　　　로 틈새를 막은 후, 수면제를 잔뜩 먹었다나. 시신 곁에는
　　　이상한 인형이 떨어져 있었다고 들었는데……. 정말이지 뭐
　　　가 어떻게 된 건지. 분명 정신적으로 이상해진 거겠죠.

구리하라 　자기 집 신전에 자물쇠를 채워서 집을 죽이려 한 거
　　　겠죠. 왜냐. 집이 바로 성모님이기 때문입니다.
　　　가사하라 씨는 성모님의 가르침을 믿고서 집을 개
　　　축해 나루키 군에게 수행을 시켰죠. 그런데도 나루
　　　키 군은 죽고 말았어요. 가사하라 씨 입장에서는 성
　　　모님에게 배신당한 셈입니다.
　　　따라서 집을 죽임으로써 성모님에게 복수하려 한
　　　거겠죠. 슬픈 일입니다. 그래봤자 성모님은 아무렇
　　　지도 않을 텐데.

'집을 죽이면 성모님도 죽는다.' ……배신당했다는 기분에
치를 떨면서도 그는 끝까지 교단의 세뇌에서 빠져나오지 못
한 것이리라.

필자 　그런데 가사하라 씨와 나루키 군은 도대체 어떤 관
　　　계였을까요?

구리하라 두 사람이 어떤 관계인지 알려면 일단 마쓰에 씨 집에서 발생한 화재의 진상부터 규명해야 합니다.

구리하라 씨는 자료⑧ 옆에 자료⑨ '살인 현장으로 향하는 발소리'를 펼쳤다.

자료⑨ '살인 현장으로 향하는 발소리'
마쓰에 씨 일가의 아들 히로키 씨가 말하는 화재의 진상

히로키 씨는 화재에 대해 어떻게 생각하는가?

'자기 아버지가 어머니를 살해하기 위해 불을 질렀다.'

그 이유는?

- 화재가 발생한 밤, 아버지는 자기 방에서 어머니 방으로 향했다.
- 30분 후, 아버지는 계단을 뛰어 내려와 "불이야! 도망치자!" 하며 거실에 있던 아들 히로키 씨를 밖으로 데리고 나갔다.

아버지는 히로키 씨에게 백 엔짜리 동전과 십자가를 주고 말했다.

"공중전화로 소방서에 신고해. 아빠는 엄마를 찾으러 갈게. 왜 그런 건지 모르겠는데 엄마가 방에 없어."

- 아버지는 어머니를 구하기 위해 집으로 돌아갔다.

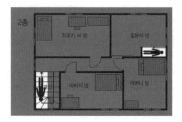

화재가 진화된 후 두 사람은 시신으로 발견. 아버지는 계단 중간에 쓰러져 있었고, 어머니는 2층 일본식 방의 벽장 안에 있었다. 어머니 시신 곁에 등유 통이 있어서 경찰은 '어머니가 분신자살을 꾀했다'고 단정한다.

히로키 씨의 추리

- 10시가 지났을 즈음, 아버지가 어머니 방으로 가서 어머니를 수면제로 잠재웠다.
- 그 후, 히로키 씨를 밖으로 대피시킨다.
- 아버지는 다시 집으로 돌아가 어머니를 일본식 방 벽장으로 옮기고 불을 지른다.
- 달아나는 도중에 힘이 다해서 사망.

왜 어머니를 '벽장'으로 옮겼는가?

왜 어머니를 구하지 못했느냐고 히로키 씨가 물어봤을 때 둘러댈 핑계를 만들기 위해.

'핑계'의 내용은?

"엄마가 그런 곳(벽장)에 있어서 찾아낼 수가 없었단다."

구리하라 마쓰에 씨 일가의 아들 히로키 씨와 가사하라 씨 일
가의 딸 지에 씨는 둘 다 자신의 아버지가 범인이라
고 생각합니다. 확실히 두 사람의 아버지는 불이 난
밤에 수상쩍은 행동을 취했어요. 그렇다면 꼭 둘 중
한 명만 범인이라고 단정할 당위성은 없겠죠.
둘 다 화재에 관련됐다고 보는 게 맞아요.

필자   공범이었다는 말씀입니까?

구리하라 아니요. 그렇게까지 단순한 이야기가 아니에요. 일
단 밝혀내야 할 포인트를 정리해 보죠.

- 가사하라 씨와 마쓰에 씨 남편의 기묘한 행동에
  는 어떤 이유가 있었는가.
- 마쓰에 히로키 씨의 어머니는 정말로 살해당했는
  가. 살해당했다면 범인은 누구인가.
- 시신은 왜 일본식 방 벽장에서 발견됐는가.
- 화재의 원인이 방화라면 누가 무엇 때문에 불을
  질렀는가.

일단 가사하라 씨의 기묘한 행동에 대해 생각해 보
죠. 딸 지에 씨는 다음과 같이 이야기했습니다.

지에 어느 날 밤, 아빠와 실 전화기로 이야기하고 있었어요. 밤 10시쯤이었나. 그런데 어쩐지 평소와 느낌이 다르더라고요. 목소리도 떨리고, 말도 좀 횡설수설하고. 대답은 하는데, 대화가 성립되지 않는다고 할까……. 말이 전혀 안 맞더라고요. 도중에 소음이라고 할까…… 바스락바스락 이상한 소리도 들렸고요.

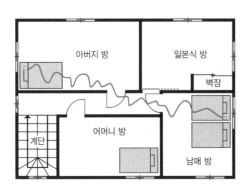

구리하라 실 전화기의 실 길이를 고려하건대, 가사하라 씨가 이때 마쓰에 씨 집 2층에 있었던 건 확실합니다. 문제는 2층의 어디에 있었느냐죠.

지에 씨는 '일본식 방'이라고 생각한 것 같지만, 제 생각은 다릅니다.

필자 네?

구리하라 여기를 읽어 보세요.

372

지에   밤에 잠을 못 자고 있으면, 문이 살짝 열리고 아빠가 방에
        종이컵을 휙 던져 넣어요. 난 종이컵을 들고 침대에 누워서
        종이컵을 귀에 대죠.

구리하라   가사하라 씨와 지에 씨가 실 전화기로 대화할 때 문
        은 '살짝'밖에 열려 있지 않았습니다. 이거 이상하지
        않나요?

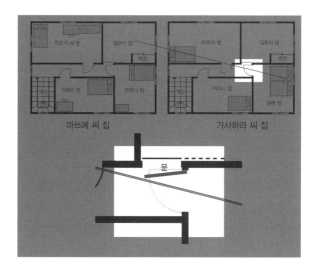

마쓰에 씨 집   가사하라 씨 집

문

지에 씨의 침대와 마쓰에 씨 집 일본식 방을 연결할
경우, 지에 씨 방의 문은 활짝 열려 있어야 합니다.

구리하라 문이 살짝 열린 상태로는 도중에 실이 문에 걸려서 상대의 목소리가 들리지 않죠. 즉, 화재가 발생한 당일…… 아니지, 화재가 발생한 당일도 포함해 실 전화기로 대화할 때마다 가사하라 씨는 자기 방에도, 마쓰에 씨 집 일본식 방에도 없었던 셈입니다.

필자 ……그럼 어디에?

구리하라 문이 살짝만 열려 있어도 실 전화기가 연결되는 곳이요. 도면상으로는 한 군데밖에 없네요.

마쓰에 씨 집　　　　　　　가사하라 씨 집

히로키 씨 어머니의 침대입니다.

비밀

필자   그건 그렇지만…… 가사하라 씨는 거기서 뭘……?

구리하라   이건 제 일방적인 억측입니다만, 가사하라 씨는……
히로키 씨 어머니와 불륜 관계였던 것 아닐까요?

지에   아빠는 나이에 비해서 인물이 좋았어요. 성격은 경박하지
만, 가끔 다정한 면모를 슬쩍 보여 주기도 했고요. 소위 나
쁜 남자였죠.

지에   어디서 놀다 오는 건지 매일 밤늦게 술 냄새를 풀풀 풍기며
들어와서 코를 골며 곯아떨어졌죠. 참 팔자가 늘어졌었다니
까요.

구리하라   가사하라 씨는 인물이 좋고 경박하고 잘 노는 사람
이었죠. 게다가 벌이도 좋았어요. 인기가 많았을 겁
니다.
가사하라 씨 일가와 마쓰에 씨 일가 둘 다 부부 사
이가 좋지 못했던 건 자료를 보면 명백하고요.

지에　아빠에게 직접 따지지 못하는 대신, 엄마는 항상 우리 남매에게 불평을 늘어놨죠.

　　　저딴 인간이랑 결혼하는 게 아니었다면서요.

히로키　아버지와 어머니는 사이가 안 좋았거든요. 같이 있어도 말한마디 안 하고, 얼굴도 보기 싫어하는 느낌이었어요. 잠자리도 안 가졌을걸요?

구리하라　게다가 두 집은 가족끼리 교류하고 지냈습니다. 가사하라 씨와 마쓰에 씨가 눈이 맞았다고 해도 이상할 건 없겠죠.

　　　이윽고 '단순한 불륜'에 질린 그들은 좀 더 강한 자극…… 스릴을 원하게 됩니다. 그래서 가사하라 씨는 '자기 딸과 대화하며 성행위를 한다'라는 기묘한 플레이를 떠올린 것 아닐까요? 저로서는 뭐가 재미있는지 전혀 모르겠지만, 성적 취향은 저마다 다르니까요.

가사하라 씨가 실 전화기를 만든 건 혼자 잠들기 무서워하는 딸을 위해서인 줄 알았는데, 아니었던 건가? 성적 쾌감을 얻기 위해 딸을 장난감으로 이용했을 뿐인가?

지에   귓속에 퍼지는 아빠 목소리도 평소보다 부드럽고 다정해서……. 비밀로 간직했던 일도 많이 털어놨어요.

가사하라 지에 씨의 말이 떠오르자 기분이 어두워졌다.

구리하라   화재가 발생한 당일도 가사하라 씨는 실 전화기를 가지고 창문을 넘어 불륜 상대의 방에 갔겠죠. 그런데 거기서 무시무시한 걸 목격합니다. 마쓰에 씨의 시신이요.

필자   시신?

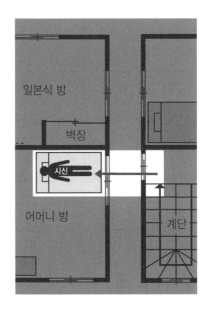

필자　즉, 그 시점에 이미 히로키 씨 어머니는 사망한 후였다는 말씀입니까?

구리하라　네. 제가 보기에 가사하라 씨는 남을 해칠 수 있을 만한 사람이 아니에요. 만약 그런 사람이었다면 성모님을 직접 습격했겠죠. 가사하라 씨는 범인이 아니라 시신을 발견했을 뿐입니다. 그때 놀라고 겁에 질려서 지에 씨와 실 전화기로 대화하면서 횡설수설한 거고요.

지에　그런데 어쩐지 평소와 느낌이 다르더라고요. 목소리도 떨리고. 말도 좀 횡설수설하고.

필자　그렇다면 범인은 히로키 씨의 아버지……?

구리하라　아니요. 그것도 아닙니다. 그는 천주교 신자였으니까요.

히로키 씨는 안주머니에서 은색 펜던트를 꺼냈다.
예수 그리스도가 못 박힌 십자가 펜던트였다.

히로키　아버지는 독실한 기독교도였어요. (중략) 집이 다 타 버려서 이게 부모님의 유일한 유품이거든요.

구리하라   보통 사람에게는 예수 그리스도가 디자인된 십자가가 낯설겠죠. 실은 이거, 천주교 신자가 사용하는 물건입니다.

천주교는 기독교 중에서도 특히 엄격한 종파로, 살인을 금기시합니다. 아들에게 세례를 받게 하려고 할 만큼 독실한 천주교 신자가 자기 손으로 사람을 죽일 리가요.

필자   그럼 범인은 누구인데요?

구리하라   힌트는 지에 씨의 증언에 있습니다.

지에   도중에 소음이라고 할까…… 바스락바스락 이상한 소리도 들렸고요.

구리하라   실 전화기로 이야기하는 도중에 지에 씨는 '바스락바스락' 하는 소리를 들었습니다. 이건 과연 무슨 소리일까요?

실 전화기는 기본적으로 주변에서 나는 소리밖에 잡아내지 못해요. 그렇다면 이 소리는 가사하라 씨가 종이컵 곁에서 스스로 낸 소리라고 볼 수 있겠죠. 상상해 보십시오.

가사하라 씨는 종이컵을 든 상태로 '뭔가' 만졌습니

다. 그것은 '바스락바스락' 소리를 냈고요. ……종이 아닐까요?

필자 종이……?

구리하라 시신 곁에는 종이봉투가 놓여 있었다. 가사하라 씨는 봉투에서 내용물을 꺼내서 펼쳤다. 여기까지 말하면 아시겠죠.

필자 혹시…… 유서인가요?

구리하라 네. 마쓰에 씨는 자살한 겁니다.

유언

구리하라 유서를 읽은 가사하라 씨는 내용에 충격을 받고, 겁에 질려 자기 집으로 도망쳤습니다.

가사하라 씨, 자기 집으로 도망치다

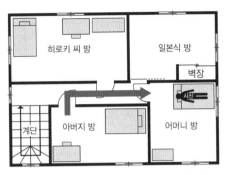

마쓰에 씨 남편, 상황을 살피러 아내 방으로

도망치는 도중에 동요한 나머지 무슨 소리를 냈겠
죠. 그 소리를 듣고 수상쩍게 여긴 마쓰에 씨 남편
이 아내 방을 살피러 갔다가 아내의 시신을 발견했
고요. 그는 그때 기묘한 행동에 나섭니다.

30분쯤 조용히 있다가 1층으로 내려와 아들 히로키
씨를 밖으로 데려 나갔습니다. 그 후에 다시 집으로
돌아와 아내 시신을 일본식 방 벽장으로 옮겼어요.
그리고 시신에 등유를 끼얹고 불을 질렀죠.

필자 음…… 이유를 도무지 모르겠네요.

구리하라 그저 시신만 발견했다면, 경찰에 신고하면 될 일이
에요. 하지만 히로키 씨 아버지는 그러지 않았습니
다. 왜냐.

분명 그도 '유서'를 읽었겠죠. 그리고 어떤 사실을

히로키 씨를 밖으로 대피시킨다

아내 방으로 돌아간다

아내의 시신을 벽장으로 옮긴다

알게 되었습니다. 그 결과, 방화라는 끔찍한 행동에 나선 거예요. 그럼 유서에는 과연 무슨 내용이 적혀 있었을까요?

구리하라 씨는 볼펜을 집어 들고 메모장에 커다란 십자를 그렸다.

구리하라 그가 천주교 신자라는 점이 여기서도 크게 영향을 끼칩니다.
사실 천주교는 살인 말고도 임신을 목적으로 하지 않는 성행위…… 특히 불륜을 금기시해요.

히로키 아버지와 어머니는 사이가 안 좋았거든요. 같이 있어도 말 한마디 안 하고, 얼굴도 보기 싫어하는 느낌이었어요. 잠자리도 안 가졌을걸요? 어머니는 경제력이 없고 아버지는 집안일을 할 줄 모르니까 이혼하지 않는, 가면 부부 같은 상태였죠.

구리하라 마쓰에 씨는 금욕적인 남편에게 욕구불만을 품고 있었는지도 모릅니다. 그것이 가사하라 씨와 불륜을 저지르게 된 배경 아닐까 싶네요.

구리하라 그리고 여기서부터가 중요합니다. 어쩌면 마쓰에 씨는 가사하라 씨의 아이를 임신한 것 아닐까요?

필자 네?

구리하라 남편과는 잠자리를 하지 않았으니 임신이 발각된 시점에 불륜도 들통납니다. 남편은 엄격한 천주교 신자이니 용서해 줄 리 없죠. 22주가 안 됐다면 낙태하는 방법도 있습니다만, 고민하는 사이에 제한 시간이 지나갔다면……. 마쓰에 씨에게 도망칠 길은 없어요.

정신적으로 궁지에 몰려 유서를 남기고 자살했다……. 그런 얘기인가.

구리하라 마쓰에 씨 남편은 마음에 큰 상처를 입었겠죠. 하지만 그에게는 더욱 중요한 문제가 남아 있었습니다.

히로키 아버지는 독실한 기독교도였어요. 저도 세례를 받게 하려고 했지만, 어머니의 반대로 실행에 옮기지는 못했던 모양입니다.

구리하라 아들이 천주교 신자가 되길 바랐던 그는 유서를 읽고 이렇게 생각했을 겁니다.

이대로 두면 히로키는 불륜을 저지른 여자의 자식으로서 세상을 살아가야 한다고.

천주교 신자로서는 불명예스러운 일이겠죠. 그래서 그는 아내의 불륜을 감추기로 했어요.

필자 불륜을 감춘다?

구리하라 유서는 버리면 돼요. 하지만 배 속의 아이는 없앨 수 없죠. 자살한 사람의 시신은 경찰에서 부검합니다. 그럼 임신한 사실이 바로 드러나요. 그래서 그는 증거를 인멸하기 위해 시신을 불태우기로 한 겁니다.

필자 죽은 아기와 함께 불태운다고요……?

구리하라 네. 하지만 그냥 불태워서는 배 속에 아이의 시신이 남을 우려가 있겠죠.

어떻게 할까 30분을 고민한 끝에 그는 '어떤 것'을 이용하기로 결심했어요. 바로 벽장입니다.

구리하라   좁은 벽장에 시신을 밀폐시키고, 부검을 할 수 없을 지경에 이르기까지 활활 태우기로 했죠.

필자   벽장을 관 대용으로 쓴 거네요.

구리하라   '관 대용'이라, 그럴싸한 표현이로군요. 하지만 화장장과 달리 마쓰에 씨 일가의 집은 보통 가정집입니다. 벽장만 불태울 수는 없어요. 불을 지르면 집 전체에 불이 번지겠죠. 그렇지만 마쓰에 씨 남편은 그래도 상관없었을 겁니다.

필자   그럴 수가……. 아이 입장에서는 불륜을 저지른 어머니의 자식으로 살아가기보다, 집을 잃는 쪽이 훨씬 힘들 텐데…….

구리하라   인간은 때때로 신념을 위해 어리석은 방법을 선택하기도 하니까요. 특히 종교가 얽히면요.

필자   그런 걸까요…….

구리하라   자, 이 대사건의 계기를 만든 바람둥이 가사하라 씨는 그 후에 어떻게 됐나요?

지에   어찌 된 일인지 그 후에 아빠의 상태가 좀 이상해졌어요. 경박하고 쾌활한 성격이었는데, 사람이 바뀐 것처럼 음울해졌죠.

구리하라   경박한 바람둥이의 내면은 겁이 많고 소심한 인간
　　　　 이었던 거겠죠.

　　　　 '내 탓에 불륜 상대가 자살했다', '배 속의 아이도 죽
　　　　 었다'라는 두 가지 죄책감에 시달렸을 겁니다. 결국
　　　　 구원을 찾아 종교에 귀의했어요.

필자 　　 그래서 가사하라 씨는 '재생회'에…….

구리하라   이제야 비로소 교단의 본질이 보이는군요.

죄를 지은 부모
죄를 짊어진 아이

④ 신자들이 공통으로 끌어안고 있던 '특별한 사정'은 무엇인가.

구리하라   여기서 교단 간부 히쿠라 마사히코 씨의 연설을 다
　　　　 시 읽어 보죠.

"이미 자각하고 계실 겁니다. 본인이 안고 있는 무시무시한 죄를.
그리고 그 죄를 여러분의 가엾은 아이가 물려받았습니다. 부모의
죄를 받아 태어난 아이. 죄를 짊어진 아이. 그 부정함이 여러 가지
불행을 불러들여 여러분을 지옥의 늪에 가라앉힐 겁니다.
안타깝게도 부정함은 절대 사라지지 않습니다. 하지만 희석할 수는

있어요. 거듭 수행함으로써 정화할 수 있는 겁니다. 일단은 여러분부터 이 성역에서 부정함을 씻어 냅시다. 그리고 내일 아침, 지금보다 좀 더 정화된 몸으로 집에 돌아가서 여러분의 아이들에게 수행을 지도해 주십시오."

구리하라   '그 죄를 여러분의 가엾은 아이가 물려받았습니다.'
 ……이거, 상대에게 아이가 있다는 걸 전제로 한 표현이잖아요.
 즉, '재생회' 신자는 모두 아이가 있다……. 바꿔 말하면 아이가 있어야 신자가 될 수 있는 교단인 겁니다. 더구나 그 아이는 보통 아이가 아니에요.

필자   '부모의 죄를 받아 태어난 아이.' ……불륜으로 태어난 아이라는 뜻인가요?

구리하라   그렇습니다. 그런 아이는 저희가 생각하는 것 이상으로 많대요. 그 아이들의 부모는 누구에게도 상의할 수 없는 고민을 끌어안고 매일 괴로워하겠죠. '재생회'는 그런 사람들의 고독감과 죄책감을 파고들어 세뇌한 겁니다.

⑤ **신자들은 왜 한 달에 단 몇 번의 수행만으로도 세뇌당했는가.**

구리하라 세뇌 과정에서 중요한 점은 '죄책감을 심는 것'과 '상대의 약점을 잡는 것'입니다. '재생회' 신자들은 처음부터 큰 죄책감과 약점을 안고 있죠. 위협하거나 잘 구슬려서 마음을 조종하기가 쉬웠을 거예요.

필자 그렇군요…….

구리하라 그리고 공교롭게도 교단의 가르침은 불륜 상대와 불륜으로 얻은 아이를 잃은 가사하라 씨의 상황에 딱 들어맞았습니다.

부모의 죄를 받아 태어난 아이. 죄를 짊어진 아이. 그 부정함이 여러 가지 불행을 불러들여 여러분을 지옥의 늪에 가라앉힐 겁니다.

필자 마쓰에 씨가 자살한 건 '죄가 불행을 불러들였기 때문'이라고 믿어 버린 거군요.

구리하라 그렇습니다. 동시에 가사하라 씨의 마음속에는 새로운 불안이 싹텄겠죠. 왜냐하면 다른 불륜 상대와의 사이에서 얻은 사생아가 한 명 더 있었기 때문입니다.

필자 사생아……. 나루키 군이군요…….

구리하라   네. '재생회'의 가르침에 물든 가사하라 씨는 불륜으로 태어난 나루키 군에게 불행이 찾아올까 봐 두려웠어요. 그래서 가족을 버리고, 나루키 군을 위해 구입한 집을 '재생의 성역'으로 개축한 겁니다.

가사하라 씨는 가끔 나루키 군을 집으로 불러 재움으로써 죄를 정화하려 했겠죠. 그런데 어느 날 '금발 남자'가 나타나 나루키 군을 빼앗아 갔습니다. 남자의 정체는 나루키 군 어머니의 새로운 연인이거나, 그녀의 약점을 잡은 공갈꾼…… 그런 거겠죠.

"이 사기꾼 같은 년아! 네가 진짜로 신이라면 내 아들은…… 나루키는 왜 죽은 건데? 죽여 버리겠어! 네 심장을 막아 버릴 거야!"

필자   가르침에 따랐는데도 나루키 군이 죽자 충격을 받은 가사하라 씨는 성모님에게 분노를 폭발시킨 거로군요.

구리하라   네. 그리고 '방에 자물쇠를 채운다'는 의미 없는 복수를 실행한 후 스스로 목숨을 끊었죠. 참 딱한 사람입니다. 하지만 자기 나름대로 과거의 행동을 반성하고 속죄하려고 애쓴 건지도 모르겠네요.

가사하라 씨는 구입한 집의 방을 해체함으로써 '재생의 성역'을 만들려고 했다.

'방을 해체한다.' ……어디선가 그 말을 본 것 같았다.

필자 구리하라 씨. 그럼 혹시 네기시 씨가 어렸을 때 살았던 집도…….

구리하라 틀림없이 '재생회'와 관련이 있겠죠.

자료① '갈 곳 없는 복도'
어머니의 태도와 기묘한 집 구조

- 네기시 야요이 씨가 어릴 적에 살던 집에는 용도가 불분명한 복도가 있었다.

실마리는 묘하게 과보호하는 어머니의 태도?

- 네기시 씨의 어머니는 '위험하니까 큰길에는 나가지 마.' 하고 네기시 씨에게 엄격하게 주의를 주었다.

거기서 도출된 결론은?

- 이 집은 네기시 씨가 태어난 해에 '하우스 메이커 미사키'라는 건축 회사가 시공했다.
- 집 구조는 '미사키'의 사원과 부모님이 상의해서 결정했다.
- 당초 현관은 남쪽에 배치할 예정이었다.
- 하지만 공사 도중에 현관 앞 도로에서 근처에 사는 아이가 '미사키'의 트럭에 치여 사망하는 사고가 발생한다.

이대로 두면 '현관 앞에서 사망 사고가 발생한 집'이 된다.

기분이 찜찜한 데다 거기를 지나다닐 때마다 사고가 떠오른다.

●사고

그때 어머니가 '미사키'에 제안한 바는?

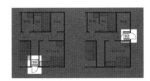

• '현관 위치를 바꾸는 것.'
  ↳ 사고 현장이 집 안에서 보이지 않는다.

이로써 해명된 두 가지 수수께끼

• '갈 곳 없는 복도'는 원래 '현관'이 될 예정이었다.

• 어머니가 네기시 씨에게 큰길에 나가지 말라고 주의를 준 것은 자기 딸이 똑같은 사고를 당할까 봐 두려웠기 때문이다.

이리하여 전부 해결……된 줄 알았더니…….

집이 완공되고 몇 년 후, 어머니가 '미사키'에 감축 공사를 의뢰해 딸의 방을 없애려 했다는 사실이 밝혀진다.

공사가 진행되기 전에 어머니가 세상을 떠나서 그 이유는 알 수 없다.

네기시 씨 어머니는 생전에 '딸의 방을 해체하는 감축 공사를 하고 싶다'라고 건축 회사에 상담했다. 처음에 이 이야기를 들었을 때는 의아할 따름이었지만, '재생회'를 알고 있는 지금은 네기시 씨 어머니가 무슨 의도로 그랬는지 이해가 된다.

이 집에서 네기시 씨의 방을 없애면 집 형태가 성모님의 겉모습에 가까워진다. 어머니가 바란 감축 공사는 집에서 오른다리를 잘라 내는 작업이었다고 할 수 있다.

필자   그렇다면 네기시 씨 어머니도 불륜을 저질러서 사생아를 낳았다는 건가요?

구리하라   그렇겠죠. 어머니는 그 아이를 남편과 자신의 아이로서 키우기로 한 겁니다.

필자　네? ……잠깐만요. 설마…….

구리하라　네. 네기시 야요이 씨는 어머니의 불륜으로 태어난
　　　　아이예요.

과보호

구리하라　자료를 읽고 제일 마음에 걸렸던 건 집 앞의 '큰길'
　　　　에 관한 이야기였습니다.

네기시　어머니는 "무슨 일이 있어도 큰길에는 나가면 안 돼. 밖을
　　　　다닐 때는 골목으로 다니렴." 하고 얘기하셨죠. 확실히 큰길
　　　　은 인도가 좁아서 위험하다면 위험했지만, 촌 동네라 차가
　　　　그렇게 많이 지나다니지는 않았는데 걱정이 너무 심한 것
　　　　아닌가 싶었어요.

구리하라　어머니는 네기시 씨를 늘 매몰차게 대했어요. 하지
　　　　만 사고가 날까 봐 이상하리만치 과보호하기도 했
　　　　고요. 이 차이는 과연 뭘까요?
　　　　추측건대 어머니는 딸이 사고로 크게 다쳐서 수혈
　　　　이 필요해지는 상황…… 그 때문에 혈액형이 판명
　　　　되는 상황을 두려워했던 것 아닐까요?

필자　　그게 무슨 말씀이시죠?

구리하라　자녀의 혈액형 때문에 불륜이 들통나는 사례가 많
　　　　거든요.

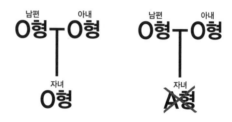

예를 들어 O형 남편과 O형 아내에게서 A형 자녀가
태어날 수는 없죠.

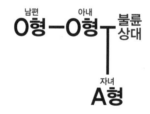

만약 그런 일이 일어났다면 아내가 A형 또는 AB형
남성과 불륜을 저지른 셈입니다. 옛날에는 어느 산
부인과나 신생아의 혈액형을 검사했죠. 그래서 '아
이가 태어나자마자 불륜이 발각돼 이혼'하는 사례도

있었다는군요.

필자 　그럼 네기시 씨 어머니는 혹시나 딸에게 수혈이 필
요할 경우 혈액형 검사로 과거의 불륜이 들통날까
봐 두려워했다는······. 응? 하지만 옛날에는 어느
병원이나 신생아의 혈액형을 검사했잖아요. 그때
발각되지 않았다는 건가요?

구리하라 　분명 무슨 사정으로 네기시 씨는 혈액형 검사를 받
지 못한 겁니다.

네기시 　아까 말씀드렸는데, 저는 예정일보다 일찍 태어났어요. 두
달이나 빨리요. 게다가 제왕절개였죠. 산모와 태아 모두에
게 상당히 위험한 출산이었을 거예요.

구리하라 　예정일보다 일찍, 즉 아기가 충분히 자라지 못한 상
태로 태어났다는 뜻입니다.
이른바 미숙아죠. 미숙아는 몸이 작으니까 당연히
혈액량도 적습니다. 그래서 여분의 채혈을 할 여유
가 없어 혈액형 검사를 생략하는 사례도 있다고 합
니다. 물론 네기시 씨가 미숙아로 태어난 건 우연이
겠죠. 그 우연이 어머니에게는 행운이었을 테고요.
자, 여기서 시간 순서를 확인해 봅시다.

불륜으로 임신

↓

사실을 감추고 출산을 결심

↓

'재생회' 신자가 됨

구리하라　불륜으로 임신한 네기시 씨 어머니는 그 사실을 감추고 '남편의 아이'로 위장해 출산하기로 했습니다. 그러나 비밀을 혼자 끌어안고 살기는 괴로웠겠죠. 그러던 어느 날 어머니는 '재생회'의 존재를 알게 됐고, 그들의 교의에 감명을 받았어요.

옛날에 지배층에 박해받던 기독교도들처럼 남편 몰래 성모님을 믿으며 생활하다가 예상치 못한 일이 일어납니다. 그 사망 사고요.

●사망 사고

집을 건축하는 현장 근처, 그것도 현관을 만들 곳 코앞에서 '하우스 메이커 미사키' 직원이 어린아이를 트럭으로 치고 말았습니다. 그때 네기시 씨 어머니는 어떤 사실을 깨달았죠.

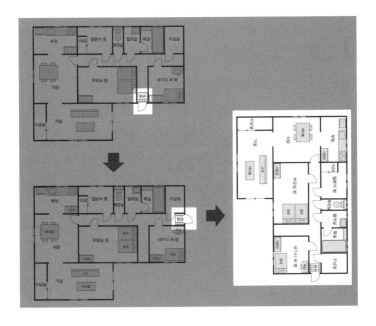

현관 위치를 바꾸면 '재생의 성역'과 형태가 비슷해진다…… 우연한 사고가 가져다준 행운입니다.
네기시 씨 어머니는 남편에게 그렇게 제안하기로 했습니다.

네기시 씨 아버지는 격분해서 회사 측에 항의했다고 한다.

어머니는 그런 아버지를 달랬다. 그리고 한 가지 요구 사항을 내걸었다.

'현관 위치를 변경해 달라.' ……그것이 어머니가 회사를 용서하는 조건이었다.

구리하라 그 후 네기시 씨 어머니에게 두 번째 행운이 찾아옵니다. 딸이 미숙아로 태어나 혈액형을 검사하지 않고 넘어간 거죠. 다만 이 행운이 새로운 고뇌를 안겨 줬을 거예요. 어머니에게 네기시 씨는 판도라의 상자 같은 존재 아니었을까요? 사고, 질병, 헌혈 등을 통해 언제 혈액형이 판명될지…… 자신의 죄가 발각될지 모르는 상황입니다.

불안한 마음은 종교에 의존하는 경향을 강화시킵니다. 네기시 씨 어머니는 '재생회'에 더욱 몰두하게 됐어요. 그러자 어떤 사실이 점점 마음에 걸립니다.

'이 집은 재생의 성역이라기에 불충분하다.' ……그

렇게 느낀 것 아닐까요? 아무래도 성모님의 몸과는 차이가 나니까요. 그래서 네기시 씨 어머니는 개축 공사를 하기 위해 돈을 모으기로 했습니다.

네기시   어머니 서랍에 두툼한 봉투가 있길래 뭐가 들었나 꺼내 보니, 만 엔짜리가 예순여덟 장이나 됐어요. 비상금이었던 걸까요. (중략) 어머니는 건강했던 시절에 도시락집에서 일했으니까…….

구리하라   하지만 도시락집에서는 아무리 열심히 일해도 수십만 엔이 한계였죠.

수백만 엔, 때로는 수천만 엔을 호가하는 초고가 상품을 팔아넘긴다.

구리하라   교단은 적어도 수백만 엔의 비용을 요구했어요. 엄두도 못 낼 가격이죠. 네기시 씨 어머니는 '재생회'에 개축 공사를 부탁하길 포기하고 대신에 '하우스 메이커 미사키'로 발을 옮겼습니다.

이케다   실은 집이 완공되고 5년쯤 지났을 무렵에 어머님이 혼자 회사로 찾아오셨습니다. 그때 어머님이 제게 의아한 말씀을 하셨어요.

'남동쪽 모서리 방만 해체하는 공사는 할 수 없느냐'고요.

구리하라 과거에 사고도 있었겠다, 어쩌면 저렴한 가격에 개
축 공사를 해 줄지도 모른다는 기대를 살짝이나마
품었겠죠.

하지만 영리기업이 그렇게 의미가 불분명한 공사를
선의로 맡아 줄 리 없습니다. 네기시 씨 어머니는
불안에서 빠져나오지 못하고 짧은 생애를 마쳤고
요. 대강 그렇게 정리할 수 있겠네요.

필자 ……구리하라 씨께 물어보기에는 좀 엉뚱한 질문이
지만……. 어머니는 네기시 씨를 사랑한 걸까요?

구리하라 '불륜으로 태어난 아이를 구원하는 것'이 '재생회'의

대외적인 사상이니까 딸에
게 애정은 있었다고 봐야
겠죠.

……다만 방 배치를 보면
다르게 받아들일 수 있는
것도 사실입니다.

본래는 아이 방을 '자궁' 위
치에 배치하는 것이 이상

적입니다.

하지만 네기시 씨 방은 어떻게 봐도 자궁 위치가 아니죠. 따지자면 '다리'입니다. 오히려 어머니의 침대가 자궁 위치에 가까워요.

어쩌면 네기시 씨 어머니는 딸을 구원하기보다, 본인이 구원받기를 바랐는지도 모르겠습니다. 뭐, 상상에 불과하지만요.

휴식

가사하라 씨 집　　**이루마 씨 부모님 집**　　**네기시 씨 부모님 집**

구리하라 이걸로 네기시 씨, 가사하라 씨, 이루마 씨 일가가 '재생회'와 관련 있다는 걸 아셨겠죠.

필자　이루마 씨 부모님도 불륜을 저질렀다는 건가요?

구리하라　분명 네기시 씨와 같은 유형이겠죠.

필자　즉…… 이루마 씨는 어머님의 불륜으로 태어난 아이다……?

구리하라　제 생각은 그렇습니다. 다만 이루마 씨 일가가 특이한 건 아버지가 개축에 관여했다는 점이에요. 아내의 불륜을 알고서 함께 교단에 들어간 거겠죠.

필자　뭐랄까…… 아버님이 관용을 베푸셨군요…….

구리하라　전부 다 아이를 위해서 그런 건지도 모르죠. 하지만 굳이 무책임하게 추측해 본다면 다른 가능성도 떠오릅니다.

부모님이 결혼한 해에 신축으로 구입했고, 그로부터 8년 후 아들 이루마 씨가 태어난 것을 계기로 대규모 개축 공사를 했다고 한다.

구리하라　이루마 씨는 부모님이 결혼한 지 8년이 지나서야 태어났어요. 좀 늦었죠.

　　　어디까지나 한 가지 가능성입니다만, 이루마 씨 아버지는 아이를 만들 수 없는 몸 아니었을까요?

필자　무정자증이요?

구리하라　네. 하지만 부부는 꼭 아이를 가지고 싶었고요. 그

래서……. 어이쿠, 추측이 너무 지나쳤네요. 이 정
도로 해 두죠.

구리하라 씨는 앉은 자세로 크게 기지개를 켰다.

구리하라 이제야 전반전이 끝났네요. 후반전을 시작하기 전
에 잠깐 쉴까요? 홍차 한잔 더 드릴게요.

탄생

구리하라 씨가 컵에 뜨거운 홍차를 따라 주었다. 창밖은 어
느덧 어두침침해졌다.

구리하라 지금까지 '재생회'가 어떤 교단이었는지를 고찰했습
니다. 이제부터는 교단이 왜 탄생했는지, 그리고 어
떻게 해산됐는지에 초점을 맞춰서 이야기해 볼게요.
자, '재생회'를 언급할 때 빼놓을 수 없는 존재가 있
습니다. 바로 교주인 성모님입니다.
그 여성이 왜 교주가 됐는지 역사를 짚어 보죠.

구리하라 씨는 자료⑩ '달아날 수 없는 연립주택'을 펼쳤다.

자료⑩ '달아날 수 없는 연립주택'
매춘 시설 '오키토'에 갇힌 어머니와 아이

- 한 술집의 명물 안주인인 니시하루 아케미 씨는 젊은 시절에 인기 있는 호스티스였다.
- 어느 해 처자식이 있는 남자 손님에게 속아서 임신 → 미혼모로 출산.
- 장래가 걱정돼서 가게를 차리지만, 경영에 실패해 빚이 쌓인다.
- 스물일곱 살 때 개인 파산 절차를 밟은 후, 당시 일곱 살이었던 아들 미쓰루 씨와 함께 '오키토'에 끌려간다.

'오키토'란?

일찍이 반사회 세력이 운영한 매춘 시설. 개조한 연립주택에 매춘부들을 가둬 놓고 성행위를 하려는 손님들을 불러들인다. 매상 중 일부는 빚 변제에 사용된다. 빚을 다 갚기 전에는 방을 떠날 수 없다.

도망을 방지하기 위해 연립주택에서는 '어떤 예방책'을 실시했다.

방 사이에 설치한 개폐식 창문으로 서로를 감시하는 제도였다.

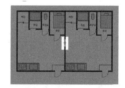

- 아케미 씨 옆방에는 아케미 씨와 처지가 비슷한 여성인 '야에코 씨'가 살았다.
- 야에코 씨도 빚을 갚지 못해 열한 살 딸과 함께 오키토에 갇혀 있었다.
- 이웃 사람 '야에코 씨'에게는 왼팔이 없었다.

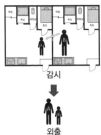

감시

외출

오키토는 기본적으로 외출 금지지만, 어떤 조건을 충족시키면 외출을 허가해 주었다.

그 조건은 '옆방 아이를 데리고 가는 것'. …… 그사이에 방에 남은 아이는 옆방 사람이 감시한다.

아케미 씨와 야에코 씨는 가끔 이 제도를 이용했다.

어느 날, 비극이 발생한다.

- 아케미 씨의 아들 미쓰루 씨가 '시내에 가고 싶다'라고 떼를 써서 야에코 씨가 데리고 가기로 했다.
- 외출 당일, 미쓰루 씨가 신호를 착각하고 도로로 뛰어들어 차에 치일 위기에 처한다.
- 야에코 씨가 몸을 날려 지켜 준 덕분에 미쓰루 씨는 가볍게 다치는 것에 그쳤지만, 야에코 씨는 오른 다리를 수술로 절단한다.

그 후, 야에코 씨는?

- 단골손님이었던 한 남성이 야에코 씨의 빚을 대신 갚아 줘서 모녀는 오키토에서 풀려났다.

그 단골손님은 누구?

- 건축 회사 '히쿠라 하우스'의 후계자.
- 야에코 씨는 그와 결혼했다(할 수밖에 없었다)고 추정된다.

구리하라 '오키토'라는 매춘 시설에서 니시하루 아케미 씨 옆 방에 살았던 '야에코 씨'.

왼팔이 없는 야에코 씨는 아케미 씨의 아들 미쓰루 씨를 구하다가 오른 다리까지 잃었죠. 왼팔과 오른 다리가 없는 여성…… 야에코 씨와 성모님이 동일 인물이라는 사실은 자료 후반부에 적힌 내용으로도 알 수 있습니다.

아케미 당시 야에코 씨 방에 '히쿠라'라는 남자가 자주 드나들었어. 건축 회사의 후계자라는데, 야에코 씨에게 홀딱 반했는지 빚을 몽땅 갚아 줬대. 물론 선의로 그런 건 아니고, 야에코 씨와 딸을 둘 다 데려갔지. (중략) 그런 놈도 '사장 아들'이 라는 이유만으로 회사를 물려받아서 지금은 회장 행세를 하 니까 세상도 말세지.

구리하라 '지금은 회장 행세를 하니까.' ……즉, 단골손님은 히쿠라 마사히코 씨라는 뜻입니다. 이때 히쿠라 씨 와 성모님 야에코 씨가 연결된 거겠죠.

'재생의 성역' 신전에서 성모님이 신자들에게 뭐라 고 말했는지 떠올려 보세요.

"아시다시피 저는 죄를 짊어지고 태어났습니다. 죄를 지은 어머니에게 왼팔을 빼앗기고, 죄를 짊어진 아이를 구하기 위해 오른 다리를 잃었어요. 남은 몸으로 여러분을, 그리고 여러분의 아이를 구하고 싶습니다. 자, 재생합시다. 몇 번이든."

구리하라 '죄를 짊어진 아이를 구하기 위해 오른 다리를 잃었어요.' ……이건 교통사고를 가리키는 말이겠죠. 야에코 씨는 분명 몸을 던져 미쓰루 씨를 구했고, 그 결과 오른 다리를 절단해야 했습니다. 그럼 왜 미쓰루 씨는 '죄를 짊어진 아이'일까요? 자료에 이런 대목이 있습니다.

열아홉 살 때 아케미 씨는 남자 손님의 아이를 임신했다. 작은 회사를 운영한다는 그 손님은 가끔 "너랑 행복한 가정을 꾸리고 싶어." 하고 진지한 얼굴로 이야기했다. 아케미 씨도 그의 성실한 면모에 끌려서 진심으로 결혼을 생각했다.
하지만 임신을 알린 날을 끝으로, 그는 더 이상 가게를 찾지 않았다. 그리고 얼마 지나지 않아 아케미 씨는 묘한 소문을 들었다. 그는 회사 사장이 아니라 처자식이 딸린 회사원이었다고 한다.

구리하라 아케미 씨는 처자식이 있는 회사원에게 속아 임신했어요. 즉, 미쓰루 씨는 불륜으로 생긴 아이⋯⋯. '부모의 죄 때문에 죄를 짊어지고 태어난 아이'입니다.

아케미 보자⋯⋯. 아이들이 없을 때 서로 신세타령을 한 적이 있는데, 야에코 씨의 과거가 여러모로 복잡하더라고.

구리하라 야에코 씨는 오키토에서 아케미 씨와 신세타령을 했습니다. 그때 미쓰루 씨의 출생에 얽힌 사연을 알았겠죠.

필자 그럼 야에코 씨는 적당히 종교적인 이야기를 늘어놓은 게 아니라 사실을 말한 거로군요.

구리하라 네. ⋯⋯그건 말이죠.

"저는 죄를 짊어지고 태어났습니다. 죄를 지은 어머니에게 왼팔을 빼앗기고, 죄를 짊어진 아이를 구하기 위해 오른 다리를 잃었어요."

구리하라 '죄를 짊어진 아이로 태어났다', '죄를 지은 어머니에게 왼팔을 빼앗겼다'라는 말도 사실이라는 뜻입니다. 그럼 구체적으로 무슨 일이 있었던 걸까요?

아케미 야에코 씨는 버려진 아이였대. 오두막⋯⋯이라고 했었지.

숲속의 오두막에 버려진 걸 주워 와서 키웠다나 봐.

즉, 그때까지 부모님으로 여기며 살았던 사람들은 양부모였다는……. 뭐, 흔한 이야기이기는 하지만. 아무튼 그 사실에 충격을 받고 집을 나왔대. '양부모가 지금도 원망스럽다'고 했어.

구리하라 '숲속의 오두막.' ……어디서 들어 봤죠.

구리하라 씨는 자료③ '숲속의 물레방앗간'을 집어 들었다.

자료③ '숲속의 물레방앗간'
물레방앗간의 기묘한 장치

- 1938년, 재벌 가문의 외동딸 미즈나시 우키가 숙부네 집에서 지낼 때, 근처 숲을 산책하다 물레방앗간을 발견한다.

물레방앗간의 특징

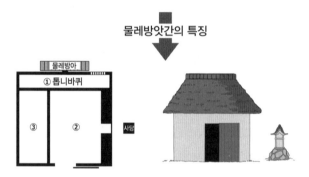

- 물레방앗간 근처에는 사당이 있었다. 그리고 그 사당에는 '한 손에 과일을 든 여신상'이 안치돼 있었다.

- 물레방앗간에는 방이 세 개였다.
  ↳ ①톱니바퀴가 설치된 방 ②문이 달린 방 ③문이 없는 방

- ②번 방의 벽에는 '움푹 팬 공간'이 있었다.

우키는 어떤 '장치'가 있다는 것을 알아차린다.

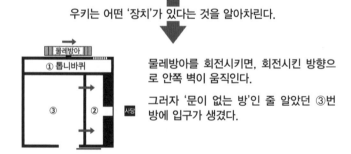

물레방아를 회전시키면, 회전시킨 방향으로 안쪽 벽이 움직인다.

그러자 '문이 없는 방'인 줄 알았던 ③번 방에 입구가 생겼다.

③번 방에 있었던 것은?

우키가 적은 바에 따르면 '죽은 백로'.
우키는 죽은 백로를 보고 도망쳤다.

그날 밤, 우키는 숙부와 숙모에게 물레방앗간에 관해 물어볼 작정이었지만…….

숙부네 집에 있는 '아기'의 상태가 안 좋아진다.
"아무래도 수술 경과가 좋지 않은지,
아기의 왼쪽 어깻죽지 부분이 곪은 듯했습니다."
그 탓에 질문할 기회를 놓친다.

그 후 우키는 어떤 결론에 다다랐는가?

- 물레방앗간은 참회실 같은 곳 아니었을까.
- 죄를 저지르고도 뻔뻔하게 사죄하지 않는 자를 ②번 방에 가두고 물레 방아를 회전시킨다.
- 다가오는 벽에서 달아나기 위해 죄인은 몸을 웅크려 '움푹 팬 공간'에 들어간다.
- 그 앞쪽에는 여신상을 모신 사당이 있다 → 마치 신에게 무릎을 꿇고 머리를 조아린 듯한 자세가 된다.

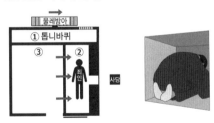

구리하라 재벌 가문의 외동딸 미즈나시 우키가 숲속에서 발견한 물레방앗간. 이건 대체 뭐였을까요? 이와 관련해 주목해야 할 대목이 있습니다.

주변을 둘러보자 오두막 왼편에 사당 같은 것이 있어서 그쪽으로 걸음을 옮겼습니다.

하얗고 깨끗한 나무로 만든 몸체에 귀여운 삼각 지붕을 얹은 사당은 그렇게 오래돼 보이지 않았습니다. 사당 안에는 석상이 놓여 있었습니다. 동그란 과일을 한 손에 든 여신상이었습니다.

구리하라 '동그란 과일을 한 손에 든 여신상.' ……불교에 해박한 사람이라면 이것만으로도 무슨 신인지 알겠죠. '귀자모신'입니다.

필자 귀자모신이라……. 이름은 들어 본 적 있는 것 같은데요…….

구리하라 인도에서 태어난 신으로, 아이를 지켜 준다고 일컬어지죠. 보통 귀자모신상은 한 손에 '길상과'라는 과일을 들고, 다른 손으로는 아기를 안고 있습니다.

필자 아이를 수호하는 신인가요?

구리하라 네. 다만 우키가 '과일'만 언급한 게 마음에 걸리네요. 아마 그 석상은 아기를 안고 있지 않았던 것 아

.....
닐까요?

필자 아기를 안지 않은 귀자모신은 보기 드문가요?

구리하라 물론 지역과 제작자에 따라 형태가 다양하지만, 한
손에 길상과를 들었을 때는 한 세트처럼 아기를 안
고 있는 경우가 대부분입니다.

그럼 왜 물레방앗간 곁에 있던 석상에는 아기가 없
었을까요? 물레방앗간의 도면을 보면 그 이유를 알
수 있습니다.

석상은 물레방앗간의 '움푹 팬 공간' 가까이에 있거
든요.

구멍이라고 해도 뻥 뚫려서 밖이 보이는 건 아니었습니다. 그러니
'움푹 팬 공간'이라고 표현해야 할까요.

벽 한가운데를 네모나게 파낸 듯한 그 '공간'은 제가 몸을 작게 웅
크리면 쏙 들어갈 정도의 크기였습니다.

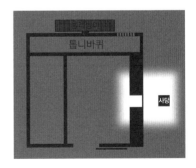

구리하라 이 공간은 아기를 넣기 위해 만든 것 아닐까요?

필자   아기를 '넣는다'고요?

구리하라 네. 이 자료를 읽을 때 그런 생각이 떠올랐어요.

구리하라 씨가 자료⑤ '거기 있었던 사고 물건'을 가리켰다.

자료⑤ '거기 있었던 사고 물건'
80년도 더 전에 발견된 여자의 시신

- 회사원 히라우치 겐지 씨는 나가노현에 있는 구축 단독주택을 구입했다.
- 그 집의 역사를 조사하자 무서운 사실이 드러났다.

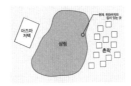

- 현재, 히라우치 씨의 집이 있는 곳은 일찍이 삼림에 뒤덮여 있었다.
- 삼림 서쪽에는 '아즈마 가문'이라는 명가의 저택이 있었다.

아즈마 가문에서 무슨 일이 있었나?

- 당주 기요치카가 하녀 '오키누'와 불륜 관계를 맺는다.
- 그 사실이 발각돼 기요치카의 아내는 격노 → 오키누를 죽이려 한다.
- 오키누는 저택을 빠져나와 삼림으로 도망친다.

오키누는 어디로 갔는가?

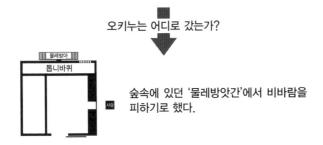

숲속에 있던 '물레방앗간'에서 비바람을 피하기로 했다.

• 하지만 먹을 것이 없어서 오키누는 물레방앗간에서 굶어 죽는다.
• 미즈나시 우키가 본 '죽은 백로'는 오키누의 시신이었다(?).

수십 년 후

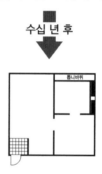

• 누군가가 무슨 이유로 물레방앗간을 증축해 창문이 없는 '창고'로 만든다.

수년 후

• 그 위에 2층이 증축돼 매물로 팔렸다.

구리하라   혹시 오키누 씨는 아즈마 기요치카의 아이를 임신
　　　　　했던 것 아닐까요?

필자　　　네?

　지금까지 거기에는 생각이 미치지 못했다. 하지만 허무맹랑
한 이야기는 아니다. 아즈마 기요치카는 오키누를 사랑했고,
오키누 역시 기요치카를 사랑했다. 두 사람 사이에 아이가 생
겼어도 이상할 건 없다.

구리하라   오키누 씨는 커다란 배를 끌어안고 저택에서 달아
　　　　　났어요. 갈 곳이 없는 오키누 씨를 위해 기요치카는
　　　　　숲속에다 몰래 산실(임산부가 출산을 위해 사용하는
　　　　　방)을 만들기로 했습니다. 분명 자
　　　　　기 말을 잘 듣는 목수에게 시키거
　　　　　나 했겠죠.
　　　　　하지만 평범한 산실이어서는 안
　　　　　됩니다. 오키누의 배 속에 있는
　　　　　아이는 기요치카의 아이……. 즉
　　　　　아즈마 가문의 후사가 될 가능성
　　　　　이 있었기 때문이죠. 본처에게 들
　　　　　키면 틀림없이 죽습니다. 그래서

만일에 대비해 산실에 '아기의 긴급 대피소'를 설치
했어요.

필자   그게 '움푹 팬 공간'이었다는 거군요…….

구리하라   네. 그리고 그 근처에 사당을 만들어 귀자모신 석상
을 안치했고요. 석상이 아기를 안고 있지 않은 건
그 손으로 아기를 지키기 위해……. 그런 의미가 담
겨 있었겠죠. 기요치카가 오키누를 얼마나 사랑했
는지 전해집니다.

드디어 오키누는 산실에서 아이를 낳았다. 문제는 거기서부
터다. 우키가 물레방앗간을 발견했을 때 아기는 없었고 죽은
백로…… 즉 오키누의 시신만 남아 있었다. 아기는 어디로 갔
을까.

구리하라   우키의 기행문에 흥미로운 대목이 있습니다.

그날 밤, 숙부님하고 숙모님과 저녁을 먹은 후 물레방앗간에 대해
여쭤보기로 했습니다. 두 분이 소유한 건물은 아니겠지만, 집에서
가까운 곳이니 뭔가 아실 것 같았기 때문입니다.
하지만 제가 물어보려 한 순간, 안방에서 아기가 울음을 터뜨려서
숙부님과 숙모님은 급히 자리에서 일어나셨습니다. 아무래도 수술

경과가 좋지 않은지, 아기의 왼쪽 어깻죽지 부분이 곪은 듯했습니다.

그로부터 며칠은 두 분 다 입원 준비로 바쁘셔서 제가 도쿄로 돌아갈 때까지 결국 물레방앗간에 대해서는 여쭤보지 못했습니다.

구리하라 당시 스물한 살이었던 우키의 숙부와 숙모니까 나름대로 나이를 먹었을 겁니다. 그런 두 사람에게 아기가 있다니, 시대 배경을 고려하건대 좀 위화감이 느껴지죠.

혹시 그들은 오키누 씨의 아이를 주운 것 아닐까요?

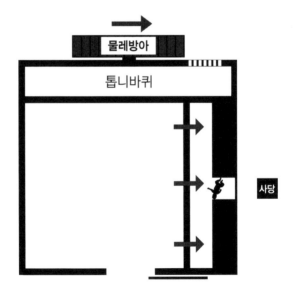

구리하라 물레방앗간에서 출산한 오키누는 산후 경과가 좋지
않아 죽음이 가까워졌음을 깨달았다. 하다못해 자
신이 죽기 전에 아기를 숨기려고 마지막 힘을 쥐어
짜내 물레방아를 돌려서 벽을 움직였다.
하지만 그때는 미처 몰랐겠죠.

어머니를 찾는 아기의 왼팔이 벽 사이에 꽉 끼어 버
렸다는 걸요.

신

구리하라 오키누 씨가 숨을 거둔 후, 아기를 구해 낸 것이 우키의 숙부와 숙모입니다.

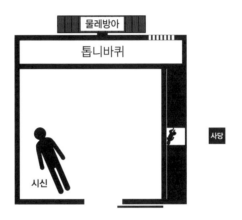

어느 날 숲에 들어간 두 사람은 우연히 물레방앗간을 발견합니다. 우키와 마찬가지로 물레방아가 무슨 장치인지 알아차렸고, 오키누 씨의 시신과 '움푹 팬 곳'에 있는 아기도 찾아내죠. 아기의 왼팔은 오랫동안 벽 사이에 끼어 있던 탓에 괴사한 상태였고요. 두 사람은 최소한이나마 조의를 표하기 위해 오키누 씨의 시신이 밖에 보이지 않도록 벽을 움직인 후 아기를 데리고 돌아갔습니다. 괴사한 왼팔은 수술로 절단했고요.

이리하여 오키누 씨의 아이는 두 사람의 양녀가 됐고, 야에코라는 이름을 얻었습니다.

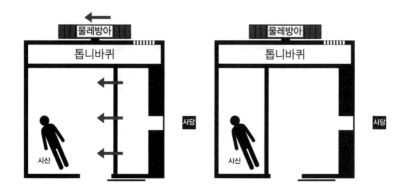

야에코 씨는 나가노현의 유복한 가정에서 자랐다고 한다. 하지만 열여덟 살 때 부모님이 어떤 사실을 알려 준다.

아케미   야에코 씨는 버려진 아이였대. 오두막……이라고 했었지. 숲속의 오두막에 버려진 걸 주워 와서 키웠다나 봐.

즉, 그때까지 부모님으로 여기며 살았던 사람들은 양부모였다는……. 뭐, 흔한 이야기이기는 하지만. 아무튼 그 사실에 충격을 받고 집을 나왔대. '양부모가 지금도 원망스럽다'고 했어.

구리하라 '어떤 사실'이란 지금까지 이야기한 출생의 비밀이
        겠죠. 야에코 씨는 충격을 받고 가출했습니다.

필자   야에코 씨는 왜 자신을 키워 준 두 사람을 원망했을
        까요……?

구리하라 글쎄요. 다른 사람은 모르는 가족만의 사정이 있었
        겠죠.

필자   음…….

아케미   집을 나온 후에는 도쿄로 상경해서 직장을 찾았지만, 몸에
        장애가 있는 만큼 많이 고생했다나 봐. 편지봉투에 주소를
        적어 주는 아르바이트 같은 걸 하면서 겨우 식비를 벌었다
        는군.

그러던 어느 날, 인생의 전환기가 찾아온다.
야에코 씨가 스물한 살 때, 아르바이트하던 곳의 사장과 사랑에 빠
져 청혼을 받았다고 한다.

아케미   갑자기 사장 부인이 됐으니 굉장하지.
        아이도 금방 태어나 이제 편안히 탄탄대로를 달릴 줄 알았
        는데……. 인생길에는 여기저기 허방다리가 많아서 골치 아
        프다니까.

주식시장 불황의 영향으로 회사는 도산하고, 남편은 큰 빚을 남긴 채 자살했대. 야에코 씨와 딸은 빚을 갚을 방법이 없어서 함께 오키토로 끌려온 거고.

구리하라 집을 나온 야에코 씨는 결혼, 출산, 남편의 자살을 거쳐 막대한 빚을 짊어지고 오키토에 갇혔습니다.

아케미 당시 야에코 씨 방에 '히쿠라'라는 남자가 자주 드나들었어. 건축 회사의 후계자라는데, 야에코 씨에게 홀딱 반했는지 빚을 몽땅 갚아 줬대.

구리하라 이리하여 야에코 씨는 히쿠라 하우스의 차기 사장 히쿠라 마사히코 씨의 아내가 된 겁니다. 그게 야에코 씨에게 행복이었을지 불행이었을지는 잘 모르겠네요.
하지만 적어도 평생 안락하게 살아갈 지위와 돈을 얻었죠. ……그런 줄 알았는데 그걸로 끝이 아니었습니다.

구리하라 씨는 자료② '어둠을 키우는 집'을 펼쳤다.

자료② '어둠을 키우는 집'
'히쿠라 하우스'의 분양주택

- 2020년, 소년이 가족을 살해하는 사건이 발생했다.
- 원인은 소년네 집의 '구조'에 있다는 소문이 퍼졌다.

집 구조의 어디에 문제가 있었을까?

- 방이 너무 많다.
  ↳ 원래 필요한 복도 등 '여백'을 없애 버린 탓에 갑갑하니 거주성이 좋지 않다.
- 문이 극단적으로 적다.
  ↳ 개인을 위한 공간이 없어서 사생활을 확보하기가 불가능하다.
- 생활 동선이 너무 집중된 곳이 있다.
  ↳ 가족 사이에서 말썽이 발생할 우려가 있다.

그러한 작은 요인이 쌓이고 쌓여…….

소년의 마음속 어둠이 증폭됐다……?

이 사건에 관한 '히쿠라 하우스'의 대처는?

- 평면도가 세상에 나돌지 않도록 각 미디어에 손을 썼다.

왜 그렇게까지?

- 예전에 히쿠라 하우스 사장 히쿠라 마사히코 씨에 관한 사실무근의 소문을 미디어가 확산시키는 바람에 신용도와 주가가 급락했다.
- 그 일을 계기로 경쟁사인 '하우스 메이커 미사키'가 세력을 확장했고, 향후 10년간 히쿠라 하우스는 그 격차를 뒤집지 못했다.

그 경험을 통해 히쿠라 하우스가 얻은 교훈은?

- 철저한 미디어 대책.
- 미디어의 힘을 적극적으로 활용해 자신들이 만든 조악한 주택에 대한 악평을 덮어서 감추는 전략.

현재, 히쿠라 하우스를 지휘하는 사람은?

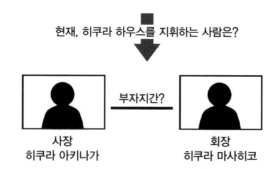

사장
히쿠라 아키나가

부자지간?

회장
히쿠라 마사히코

이무라   내가 수습 시절일 때니까……. 1980년대 후반인가.

히쿠라 하우스의 사장에게 묘한 의혹이 제기됐지. 젊은 시절에 '어린 소녀를 학대했다'라는 소문이야.

허위 정보였던 모양이지만 텔레비전과 잡지가 흥미 위주로 다루는 바람에 일반 시민들 사이에서도 화제가 됐지. 요즘으로 치면 인터넷 게시판이 불타오른 것처럼 말이야.

평판은 무서운 법이라 히쿠라 하우스의 주가는 급락했어. 그거야 안됐다고밖에 할 말이 없지.

그리고 그 틈을 노리듯 당시 주부 지방의 경쟁사였던 '하우스 메이커 미사키'라는 건축 회사가 세력을 확장했어. 그로부터 10년 넘게 히쿠라 하우스는 그 격차를 뒤집지 못했고. 그 쓰디쓴 경험을 통해 '미디어 앞에서 진실은 무력하다'라는 사실을 배운 거겠지.

구리하라   1980년대 후반, 가짜 뉴스 때문에 히쿠라 하우스의 신용도와 주가가 급락해 경영 상태가 위태로워졌습니다. 당시 사장이었던 히쿠라 마사히코 씨는 그 상황을 타개해야 했고요. 그때 그가 타개책으로 점찍은 것이 종교였습니다.

당시 일본에서는 전무후무한 종교 붐이 일어서 컬트 종교가 득세했거든요.

구리하라 지금은 상상도 못 할 일이지만, 옴진리교 교주 아사하라 쇼코가 예능 프로그램에 출연해 연예인 같은 취급을 받았을 정도예요. 1995년에 그들이 무차별 테러를 일으킨 후로는 역풍이 강해졌습니다만, 적어도 그 이전까지 컬트 종교는 '앞서 나가는 젊은이들 사이에서 유행하는 좀 특이하지만 멋진 취미'였습니다.

히쿠라 씨는 이미지 향상과 고객 개척을 위해 자사의 기밀 사업으로서 컬트 교단을 설립한 겁니다.

필자 뭐라고요? ……그럼 '재생회'는 히쿠라 씨 본인이 만들었다는 건가요?

구리하라 그렇게 봐야 여러 가지 면에서 앞뒤가 맞습니다.

잠시 후, 무대에 누군가 나타났다. 교주 미도 히카리는 아니다. 사십 대 중반으로 보이는 정장 차림의 남자였다.

불쾌한 듯 주름이 잡힌 미간, 쑥 들어간 눈, 그리고 특징적인 매부리코. 본 적 있는 얼굴이다. 주부 지방에서 손꼽히는 건축 회사 '히쿠라 하우스'의 사장 히쿠라 마사히코였다.

사전에 소문은 들었다. 히쿠라 하우스의 사장은 컬트 교단 '재생회'와 깊은 관련이 있으며 거액의 자금을 원조한다…….

구리하라 　이 문장에 속으면 안 됩니다. 자금만 원조한 사람이 무대에 올라가 신자들에게 연설하는 게 허락될 리 없잖아요. 그래서는 교단의 체면이 완전히 뭉개질 테니까요.

　　　　　히쿠라 씨는 어째서 거침없이 행동할 수 있었을까요? 그야 히쿠라 씨 본인이 교단을 설립했기 때문이라고 봐야겠죠.

필자 　　　……그렇군요…….

구리하라 　자, 히쿠라 씨는 교단을 만들면서 자신의 아내…… 야에코 씨를 '교주'로 이용하기로 했습니다. 예로부터 일본인은 신체 장애인을 '신'으로서 숭배해 왔으니까요.

필자 　　　그러고 보니 그런 말이 기사에도 적혀 있었는데, 정말인가요?

구리하라 　네. '외눈, 외팔, 외다리' 등의 특징이 있는 신을 우러러 모신 흔적이 일본 각지에 수많이 남아 있습니다. 왜일까요? 장애를 안고 태어난 아이에게 '신'이라는 역할이 주어졌기 때문이다……. 민속학자들이 분석하기로는 그렇습니다.

필자 　　　그렇군요…….

구리하라 　그밖에도 '소인증에 걸린 사람이 집을 번영시킨다'

라는 속설에서 후쿠스케 인형*이 만들어진 사례도 있어요. 흔해 빠진 사람들과는 다르게 개성적인 몸에서 신비함을 찾아낸 거죠.

그런 의미에서 야에코 씨는 '신' 역할에 적합했던 겁니다.

성모님은 쉰 살이 넘었다는 소문을 들었지만, 얼굴에 주름이 별로 없는 데다 길고 까만 머리에는 윤기가 흘렀고 피부도 탄력 있고 매끄러워서 열 살은 젊어 보였다.

허벅다리부터 아래쪽이 없는 오른 다리 대신에 길쭉하니 시원스럽게 뻗은 왼 다리로 몸을 지탱한 채 간소한 의자에 미동도 없이 앉아 있다. 몸에 걸친 것이라고는 흰색 비단 한 장뿐이다. 거의 반라라고 해도 될 정도다. '신성하다'라고 해야 할지는 모르겠지만, 분명사람의 시선을 사로잡는 묘한 아름다움을 갖추고 있었다.

구리하라   히쿠라 씨는 야에코 씨의 신체와 성장 내력을 바탕으로 '재생회'의 콘셉트를 정했어요.

'불륜으로 태어난 아이를 교주의 자궁에 잠재움으로써 구원하는 교단.' ……히쿠라 씨는 경영자보다 소설가나 예술가 소질이 있는 것 같군요.

---

* 큰 머리와 큰 귓불이 특징인 일본의 전통 인형. 꿇어앉아 있거나 큰절을 하는 자세다.

필자   교주를 연기하게 된 야에코 씨는 어떤 심정이었을까요?

구리하라   모르겠습니다. 다만 본심이야 어땠든, 빚을 탕감해주는 조건으로 히쿠라 씨와 함께하기로 했으니 야에코 씨에게 거부권은 없었겠죠. 야에코 씨는 신전에 앉아 준비된 대사를 하는 수밖에 없었을 거예요.

"아시다시피 저는 죄를 짊어지고 태어났습니다. 죄를 지은 어머니에게 왼팔을 빼앗기고, 죄를 짊어진 아이를 구하기 위해 오른 다리를 잃었어요. 남은 몸으로 여러분을, 그리고 여러분의 아이를 구하고 싶습니다. 자, 재생합시다. 몇 번이든."

구리하라   '죄를 지은 어머니'란 오키누 씨겠죠. 오키누 씨는 하녀의 몸으로 아내가 있는 아즈마 기요치카 씨와 불륜을 저질렀어요. 그 결과 태어난 사람이 성모님 야에코 씨고요. 그리고 분명 야에코 씨는 어머니의 부주의 때문에 왼팔을 빼앗겼습니다.

'재생회'는 1999년에 해산했고, 그 이듬해에 '재생의 성역'도 철거됐다고 한다.

구리하라 　교단은 일정한 수준 이상의 지지를 얻었지만, 길게
　　　　　 는 가지 못했습니다. 이유는 다양하겠죠.

　　　　　 옴진리교가 테러를 저지른 것을 계기로 컬트 교단
　　　　　 을 비판하는 목소리가 높아진 것. 가사하라 씨를 비
　　　　　 롯해 구원받지 못한 신자가 '사기꾼'이라고 호소하
　　　　　 기 시작한 것.

　　　　　 90년대 후반에 일본의 경기가 침체해 개축 비용을
　　　　　 댈 수 있을 만한 부자의 숫자가 줄어든 것.

　　　　　 하지만 가장 큰 요인은 히쿠라 하우스에 '재생회'가
　　　　　 불필요해졌기 때문일 겁니다.

필자 　어째서죠?

구리하라 　자료 ②번 '어둠을 키우는 집'을 보세요.

이무라 　평판은 무서운 법이라 히쿠라 하우스의 주가는 급락했어.
　　　 (중략) 그리고 그 틈을 노리듯 당시 주부 지방의 경쟁사였던
　　　 '하우스 메이커 미사키'라는 건축 회사가 세력을 확장했어.
　　　 그로부터 10년 넘게 히쿠라 하우스는 그 격차를 뒤집지 못
　　　 했고.

구리하라 　'10년 넘게 히쿠라 하우스는 그 격차를 뒤집지 못했
　　　　　 고.' ……즉, 바꿔 말하면 나중에는 뒤집었다는 뜻입

니다. 히쿠라 하우스는 어떻게 부활했을까요? 그 이유는 자료 ①번 '갈 곳 없는 복도'에 적혀 있습니다.

1990년 1월 30일 조간

29일 오후 4시경, 도야마현 다카오카시에서 사망 사고가 발생했다. 피해자는 다카오카시에 거주하는 초등학생 가스가 유스케 군(8). 유스케 군은 큰길을 걷다가 건축 현장에서 후진해서 나오던 트럭과 충돌한 것으로 보인다. 트럭은 건축자재를 운반하던 중이었다. 트럭 운전자는 '시야가 가려져서 아이가 있는 줄은 몰랐다'라고 진술했다. 트럭 운전자는 하우스 메이커 미사키에 근무하는 직원으로……

직원이 고객의 집을 짓는 현장 앞에서 어린아이를 차로 치어 죽였어요. 엄청난 사고죠. 분명 이 일을 계기로 하우스 메이커 미사키는 신용도가 낮아졌을 겁니다. 주부 지방에서 미사키는 히쿠라 하우스의 가장 큰 경쟁사고요.

필자 경쟁사의 실적이 떨어져서 히쿠라 하우스가 다시 세력을 확장했다는 말씀인가요?

구리하라 그 무렵에는 가짜 뉴스도 사람들의 머릿속에서 흐릿해졌겠죠. 게다가 히쿠라 하우스는 과거의 쓰라린 경험을 통해 교묘한 미디어 전략을 세웠습니다.

구리하라 부활은 시간문제였죠.

본업이 회복세를 보이자 사내에서 '재생회'의 존재 가치는 점차 낮아졌고 결국 해산한 겁니다.

그럼 교단이 해산한 후 성모님인 야에코 씨는 어떻게 됐을까요?

구리하라 씨는 자료④ '쥐덫의 집'을 집었다.

자료④ '쥐덫의 집'
할머니는 왜 계단에서 떨어졌는가?

- 하야사카 시오리 씨는 어린 시절 '미쓰코'라는 친구에게 서로의 집에서 하룻밤씩 놀자는 제안을 받았다.
- 미쓰코는 '히쿠라 하우스' 사장의 딸이었다.

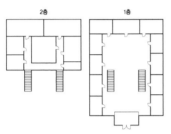

그 집은 미쓰코와 할머니를 위해 아버지(사장)가 지은 호화 저택이었다.

미쓰코의 방에는 커다란 책장이 있었다.

하야사카 씨는 미쓰코가 화장실에 간 사이에 책장을 몰래 들여다보았다.
어째선지 두 사람의 공통 취미인 만화책이 들어 있지 않아서, 하야사카 씨는 이상하다고 생각했다.
그날 밤, 미쓰코가 잠든 후 한 번 더 책장을 들여다보려 했지만, 어째선지 책장 문이 잠겨 있었다.

다음 날 아침, 하야사카 씨가 화장실에 가려는데 복도에 할머니가 있었다. 다리가 안 좋은지 손으로 오른쪽 벽을 짚으며 비틀비틀 걸었다.
하야사카 씨가 부축해 주려 했지만 거절하길래 먼저 화장실에 가기로 했다.
하야사카 씨가 볼일을 마치고 손을 씻는 도중에 할머니는 계단에서 굴러떨어졌다.

하야사카 씨의 추리

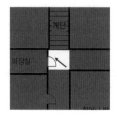

계단 앞쪽에 '손을 짚을 곳이 전혀 없는 공간'
이 있다.
할머니는 여기서 균형을 잃고 계단에서 굴러떨
어졌다.

그 이유는?

미쓰코가 어젯밤에 할머니의 '지팡이'를 자기 책장에 숨겼기 때문에.

결론

• 이 집은 '히쿠라 하우스' 사내에서 권력을 쥐고 있는 할머니를 성가시게 여
  기던 사장이, 그녀를 죽이기 위해 만든 집.
• 그래서 계단 앞에 일부러 위험한 공간을 설치했다.
• 하지만 할머니는 평소 지팡이를 짚고 다녔기 때문에 '덫'에 걸리지 않았다.

덫을 작동시킨 건 미쓰코

• 아마도 아버지(사장)에게 부추김을 당해 지팡이를 숨겼다.
  ↳ 사장은 자기 딸을 실행범으로 이용했다?
• 미쓰코는 알리바이를 만들기 위해 하야사카 씨를 자기 집에 초대했다.

438

할머니

구리하라 하야사카 시오리 씨의 나이에서 역산해 보면 이 일이 일어난 건 2001년입니다.

교단이 해산하고 약 2년 후죠.

하야사카 문을 열자 달짝지근한 향기가 확 풍겼어요. 아마 향을 피워 둔 거겠죠. 멋진 세간과 그림으로 꾸민 방에 들어갔더니 할머니는 의자에 앉아 책을 읽고 계셨어요. '할머니'라는 말이 전혀 어울리지 않게 생기가 넘치고 아름다운 분이었죠.

다리가 완전히 가려질 만큼 긴 치마 차림에 위에는 꽃무늬 카디건을 걸쳤고, 양손에는 하얀 장갑을 끼고 계셨어요.

구리하라 하야사카 씨가 '미쓰코'의 집에서 만난 기품 있는 할머니. 그 사람은 다리가 완전히 가려질 만큼 긴 치마를 입었고, 양손에는 하얀 장갑을 꼈습니다. 틀림없이 손과 발을 가린 거예요. 왜일까요? 혹시 그 여성은 의수와 의족을 착용한 것 아닐까요?

필자 그렇다면 이 할머니가 성모님 야에코 씨였다는 건가요?

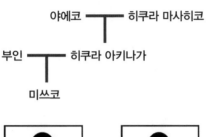

야에코 ━━┳━━ 히쿠라 마사히코

부인 ━━┳━━ 히쿠라 아키나가

미쓰코

사장
히쿠라 아키나가

회장
히쿠라 마사히코

구리하라 히쿠라 씨는 야에코 씨와의 사이에서 아키나가라 는 아들을 얻었습니다. 아키나가 씨는 히쿠라 하우 스의 현재 사장이에요. 그런 그의 딸이 미쓰코고요. 미쓰코 입장에서 보면 야에코 씨는 '할머니'. 가족 관계로 연결됩니다.

문제는 히쿠라 일가에서 야에코 씨가 어떤 존재였 느냐겠죠.

평면도를 보면 아시겠지만, 야에코 씨의 방은 바깥 에 면한 곳이 없어요. 즉, 창문이 없는 거죠.

옴진리교가 테러를 자행한 지 몇 년밖에 지나지 않 았던 당시, 컬트 교단은 배척의 대상이었습니다. '가족 중에 해산한 컬트 교단의 교주가 있다'는 사실

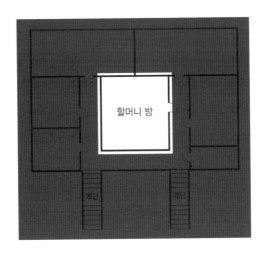

이 히쿠라 일가의 대외적인 이미지에 좋을 리 없겠
죠. 그렇다고 함부로 대할 수도 없는 노릇이고요.

극진하게 대우하는 척하며 세상에서 감춘다. 이 방
의 구조가 당시 야에코 씨의 상황을 대변하는 듯합
니다.

필자   제멋대로군요…….

구리하라 그런 상황에서도 야에코 씨는 조용히 살아가려 했
어요. 하지만 히쿠라 일가는 그것조차 용납하지 않
았던 거죠.

야에코 씨가 추락사한 일에 관해 하야사카 씨는 다
음과 같이 추리합니다.

미쓰코는 밤중에 할머니 방에 숨어들어 훔친 지팡이를 책장에 숨겼다. 다음 날 아침, 소변이 마려워서 잠에서 깬 할머니는 화장실에 가기 위해 지팡이를 찾았다. 하지만 어째선지 어디에도 없었다.

과연 할머니는 어떻게 했을까. 화장실은 가까우니까 '지팡이 없이도 갈 수 있다'라고 안이하게 생각하고 방을 나서지 않았을까.

구리하라 아주 훌륭한 추리입니다만, 한 군데가 틀렸습니다. 미쓰코 씨가 책장에 숨긴 물건은 지팡이가 아니라 '의족'이에요.

필자 아…… 그렇구나…….

구리하라 그날 아침, 야에코 씨는 소변이 마려워서 잠이 깼습니다. 화장실에 가려고 의수와 의족을 착용하려는데, 어째선지 의족이 없어요.

야에코 씨는 어쩔 수 없이 한쪽 다리만으로 화장실에 가려고 한 겁니다.

복도 왼쪽으로 걸으면 '위험한 공간'을 지나가지 않아도 되지만, 야에코 씨는 굳이 복도 오른쪽으로 걸었죠. 실은 오른쪽으로 걸을 수밖에 없었던 겁니다. 왜냐하면 야에코 씨의 왼팔은 의수였으니까요. 아무래도 의수로 몸을 지탱하기는 불안하겠죠. 뒷일은 이미 아시는 대로고요.

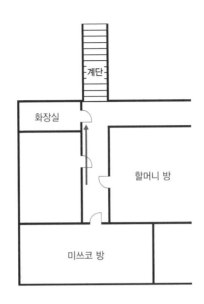

계단

화장실

할머니 방

미쓰코 방

필자　　역시…… 아키나가 씨가 딸 미쓰코를 부추겨서 성
　　　　　가신 존재인 야에코 씨를 죽이려 한 걸까요?

구리하라　믿고 싶지는 않지만요. 가족 기업에는 어두운 면모
　　　　　가 생기기 쉽습니다.

가설

구리하라　자, 이걸로 대강 설명이 된 것 같은데요. 뭔가 궁금
　　　　　한 점 있으십니까?

필자　　히라우치 씨의 집 말인데요…….

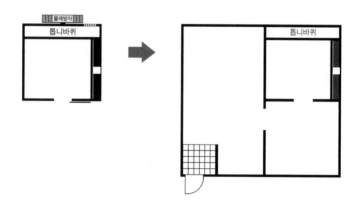

필자　이거, 분명 물레방앗간을 증축해서 만든 집일 겁니다. 누가 뭣 때문에 그랬을까요?

구리하라　아마 교단이 관광시설로라도 삼으려고 했던 거겠죠. '성모님께서 탄생하신 성지' 같은 이름을 붙여서요. 물레방앗간만으로는 너무 좁으니까 사람들이 많이 들어올 수 있도록 증축했다……. 그런 거 아니겠습니까.

여성　20년쯤 전에 큰 공사를 했어. 봐, 저 집은 2층짜리지? 내가 이사 왔을 때는 1층이었거든. 공사가 끝나고 2층이 생겼길래 '아, 증축했구나.' 하고 생각한 게 기억나.

구리하라　그런데 대대적으로 운영하기 전에 교단이 해산했어요. 달리 사용할 길이 없어서 화장실, 부엌, 욕실만 추가해 매물로 내놓은 거겠죠. 정말로 장삿속이 밝다니까요.

그 후 저녁을 얻어먹고 나는 연립주택을 나섰다. 밖은 이미 캄캄했다.

역으로 걸어가면서 구리하라 씨의 추리를 머릿속으로 정리했다. 자료만 읽고서 그렇게까지 조리 있는 스토리를 이끌어내다니, 정말 머리가 좋다고 감탄밖에 나오지 않았다.

하지만……

어째선지 마음속에 찜찜함이 남아 있었다.

구리하라 씨의 추리가 틀렸다고는 생각지 않는다. 하지만 뭔가 빠뜨린 것 같은 기분이다. 중대한 뭔가를……

그러는 사이에 역이 보였다. 나는 개찰구 앞의 카페에 들어가서 자료를 다시 읽어 보기로 했다. 그 결과, 어떤 자료의 어떤 대목에서 지금까지 알아차리지 못했던 작은 모순을 발견했다.

왜지.

왜, 모순이 생겼을까.

분명 이 취재를 할 때…….

잠시 생각한 끝에 한 가지 가설이 떠올랐다.

그 가설을 염두에 두고 자료를 다시 읽었다. 신기하게도 이미 해결됐다고 여겼던 몇 가지 수수께끼가 다른 얼굴을 드러냈다.

그 하나하나가 이어지면서 어느덧 완전히 새로운 스토리가 완성됐다.

아들

2023년 2월 28일 도쿄도 나카메구로.

요리점의 방에서 나는 어떤 인물을 기다리고 있었다. 얽히고설킨 사건의 진상을 해명하기 위해 분명 제일 중요한 사실을 아는 사람이다.

드디어 방문이 열리고 그가 들어왔다. 두툼한 운동복 상의에 검은색 슬랙스. 당연하지만 요전에 만났을 때와는 완전히 다른 복장이다.

니시하루 미쓰루 씨……. 옛날에 '오키토'에서 살았던 니시하루 아케미 씨의 외아들이다.

필자 바쁘실 텐데 나오시라고 해서 죄송합니다.

미쓰루 아니요. 어제랑 오늘은 가게가 쉬는 날이라서요.

필자 어? 연중무휴 아니었나요?

미쓰루 원래는 그랬는데 요즘은 어머니 몸이 안 좋아서 안 여는 날이 많아요. 손님은 다들 어머니를 보러 오는 거니까요.

필자 하지만 미쓰루 씨의 요리 솜씨는 일류라면서요. 요리를 먹으러 오는 손님도 많지 않나요?

미쓰루 무슨 말씀을요. 어머니는 그렇게 말씀하시지만, 제 실력은 별것 아니에요.

누구 밑에서 제대로 배운 적도 없고, 시판되는 요리책을 따라 할 뿐인걸요. 어머니 건강을 위해서도 이제 접어야 하지 않을까 싶네요.

필자 폐업하시겠다는 건가요?

미쓰루 네. 뭐, 그만두고 다른 일을 찾아본들, 제 나이에 일할 곳이 있을 것 같지는 않지만…….

미쓰루 씨는 작게 웃었다.

요전에 가게를 찾아갔을 때는 몰랐는데, 짧은 머리가 많이 세었고 얼굴은 몹시 수척했다.

미쓰루   저기, 그런데 오늘은 어떤 용건으로?

필자   아, 실례했습니다. 실은 미쓰루 씨가 읽어 봐 주셨
           으면 하는 자료가 있어서요.
           요전에 가게에 갔을 때 어머님께 들은 이야기를 정
           리한 건데요. 아마 무슨 내용인지 대강은 들으셨겠
           지만, 한번 읽어 봐 주실 수 있을까요?

미쓰루 씨는 자료⑩ '달아날 수 없는 연립주택'을 무표정한 얼굴로 한 장씩 넘기며 읽어 나갔다.

필자   어떻습니까. 뭔가 의아한 점이나 사실과 다른 점은
           없습니까?

미쓰루   ……그쪽은 어떤데요? 그렇게 물어보는 걸 보니,
           이상한 부분이 있다고 생각하는 거겠죠.

필자   ……네. 이 부분입니다.

아케미   보자……. 아이들이 없을 때 서로 신세타령을 한 적이 있는

데, 야에코 씨의 과거가 여러모로 복잡하더라고.

필자　'아이들이 없을 때.' ……어머님은 분명 그렇게 말씀
하셨습니다. 하지만 이상해요. 오키토는 기본적으
로 방에서 나가는 걸 금지했고, 허가를 받아서 외출
할 때도 반드시 옆방 사람과 아이를 교환해서 데리
고 나가야 했습니다.

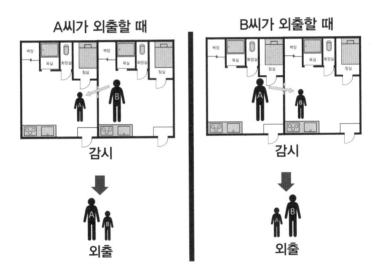

즉, 미쓰루 씨가 외출할 때는 야에코 씨가 붙어 있
어야 해요. 반대로 야에코 씨 딸이 외출할 때는 아
케미 씨가 함께 나가야 하고요.

필자　신세타령을 할 수 있을 만큼 오랫동안 아이들만 방을 비우는 상황은 없었을 텐데요.

미쓰루　볼일을 보러 갔거나 목욕하러 간 건지도 모르잖습니까.

필자　두 아이가 동시에 화장실에 가서 오랫동안 나오지 않는다, 그런 일이 있을까요? 욕실도 마찬가지입니다. 어머님은 이렇게 말씀하셨어요.

아케미　어엿한 요리사가 됐지. 중학생 무렵까지는 나 없으면 목욕도 못했는데 말이야.

필자　두 분이 오키토를 떠난 건 미쓰루 씨가 아홉 살 때입니다. 즉, 오키토에서 지내는 동안 두 분은 늘 함께 목욕한 겁니다.

미쓰루　…….

필자　그럼 아케미 씨와 야에코 씨가 신세타령을 했을 때, 두 아이는 어디서 뭘 했을까요? 여러모로 생각한 결과, 한 가지 결론에 다다랐습니다. 틀렸다면 죄송합니다. 오키토에서 매춘을 강요당한 건…… 아케미 씨가 아니라 미쓰루 씨 아니었습니까?

미쓰루 씨는 잠시 벌레 씹은 듯한 표정으로 있다가 코를 훌쩍이기 시작했다. 그리고 나지막한 목소리로 작게 중얼거렸다.

미쓰루　　어머니는…… 잘못 없습니다.

거짓말

다음 날, 나는 다시 우메가오카의 연립주택을 찾아갔다.
구리하라 씨는 녹차를 우리면서 말했다.

구리하라　　과연. 그 오키토는 소아성애자를 위한 매춘 시설이
　　　　었던 거군요.

아케미　　손님은 늦은 밤에야 찾아왔어. 이놈이고 저놈이고 고급 차
　　　　를 타고 나타났지. 오키토는 부자를 상대로 하는 장사거든.
　　　　한 번에 십만 엔을 받았다나 봐.

필자　　한 번에 십만 엔은 현재 시세로 따져 봐도 너무 비
　　　　쌉니다. 그만한 돈을 지불할 이유가 있었던 거예요.
　　　　손님이 늦은 밤에 찾아온 건, 매춘이 불법 행위였던
　　　　건 물론이고 '아이를 돈으로 산다'는 사실이 세상에

들통나면 큰일 나기 때문입니다.

아케미 씨와 야에코 씨가 생활한 오키토는 원칙상 외출 금지다. 하지만 어떤 조건을 충족시키면 외출을 허가해 주었다고 한다.
그 조건은 바로 '아이 교환'이었다.

필자　　원래 오키토를 관리하는 조직에는 아무 이점도 없을 '외출'이라는 제도를 마련한 건, 어린아이의 기분과 건강을 유지하기 위해서였겠죠. 아이들은 이른바 장사 도구니까요.

구리하라　아케미 씨는 왜 거짓말을 했을까요?

필자　　미쓰루 씨는 이렇게 말씀하셨습니다.

"어머니는…… 잘못 없습니다. 매춘을 거부했다면 저희 둘 다 죽었을 테니까요. 어쩔 수 없었어요…….

어머니는 가게에 나오면 손님을 위해 쾌활한 척하지만, 실은 그런 분이 아니에요. 지금도 매일 밤 단둘이 있으면 울면서 제게 사과하죠. 몇 번이고, 몇 번이고. '미쓰루, 그때는 미안했어. 이 엄마가 나쁜 년이야. 정말 미안해.' 하고요. 벌써 몇십 년이나요.

취재하러 오셨을 때 어머니가 거짓말한 건 용서해 주세요.

다 저를 위해서 그런 거였어요. 옛날에 매춘을 했다는 사실이 남들에게 알려지면 제가 냉담한 시선을 받을까 봐 걱정하시는 거예요."

미쓰루 씨는 그 후에 교통사고의 진상도 이야기해 주었다.

필자　미쓰루 씨는 야에코 씨와 함께 시내로 외출했을 때, 일부러 도로로 뛰어들었다고 합니다. 매일 밤 그런 행위를 강요당하는 게 너무 괴로워서 자살하려 했다고……. 그렇게 말씀하셨어요.

구리하라　그랬군요…….

필자　그들이 있던 오키토가 아동 매춘 시설이었다면, 이 말의 뜻도 달라집니다.

아케미　당시 야에코 씨 방에 '히쿠라'라는 남자가 자주 드나들었어. 건축 회사의 후계자라는데, 야에코 씨에게 홀딱 반했는지 빚을 몽땅 갚아 줬대. 물론 선의로 그런 건 아니고, 야에코 씨와 딸을 둘 다 데려갔지.

구리하라　히쿠라 마사히코 씨가 눈독을 들인 건 야에코 씨가 아니라 딸이었다는 건가요?

필자 야에코 씨의 딸은 당시 열한 살. 인터넷에서 찾아보
니 히쿠라 씨는 현재 일흔 살이니까 당시는 스무 살
이었습니다. 나이 차이는 아홉 살. 부부라고 치면
그렇게까지 드문 사례는 아닙니다.
분명 야에코 씨 딸이 자라서 어른이 된 후, 정식으
로 결혼했을 겁니다.

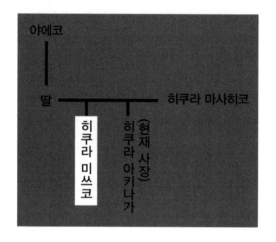

자료 ④번 '쥐덫의 집'에 등장하는 미쓰코는 히쿠라
마사히코 씨와 야에코 씨의 딸 사이에서 태어난 아
이일 거예요. 그리고 현재 사장인 아키나가 씨는 미
쓰코의 오빠고요.

구리하라 미쓰코에게 야에코 씨가 '할머니'라는 사실은 변함
없군요.

필자 네. 그렇게 보면 1980년대 후반에 화제가 된 '히쿠라 하우스의 사장이 젊은 시절에 어린 소녀를 학대했다'라는 소문도 결코 가짜 뉴스가 아니라는 걸 알 수 있습니다.

이무라 내가 수습 시절일 때니까⋯⋯. 1980년대 후반인가. 히쿠라 하우스의 사장에게 묘한 의혹이 제기됐지. 젊은 시절에 '어린 소녀를 학대했다'라는 소문이야.

필자 히쿠라 씨가 일찍이 아동 매춘을 했고, 더 나아가 그 아이를 아내로 삼았다⋯⋯. 그 정보가 어디선가 새어 나간 거겠죠.

구리하라 그런 아내의 친어머니를 교주로 앞세워서는 컬트 교단을 세우다니, 히쿠라 씨도 아주 위험한 짓을 했네요.

필자 그렇죠. 아니, 진짜로 판명된 가짜 뉴스의 내용은 제쳐 놓더라도 역시 기업이 컬트 교단으로 이익을 얻으려 하는 건 이상해요.

구리하라 ⋯⋯네?

필자 어⋯⋯ 아니요, 물론 구리하라 씨의 추리를 부정할 생각은 아닙니다. 히쿠라 씨가 '재생회' 간부였던 건 사실이니까요.

다만…… 그, 뭐랄까……. 히쿠라 씨는 간부이긴 했어도 총책임자는 아니었을 거예요.

구리하라 즉, 총책임자는 따로 있었다……?

필자 네. 어디까지나 추측입니다만……. '재생회'를 만든 건 히쿠라 씨의 부인…… 즉 야에코 씨의 딸 아니었을까요?

구리하라 ……왜 그렇게 생각하시죠?

필자 여기를 다시 읽어 보세요.

나는 자료④ '쥐덫의 집'을 펼쳤다.

하야사카 다리가 완전히 가려질 만큼 긴 치마 차림에 위에는 꽃무늬 카디건을 걸쳤고, 양손에는 하얀 장갑을 끼고 계셨어요.

필자 야에코 씨는 집에서도 긴치마와 장갑으로 의수와 의족을 감추고 지냈습니다. 그리고…….

하야사카 할머니는 오른손으로 벽을 짚으며 당장이라도 쓰러질 것같이 위태위태한 걸음걸이로 계단을 향해 걸어가셨어요. 분명 다리가 불편하셨던 거겠죠.

더군다나 긴치마가 바닥에 쓸리는 거예요. 혹시나 밟고 넘어지시면 어쩌나 걱정돼서 할머니를 도와드리려고 얼른 달려갔죠.

그러자 "괜찮아. 바로 저기 화장실에 가려는 거니까." 하고 거절하시더군요. 하지만 "네, 그렇군요." 하고 물러설 수도 없어서 "저도 화장실에 가는 길이니까 같이 가요." 하고 부축하려 했는데, "신경 쓸 것 없어. 먼저 가렴. 화장실을 코앞에 두고 실수라도 하면 큰일이잖니." 하고 말씀하셨어요.

필자 하야사카 씨는 야에코 씨에게 왼팔이 없다는 사실도, 야에코 씨가 의수를 착용했다는 사실도 알아차리지 못했습니다. 즉, 야에코 씨는 이때 의수를 착용했고, 그 위에 장갑까지 꼈다는 뜻이죠.

'화장실에 가고 싶은데 의족이 없어서 한쪽 다리로 가야만 하는' 급박한 상황인데도 야에코 씨는 자신이 신체 장애인이라는 사실을 감추는 쪽을 우선한 겁니다.

야에코 씨는 사실 자신의 몸에 콤플렉스가 있었던 것 아닐까요?

아케미 얼마쯤 지나서야 알아차렸는데, 야에코 씨는…… 왼팔이 없

없어.

태어난 지 얼마 지나지 않아 사고로 잃었대.

필자   옆방에 살았던 아케미 씨조차도 야에코 씨에게 왼
팔이 없다는 걸 알아차리는 데 시간이 좀 걸렸어요.
야에코 씨는 감추려고 애썼던 겁니다. 그 정도로 자
기 몸을 창피해한 거죠.

허벅다리부터 아래쪽이 없는 오른 다리 대신에 길쭉하니 시원스럽
게 뻗은 왼 다리로 몸을 지탱한 채 간소한 의자에 미동도 없이 앉
아 있다. 몸에 걸친 것이라고는 흰색 비단 한 장뿐이다. 거의 반라
라고 해도 될 정도다.

필자   그렇다면 수많은 사람 앞에서 알몸을 드러내는 건
상당한 굴욕이 아니었을까 싶네요.
게다가 야에코 씨의 신체를 모방한 건물이 여기저
기 늘어납니다. ……마치 구경거리처럼요.
그래서 말인데요, 혹시 야에코 씨를 못살게 구는 것
이 '재생회'의 진정한 목적 아니었을까요?

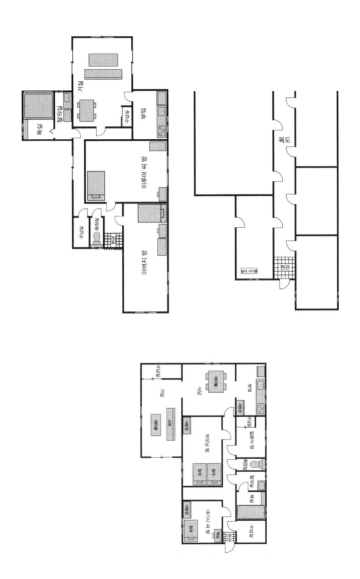

복수

필자   미쓰루 씨는 어머니를 원망하지 않는다고 하셨어요. 하지만 모든 인간이 미쓰루 씨처럼 용서할 수 있는 건 아니겠죠.

야에코 씨 따님은 일찍이 자신에게 괴로운 매춘 행위를 시킨 어머니를 원망했던 겁니다. 그래서 어머니에게 복수하기 위해 '재생회'를 만들었다……. 그렇다기보다 남편 히쿠라 마사히코 씨가 만들게 한 거죠.

구리하라   하지만 그런 개인적인 감정 때문에 회사의 자금을 사용해 교단을 세울 수 있을까요?

필자   분명 히쿠라 씨는 아내의 뜻을 거스를 수 없었을 겁니다. '아동 매춘'이라는 약점이 잡혀 있으니까요.

야에코 씨도 그렇고요. 딸에게 죄의식을 품고 있어서 시키는 대로 하는 수밖에 없었던 거죠.

구리하라   두 사람은 그녀에게 지배당했다는 건가요?

구리하라 씨는 녹차를 천천히 마셨다.

구리하라   지금 이야기를 들으니 저도 제 새로운 가설에 자신이 생겼습니다.

필자　　　새로운 가설……. 뭔데요?

구리하라　요전에 뵌 날부터 계속 생각했었어요. 야에코 씨가
　　　　　양부모를 원망한 이유가 뭘지.

아케미　　야에코 씨는 버려진 아이였대. 오두막……이라고 했었지.
　　　　　숲속의 오두막에 버려진 걸 주워 와서 키웠다나 봐.
　　　　　즉, 그때까지 부모님으로 여기며 살았던 사람들은 양부모였
　　　　　다는……. 뭐, 흔한 이야기이기는 하지만. 아무튼 그 사실에
　　　　　충격을 받고 집을 나왔대. '양부모가 지금도 원망스럽다'고
　　　　　했어.

구리하라　자신이 친자가 아니었다는 사실을 갑자기 알려 주
　　　　　면 분명 충격을 받겠죠. 하지만 집을 뛰쳐나와 오랜
　　　　　세월 원망하는 건 아무래도 도가 지나쳐요.
　　　　　어쩌면 두 사람은 야에코 씨에게 '양녀'에 관한 이야
　　　　　기만 들려준 게 아닐지도 모른다고 생각했을 때, 한
　　　　　대목이 떠오르더군요.
　　　　　자료 ③번 '숲속의 물레방앗간'은 있습니까?

필자　　　네. 일단 가져왔어요.

백로였습니다. 백로 암컷이 죽어서 널브러져 있었습니다. 분명 누군가 장난으로 가뒀겠지요. 그래서 밖으로 나가지 못해 굶어 죽은 것입니다. 죽은 지 오랜 시간이 지난 것 같았습니다. 털은 빠졌고, 한쪽 날개 끄트머리가 사라졌고, 몸은 썩었고, 검붉은 액체가 바닥에 스며 있었습니다.

구리하라   여기 '한쪽 날개 끄트머리가 사라졌고'라는 부분, 너무 스리슬쩍 넘어가서 놓쳤는데요. 잘 생각해 보면 묘하죠.
            편집자님 말씀에 따르면 이 대목은 '인간을 백로에 비유한 것'인데요. ……저도 동감입니다. 그렇다면 '한쪽 날개 끄트머리가 사라졌고'는 '한쪽 팔 끄트머리가 사라졌고'와 같은 의미겠죠. 즉 '손이 없다'는 뜻입니다.

필자   아, 그러네요.

구리하라   우키가 오키누 씨의 시신을 발견했을 때, 오키누 씨는 한 손이 없었다. 어째서일까요? 다음 묘사에 힌트가 있었습니다.

그날 밤, 숙부님하고 숙모님과 저녁을 먹은 후 물레방앗간에 대해 여쭤보기로 했습니다. 두 분이 소유한 건물은 아니겠지만, 집에서 가까운 곳이니 뭔가 아실 것 같았기 때문입니다.

하지만 제가 물어보려 한 순간, 안방에서 아기가 울음을 터뜨려서 숙부님과 숙모님은 급히 자리에서 일어나셨습니다. 아무래도 수술 경과가 좋지 않은지, 아기의 왼쪽 어깻죽지 부분이 곪은 듯했습니다.

구리하라 우키는 아기를 물레방앗간에서 주워 왔다는 사실을 못 들었어요. 숙부와 숙모는 왜 그 사실을 우키에게 말하지 않았을까요?

필자 ⋯⋯음⋯⋯.

구리하라 어쩌면 아기와 관련해 뭔가 떳떳하지 못한 사정이 있었을지도 모릅니다.

필자 떳떳하지 못한 사정⋯⋯?

구리하라 예를 들면⋯⋯ 숙부와 숙모가 물레방앗간을 발견했을 때 오키누 씨는 살아 있었다든가.

필자 엇⋯⋯.

구리하라 오키누 씨는 막 태어난 아기를 안고 두 사람에게 도움을 요청했습니다. 그때 숙부와 숙모는 뭘 어떻게 했을까요?

필자 설마⋯⋯.

구리하라 우키의 서술을 통해 숙부와 숙모에게는 아이가 없었다는 사실을 엿볼 수 있습니다. 만약 아이를 가지고 싶었는데 생기지 않았다면. 빈사 상태에 빠진 여자와 아기를 보고 사악한 마음을 품었을지도 모르죠.

무서운 광경이 머릿속에 떠올랐다.

우키의 숙모가 아기를 빼앗으려 한다. 오키누는 빼앗기지 않으려고 아기의 왼팔을 세게 움켜쥔다.

목청이 터져라 우는 아기. 그때 숙부가 들고 있던 날붙이…… 예를 들면 숲속의 나무를 자르기 위해 가져온 손도끼로 오키누의 손목을 내리친다. 두 사람은 물레방아를 회전시켜 오키누를 방에 가두고 그곳을 떠난다.

구리하라 왜 아기의 왼팔을 수술로 절단해야 했을까요? …… 아기의 팔을 꽉 움켜쥔 채 잘린 오키누의 손목 때문에 오랫동안 피가 통하지 않았던 건 아닐까요?

안식의 땅

구리하라 그렇다면 그 집도 다르게 보이죠.

물레방앗간을 왜 이렇게 증축했을까요?

저는 지금까지 히쿠라 씨가 '재생회'의 관광시설로

이용하기 위해 공사했다 고 생각했습니다. 하지만 그렇지 않을지도 몰라요. 증축을 지시한 건 성모님 야에코 씨 아니었을까, 지금은 그런 생각이 듭니다. 도면을 잘 보세요.

물레방앗간의 왼쪽 방…… 즉 오키누 씨가 죽은 방을 둘러싸서 감추듯이 증축했습니다. 이 사실로 야에코 씨의 기분을 상상해 보죠. 야에코 씨는 지친 것 아닐까요?

필자 지치다니요?

구리하라 야에코 씨는 파란만장한 인생을 살았어요.

믿었던 부모님에게 충격적인 사실을 듣고 한쪽 팔이 없는 부자유스러운 몸으로 혼자 집을 나왔죠.

결혼, 출산, 남편의 자살을 거쳐 산속에 갇혔고, 딸은 매일 밤 매춘을 강요당했습니다. 결국은 사고로 한쪽 다리까지 잃었고요.

딸이 대기업의 후계자에게 팔려서 지위와 재산을 손에 넣은 후에도 야에코 씨는 행복하지 않았을 거예요. 분명 딸에게 죄책감을 품고 매일 밤 괴로워했

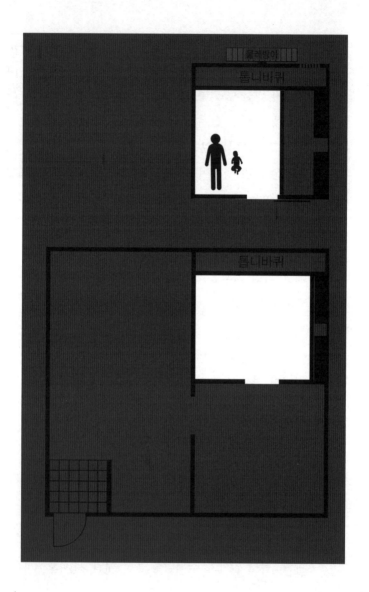

466

겠죠. 결정타를 날린 건 '재생회'의 설립…… 딸의
복수입니다.

교주 자리에 올라 보여 주기 싫은 몸뚱어리를 수많
은 사람 앞에 드러냈고, 때로는 '사기꾼'이라고 욕을
얻어먹었습니다. 그래도 딸에게 속죄하는 기분으로
계속 참았어요.

그러다 쓸모가 없어지자 일가의 골칫덩이로서 창문
없는 방에 갇혔습니다. 야에코 씨의 심정은 대체 어
땠을까요?

필자 ……도무지 상상이 안 되네요.

구리하라 야에코 씨는 인생에 지쳤을 겁니다. 그런 야에코 씨
의 바람은 어머니 곁으로 돌아가는 것이었을지도
모릅니다.

여성 20년쯤 전에 큰 공사를 했어. 봐, 저 집은 2층짜리지? 내가
이사 왔을 때는 1층이었거든. 공사가 끝나고 2층이 생겼길
래 '아, 증축했구나.' 하고 생각한 게 기억나.

그 이야기가 진짜라면 히라우치 씨의 집에는 당초 부엌, 화장실, 욕
실이 없었던 셈이다. 그런 집에 사람이 살 수는 없다.

구리하라 일찍이 어머니가 자신을 안고 있었던 곳을 요새처럼 둘러싸고, 마지막 정도는 누구 눈에도 띄지 않는 컴컴한 암흑 속에서 잠들고 싶었다.

이건 야에코 씨가 자살하기 위한 집이었을지도 모릅니다.

그날 나는 군마현 다카사키시의 작은 역에 내려섰다.

연립주택에서 구리하라 씨와 이야기를 나눈 지 벌써 두 달이 넘었다. 겨울이 지나가자 피부에 닿는 바람이 보드랍고 따스하게 느껴졌다.

역 앞에서 버스를 타고 20분쯤 가자 목적지에 도착했다. 시가지에 조용히 자리 잡은 요양원이었다.

입구 앞에서 기다리기를 두 시간, 안에서 한 여성이 나왔다. 짧은 머리를 뒤로 모아서 묶었고, 시설 유니폼 위에는 카디건을 걸쳤다. 내가 말을 걸자 여성은 고개를 깊숙이 숙여 인사했다.

가슴에 달린 이름표가 눈에 들어왔다. 이름표에는 '히쿠라 미쓰코'라고 인쇄돼 있었다.

범인

구리하라 씨의 추리를 듣고 일련의 사건에 관한 수수께끼가 전부 풀렸다고 생각했다. 하지만 자료를 다시 읽을 때마다 어떤 점이 마음에 걸렸다.

야에코 씨를 죽인 사람은 누구일까.

구리하라 씨도 하야사카 시오리 씨도 '미쓰코'가 아버지에게 부추김을 당해 실행범 노릇을 했다고 추리했다. 하지만 나는 통 납득이 가지 않았다.

열세 살 먹은 중학생이 부모가 시켰다고 해서 살인에 힘을 보태 줄까? 진실을 알기 위해 꼭 본인에게 이야기를 들어 보고 싶었다.

히쿠라 미쓰코 씨는 고등학교를 졸업하자마자 히쿠라 일가에서 독립했고, 그 후로 가족이나 회사 관계자와는 일절 연락하지 않고 지냈는지 소재를 파악하느라 고생했다. 연줄을 총동원해 몇 다리 건너 정보를 모아 드디어 찾아낸 미쓰코 씨는 군마현에서 요양 보호사로 일하고 있었다. 그 직업에 뭔가 묵직한 의미가 담겨 있는 것처럼 느껴졌다.

메일로 취재를 의뢰했지만 수상쩍다 싶었는지 당연히 처음에는 거절당했다. 하지만 몇 번 연락을 취하며 '야에코 씨가 돌아가신 진짜 이유를 알고 싶다'라는 마음을 전하자 '쉬는 시간에 직장 근처까지 와 준다면'이라는 조건으로 취재 요청을 받아들였다.

미쓰코　늦어서 죄송해요. 휴식 시간을 내기가 힘들어서요.

필자　아니요. 바쁘실 텐데 시간을 빼앗아서 저야말로 죄

470

송합니다.

미쓰코　저기서 말씀 나누실까요?

　미쓰코 씨는 요양원 맞은편에 있는 작은 어린이 공원을 가리켰다. 평일 낮이라서인지 어린아이는 하나도 없었다. 우리는 도로 건너 공원으로 들어가서 페인트칠이 벗겨진 벤치에 앉았다. 문득 쳐다보자 미쓰코 씨 팔에 커다란 멍이 들어 있었다.

미쓰코　오늘 아침에 치매에 걸리신 할아버지가 팔을 꽉 붙잡아서요.

필자　파스 같은 걸 붙이지 않아도 괜찮나요……?

미쓰코　이런 일이야 일상다반사인걸요. 매번 파스를 붙였다간 파스 인간이 될걸요?

　미쓰코 씨는 농담하듯 웃었다.

　원래 같으면 히쿠라 일가의 딸로서 부족한 것 하나 없이 살 수 있을 사람이, 왜 집을 버리고 착실하게 일하는 삶을 선택했을까.

기억

미쓰코 초등학교에 다니기 시작하면서부터 제 삶이 이상하다는 걸 깨달았죠. 주변 아이들이 말하는 '가족'과 우리 가족은 결정적으로 뭔가가 달랐어요. 당시 저는 나가노현의 커다란 집에 살았는데요. 아버지, 어머니, 할머니, 그리고 아키나가 오빠, 그 외에 집안일을 해 주시는 분도 많았어요.

아버지는 오빠를 끔찍이 아껴서 직장뿐만 아니라 여기저기 데리고 다녔어요. 오빠는 머리가 좋은 데다 첫째 아들이니까, 장래에 자기 자리를 물려주기 위해 다양한 경험을 시켰던 거겠죠. 저는 딸인 데다 머리도 좋지 않았는지라 집에서는 거의 공기 같은 취급을 받았고요.

한편 어머니는 자기 방에만 틀어박혀서 남과 교유하기를 피하는 것 같았어요. 딸인 제가 보기에도 예쁜 사람이었지만, 어쩐지 다가가기 힘든 분위기가 감돌았죠. 그런 제게 정말로 마음을 터놓을 수 있는 가족은 할머니뿐이었답니다.

'야에코 할머니.' ……저는 그렇게 불렀어요. 방에

가면 "어쩐 일이니, 미쓰코?" 하며 몇 시간이든 같이 놀아 주셨죠.

아시겠지만 할머니는 의수를 사용하셨어요. 그래서 손을 섬세하게 움직일 수는 없었지만, 그림 그리기나 종이풍선 만들기 등 한 손으로도 할 수 있는 놀이를 하며 둘이서 즐거운 시간을 보내는 게 제게는 유일한 낙이었어요.

미쓰코 씨는 먼 곳을 바라보며 작게 숨을 내쉬었다.

미쓰코 가족들은 저를 본체만체하며 지냈지만, 가끔 아버지가 간드러진 목소리로 말을 걸곤 했어요. 그럴 때면 그 사람은 꼭 비싼 선물을 들고 싱글거리는 얼굴로 다가와요. 그리고 어김없이 제게 '부탁'을 했답니다. 분명 여섯 살 때였을 거예요. 아버지가 커다란 곰 인형을 안고 제게 말했죠. "우리 딸한테 부탁이 있어. 이번 일요일에 카메라를 든 오빠들이 오면 '얼마 전에 가족끼리 여행을 갔어요. 우리 가족은 정말로 사이가 좋아요.' 하고 말하렴."이라고요. ……사실 가족여행은 가 본 적 없었고 사이가 좋지도 않았지만, 곰 인형이 탐나서 고개를 끄덕였어요.

미쓰코 일요일에 카메라를 든 남자들이 집을 찾아왔어요. 그때는 웬일로 어머니도 곱게 치장하고 방에서 나와서 아버지, 어머니, 오빠, 그리고 저까지 넷이 카메라 앞에 섰죠. 저는 아버지와 약속한 '거짓말'을 열심히 늘어놨고요.

그 영상이 훗날 지방 방송국 정보 방송에 나왔어요. 제 딴에는 잘 말했다 싶었지만, 어쩐지 대사를 읽는 것처럼 부자연스럽더군요. 하지만 어른들 눈에는 '난생처음 방송국 카메라 앞에 서서 긴장한 아이'의 모습으로 보였겠죠.

"히쿠라 하우스의 미쓰코 어린이는 아주 귀엽고 사랑을 듬뿍 받는 집안의 공주님입니다. 좀 긴장했지만, 사랑하는 가족에게 둘러싸여 기운차게 이야기해 주었습니다."라는 태평스러운 내레이션이 흘러나왔죠. 저는 히쿠라 하우스의 마스코트 캐릭터로서 회사의 이미지 전략에 이용된 거예요.

그 후로도 가끔 아버지는 '부탁'을 했어요. 그때마다 저는 인터뷰를 하러 온 기자에게 거짓말을 하고, 카메라 앞에서 천진난만하게 웃었죠. 솔직히 그러는 게 별로 좋지 않은 일이라는 건 알고 있었지만, 누가 상처 입는 것도 아니니까 상관없다는 생각이었어요. ……그날까지는요.

어느 날 아버지가 미묘하게 딱딱한 웃음을 띤 얼굴로 제게 '부탁'하더라고요. 어째선지 평소와 다른 내용이었지만, 저는 무슨 뜻인지 잘 이해하지 못한 채 승낙했죠.

좀 다른 이야기인데, 당시 저희 집에는 '아라이 씨'라는 전속 요리사가 있었어요. 무뚝뚝하니 고용주에게도 싹싹한 맛이 없는 완고한 아저씨였지만, 음식은 기가 막히게 잘 만들었죠. 어느 날 저는 아버지가 시킨 대로 집안사람들이 많이 모인 곳에서 이렇게 말했어요.

"얼마 전에 아라이 아저씨가 내 옷을 벗기고 몸을 막 만졌어."

한순간 그 자리가 쥐 죽은 듯 고요해졌던 게 기억나네요. ……아라이 씨는 다음 날부터 집에 오지 않았어요. 원인이 저라는 건 어린 마음에도 이해가 갔고요.

미쓰코 그 말 때문에 아라이 씨는 없는 죄를 뒤집어썼구
나……. 그런 생각에 몹시 후회했답니다. 동시에 그
런 짓을 시킨 아버지가 원망스러웠고요.

그로부터 반년쯤 지났을까요. 아버지가 또 부탁을
하는 거예요. 평소처럼 카메라 앞에서 거짓말을 하
라는 부탁이었죠. 하지만 아라이 씨 일 때문에 반항
심이 생겨서, 승낙하는 척하고 아버지를 배신하기
로 했어요.
촬영 당일 저는 카메라 앞에서 진실, 그러니까 우리
가족은 전혀 사이가 좋지 않고 여행은 한 번도 가
본 적 없다는 사실을 폭로했어요. 제가 반항하자 아
버지는 새파랗게 질린 얼굴로 당황해서 어쩔 줄을
모르더군요. 그 모습을 보고 속으로 '해냈다.' 하고
주먹을 불끈 쥐었답니다.
그렇지만 동시에 어째선지 오싹했어요. 옆에서 찌
르는 듯한 시선이 느껴졌거든요. 시선을 보낸 사람
은 어머니였어요.

그날 밤, 저녁으로 비프스튜가 나왔는데요. 아주 좋
아하는 요리였지만 맛이 좀 이상해서 반 정도만 먹

고 남겼죠. 간을 잘못했다기보다 혀가 찌릿찌릿 마비되는 듯한 느낌이 들어서요.

식사를 마치고 이를 닦으려는데 갑자기 현기증이 나서 바닥에 쓰러졌죠. 먹었던 걸 다 토했고요. 그리고 닷새쯤 고열과 구토, 설사가 멎지를 않아서 침대에 누워 고통스러운 시간을 보냈어요.

드러누워 있는 동안 할머니는 계속 제 손을 문질러 주셨어요. 뜻밖에 오빠도 제가 어떤지 보러 왔고, 아버지는 의사를 불러 줬죠. 하지만 가족 중에 어머니는 단 한 번도 얼굴을 내비치지 않았어요.

나중에 돌이켜 보니 그날 제 앞에 비프스튜를 내려놓은 가사 도우미가 손을 바르르 떨었다는 거랑 다른 가사 도우미도 거북한 듯 고개를 푹 숙이고 있었다는 게 기억났어요. 분명 누군가의 명령으로 제 접시에 뭔가 넣은 거겠죠.

아버지는 아니에요. 두둔하려는 게 아니라요. 아버지는 평범하고 소심한 성격이라 딸에게 독을 먹이는 거창한 짓을 할 사람이 못 돼요.

아버지가 아니라면 가사 도우미에게 그런 명령을 할 수 있는 사람은 어머니밖에 없죠.

미쓰코   어머니가 아버지를 이용해 히쿠라 하우스를 뒤에서
        조종했다는 걸 당시 저는 몰랐어요. 하지만 집안사
        람들이 어머니를 대할 때만 기분을 살피듯 흠칫거
        린다는 건 알고 있었죠. 그런 가운데 어머니에게 대
        놓고 의견을 말할 수 있었던 유일한 사람이 옛날부
        터 히쿠라 일가에서 일해 왔던 아라이 씨였어요.
        아라이 씨가 떠난 후로 아무도 어머니를 거스를 수
        없게 된 거겠죠.

그 후로 미쓰코 씨는 언제 또 '부탁'이 날아들지 몰라서 겁
먹은 채 지냈다고 한다.

미쓰코   중학교에 들어갈 시기가 되자 저는 군마현의 여자
        중학교에 진학했어요. 그 학교로 정한 건 아버지였
        는데, 제가 살 집까지 지어 줬죠. 할머니도 함께 이
        사한다기에 결코 입 밖에 내지는 않았지만 '골칫거
        리를 내쫓는 거구나.' 하고 생각했답니다. 제가 많
        이 자라서 더는 마스코트 캐릭터로서 이용 가치가
        없었을 테고, 할머니도…… 그때는 이미 쓸모가 없
        어졌으니까요.

부모님과 떨어져 산다고 해서 '부탁'의 공포가 없어진 건 아니었지만, 숨 막힐 듯한 나가노의 집에서 살던 때에 비하면 마음이 좀 편해졌어요.

학교에서도 새 친구가 생겼고요. '시오리'라는 아이였는데, 제가 먼저 말을 걸었어요. 어쩐지 친근감이 느껴졌거든요. 혼자서 고독을 끌어안고 있는 듯한 쓸쓸한 표정이 가족에게 공기 취급을 당한 저랑 겹쳐 보인 거겠죠. 같이 수다도 떨고, 교환 일기도 쓰고……. 그때가 제 인생의 유일한 청춘이었어요. 이런 나날이 계속되면 좋겠다고 생각했죠.

하지만…… 여름방학이 가까워진 어느 날……. 아버지가 집에 왔어요.

제 방에서 지금까지 한 번도 본 적 없을 만큼 딱딱하게 굳은 얼굴로 억지웃음을 지으면서 이렇게 말하더군요.

"미쓰코. 부탁이 있어. 다음 주 토요일 아침에 할머니의 의족을 감춰 주지 않겠니?"

그때 미쓰코 씨는 처음으로 집의 비밀을 들었다고 한다.

미쓰코　처음에는 질 나쁜 농담인 줄 알았어요. 하지만 금방
　　　이라도 울음을 터뜨릴 것 같은…… 목숨을 구걸하
　　　는 듯한 아버지 표정을 보자……. 심각성을 깨달았
　　　죠. 제가 '부탁'을 거절하면 어떻게 되는지 아버지는
　　　분명 어머니에게 들었을 거예요.
　　　하기 싫다고, 할 수 없다고 몇 번이나 속으로 소
　　　리쳤지만……. 그 마음을 말로 표현하려 하면 예
　　　전에 침대 위에서 맛봤던 괴로운 시간이 되살아나
　　　서……. 도저히 말이 안 나오더라고요. 만약 또 아
　　　버지에게…… 아니, 어머니에게 거역하면 이번에는
　　　정말로 죽는 것 아닐까 정말로 무서워서…….

　　　최악의 인간이죠. 뭐라고 욕을 먹어도 할 말이 없어
　　　요. ……저는 부탁을 받아들였어요. 제 목숨과 할머
　　　니 목숨을 저울에 올렸던 거예요.

속죄

미쓰코　결행 당일, 저는 시오리를 집으로 초대했어요. 누군
　　　가 곁에 있었으면 했거든요. 친구를 그런 일에 끌어
　　　들이다니 쓰레기죠. 하지만 혼자 있으면 도저히 못

견딜 것 같았어요.

밤에 시오리가 잠든 걸 확인하고 몰래 방을 빠져나와 할머니 방으로 갔어요. 할머니는 이미 푹 잠드셨더군요.

저는 침대 옆에 놓여 있던 살색 고무 의족을 들고, 소리가 나지 않도록 조심히 방에서 나가려고 했어요. 그때 뒤에서 부스럭, 하고 이불이 문질리는 듯한 소리가 나는 거예요. 깜짝 놀란 나머지 그 자리에서 굳어 버렸죠. 돌아보기가 겁나서 가만히 서 있는데, 그 후로는 아무 소리도 들리지 않더군요. 분명 할머니가 몸을 뒤척인 거라고 마음을 다독이며 제 방으로 돌아갔죠.

책장에 의족을 숨기고 책장 문을 잠근 후 침대에 눕자 점점 마음이 차분해졌어요. 그제야…… 저는 현실을 직시했답니다.

제가 할머니를 죽이려 한다는 현실을요. 아주 똑똑히. 공포나 죄책감보다 눈물이 먼저 솟아올랐어요. 가족에게 공기 취급 당하던 저를 유일하게 아껴 준 할머니. 함께 그림을 그리고 종이풍선을 만들며 키득키득 웃었던 할머니. 제가 침대에 드러누워 괴로워할 때 손을 문질러 준 할머니. 이대로 가면 소중

한 할머니를…… 내 유일한 가족을 잃는다.

저는 침대에서 벌떡 일어나 책장을 열었어요. 그리고…… 의족을 되돌려놓기로 했답니다.

필자　네……?

미쓰코　할머니 방에 가서 침대 옆에 의족을 놓아두고 방으로 돌아오자 신기한 기분이 들었어요.

또 어머니에게 거역하고 말았다. 다음번엔 무슨 짓을 당할지 모른다. 하지만 무섭지는 않았어요. 분명 자신의 의지로 할머니를 지켜서 기뻤던 거겠죠. 위험한 줄 알면서 남을 지킨 적은 처음이었거든요. 저는 무슨 일이든 해낼 수 있을 것만 같은 기분에 푹 빠진 채 잠들었어요.

미쓰코 씨는 무릎 위에 얹은 두 손을 꽉 움켜쥐었다.

미쓰코　하지만 아시다시피 사고가 발생했죠. 할머니는 어머니가 의도한 대로 계단에서 떨어져서 돌아가셨어요. 이상하게도 할머니는 의족을 착용하지 않으셨더라고요. 그 모습을 봤을 때 생각했죠.

'할머니가 날 지켜 준 거구나.'

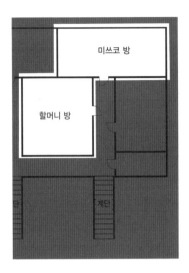

제 방과 할머니 방은 벽을 사이에 두고 인접해 있어요. 분명 아버지 말이 들렸던 거겠죠. 아니……. 그렇다기보다 아버지는 할머니가 들으라고 일부러 그 방에서 '부탁'한 거예요. 제가 아니라 할머니에게 애원한 거라고요. 만약 부탁을 거절하거나 실패하면 손녀가 어떤 꼴을 당할지 모른다. 그러니…… 죽어 달라고요.

할머니는 나를 지키기 위해 일부러 계단에서 떨어졌다……. 그렇게 받아들였죠.

장례식 날, 유골이 뼈 단지에 담길 때까지 저는 속으로 몇 번이고 미안하다는 말을 되풀이했어요.

미쓰코 씨의 말 한 마디 한 마디에서 야에코 씨에 대한 애틋한 정이 절절히 전해졌다.

하지만 어째서일까. 그런 것치고는 미쓰코 씨의 말투가 너무나 담담하게 느껴졌다.

미쓰코   장례식이 끝나고 오랜만에 집에 돌아왔을 때 뜻밖의 사실을 알아차렸어요. 할머니 방에 의족이 없더라고요. 돌아가셨을 당시 할머니는 의족을 착용하지 않으셨으니 방에 놔두셨겠죠. 어디 있나 싶어 찾아봤지만 아무 데에도 없더군요. 그때 무시무시한 가능성이 머릿속에 떠올랐어요.

저는 부랴부랴 제 방에 가서 책장 문을 열려고 했어요. 하지만 열리지 않았어요. ……잠겨 있더라고요. 저는 책상 서랍에 넣어 둔 필통에서 열쇠를 꺼내 머뭇머뭇 책장 문을 열었어요. 살색 고무 의족이 들어 있더라고요.

온몸에서 핏기가 싹 가시는 기분이었어요. 필통에 책장 열쇠가 들어 있다는 건 저밖에 모르거든요. 따라서 책장 문을 잠근 건…… 다시 말해 의족을 책장에 넣은 건 저 말고 없어요.

필자   ……어떻게 된 일이죠……?

미쓰코   분명 의족을 할머니 방에 되돌려 놓지 않은 거겠죠. 그건 꿈이었던 거예요.

또 어머니에게 거역하고 말았다. 다음번엔 무슨 짓을 당할지 모른다. 하지만 무섭지는 않았어요. 분명 자신의 의지로 할머니를 지켜서 기뻤던 거겠죠.

위험한 줄 알면서 남을 지킨 적은 처음이었거든요. 저는 무슨 일이든 해낼 수 있을 것 같은 기분에 푹 빠진 채 잠들었어요.

미쓰코   자기 목숨이 아까워서 할머니를 죽이기로 마음먹은, 연약하고 쓰레기 같은 자신의 모습을 인정할 수 없어서 '이렇게 할 수 있으면 얼마나 좋을까', '그런 내 모습은 얼마나 멋질까' 하는 바람을…… 꿈으로 꾼 거겠죠. 그 꿈이 어느 틈엔가 현실과 뒤섞인 거고요.

당신이 어떤 답변을 바랐는지는 모르겠네요.

하지만…… 할머니를 죽인 건 저예요.

미쓰코 씨는 일어서서 내게 등을 돌렸다.

미쓰코   히쿠라 일가에서 달아난 건 '부탁'에 벌벌 떨며 지내는 인생을 더는 견딜 수 없었기 때문이에요. 고등학교를 졸업하자마자 집을 나와서 아르바이트를 하며 전문대에 다녔죠.

요양 보호사라는 직업을 선택한 건…… 분명 용서받고 싶기 때문일 거고요.

미쓰코 씨는 팔에 생긴 멍에 손을 댔다.

미쓰코 오늘 굳이 제가 쉬는 시간에 오시라고 한 건, 요양 보호사로서 일하는 모습을 봐 주셨으면 해서예요.

'부모의 강요에 못 이겨 할머니를 죽인 것을 후회하는 마음으로, 속죄하기 위해 힘든 환경에서 열심히 일한다'라고 생각해 주시길 바란 거죠.

하지만 지금 이렇게 옛일을 이야기하고서야 깨달았어요.

저는 피해자인 척하며 죄에서 달아나고 있을 뿐이라는 걸요.

저에 대해 어떻게 쓰셔도 상관없어요.

양로원으로 걸어가는 미쓰코 씨의 뒷모습을 나는 그저 바라보는 것이 고작이었다.

이상한 집 2
11개의 평면도

초판 1쇄 발행 2025년 2월 26일

지은이 우케쓰 | **옮긴이** 김은모 | **펴낸이** 최원영

편집부장 윤영천 | **편집부** 박신양 김서연 이지윤 | **북디자인** 성지선

본문조판 성지선 | **국제업무** 박진해 조은지 남궁명일 | **마케팅** 김민원 조은걸

펴낸곳 (주)디앤씨미디어 | **출판등록** 2002년 4월 25일 제20-260호

주소 서울시 구로구 디지털로 32길 30 코오롱디지털타워빌란트 1301-1308호

전화번호 02.333.2513 | **팩스** 02.333.2514

ISBN 979-11-92738-48-2 03830

정가 18,000원